中华诗词丛稿

九一轩诗词

黄兆碧 著

中国书籍出版社
China Book Press

图书在版编目（CIP）数据

九一轩诗词/黄兆碧著.――北京：中国书籍出版社，2022.1
ISBN 978-7-5068-8877-6

Ⅰ.①九… Ⅱ.①黄… Ⅲ.①诗词–作品集–中国–当代 Ⅳ.①I227

中国版本图书馆CIP数据核字(2022)第011350号

九一轩诗词

黄兆碧　著

丛稿策划　师　之
责任编辑　毕　磊
责任印制　孙马飞　马　芝
封面设计　东方美迪
出版发行　中国书籍出版社
地　　址　北京市丰台区三路居路97号（邮编：100073）
电　　话　（010）52257143（总编室）　（010）52257140（发行部）
电子邮箱　eo@chinabp.com.cn
经　　销　全国新华书店
印　　刷　北京九州迅驰传媒文化有限公司
开　　本　710毫米×1000毫米　1/16
字　　数　393千字
印　　张　25
版　　次　2022年1月第1版
印　　次　2022年1月第1次印刷
书　　号　ISBN 978-7-5068-8877-6
定　　价　78.00元

版权所有　翻印必究

自题九一轩

俯仰乾坤寄此轩,轻阴迟日照华颠。
青锋挂壁尘封矣,翠岭含窗蝶化焉。
万井喧声风窈窕,四时佳兴月婵娟。
端居未究穷通理,漫卷书帏不问天。

评黄兆碧诗词的典雅风格（代序）

魏义友

黄兆碧先生是一位高学历、高产量、高品位的传统诗人。老家在湖北仙桃，小家和工作单位在北京，但日常工作长期在西安。我们以诗相交，肝胆相照，声气相通，诗艺相磋，不觉五年多了。他博览群书，虚怀若谷，好古敏求，耽吟喜咏，爱山水之清幽，探天地之奇秘，思古今之变化，想人类之前途，足迹遍及神州大地，而"对秦川周原这块历史文化厚重的黄土地更是情有独钟"（《羁旅吟》后记）。外地不说，仅在西安我就知道他曾遍访名家，可以说是一位读万卷书、行万里路、交万人杰者。他的诗词语言典雅，用典精审，寄意深微，在当代诗词群中自成一家。

首先是语言典雅。请看下面几首五律绝：

清明五绝

他乡燕树绿，故国楚山青。乍觉清明至，俄惊泪已零。
王孙泣南陌，晴翠焕清明。寸草终难报，春晖万缕情。
遗芳萦子舍，梦挂雁云边。犹作清明望，松楸郁故阡。

庚寅初秋

清飚驱九夏，一夕忽成秋。雨洗唐城净，风喧汉苑幽。
寥天浮古塔，潦水没芳洲。弥望亭皋上，无言写杞忧。

长安元夕

彩灯明桂殿，皓月映梅窗。绕郭龙相对，归梁燕自双。

　　　　樽空吟楚赋，鼓竞带秦腔。险韵难寻句，诗心不肯降！

　　前三首是五绝，原作五首，此录三首，语简情浓，字字有根，字字经过淘洗和陶冶。第一首写自己在清明节的时空感受，由前后两个对偶句构成。前联写两个地方，一个是他乡燕京即北京，是自己小家和工作单位所在之处；一个是故乡湖北即古代的楚国，是自己出生成长之地；小家有妻子儿子，老家有父母亲友；他乡的树绿了，故乡的山也青了。此联写时节和身世所系的两个地方，是此诗产生的意境的基础，为下联做铺垫，妙在不动声息，只作客观描述。后联写自己的清明节心情。"乍觉"，是忽然觉得，此二字就很有时代特点，反映了工业时代的繁忙人生，不是早已预计，如期而至，而是不期而遇，卒然醒悟；"俄惊"，是陡然吃惊，反映作者的多情善感：才醒悟今天是清明节，便感到怀念父母的泪水已涌出眼眶了。其实，这里面还有更深厚更复杂的感情，就是清明节应该回家乡祭祖而自己远在异乡不能回去的负疚自责。这是一种积蓄已久、压抑已久、控制不住的感情，一下子爆发了，一下冲开了理智的闸门，眼泪不由自主地涌出来了。"俄惊"还带有一点自嘲味道，怎么才知今天是清明节，眼泪就涌出来了，好奇怪呀，可见自己的感情也不受理智的管束啊！此诗妙在表现出人生在特定环境特定时刻的那种潜意识和显意识、无意识和有意识的冲撞、交杂和汇集的感情漩涡。第二首写自己不能报答父母之恩。上联化用《楚辞·招隐士》"王孙游兮不归，春草生兮萋萋"，下联化用孟郊《游子吟》"谁言寸草心，报得三春晖"。两典之间并无联系，作者、作意也相距甚远。但此诗采用两家旧铁，重新熔铸，便成另一崭新诗境，而且格律化、现代化和个性化。"王孙"，此处自指，如王维的《山居秋暝》末尾"随意春芳歇，王孙自可留"，就是自指。"泣南陌"，在南门外的大道边流眼泪。是否作者在清明之夜到路边为父母烧纸，我不能断定，但知道作者父母去世不久，怀念之情非常浓烈，却可以从诗中看出。"晴翠"句以乐景写悲情，更加让人悲不自禁。"寸草"与"万缕"，矛盾更加突出，造语更为精工。第三首写自己对祖宗和父母的感念缅怀之情。"遗芳"，即遗晖、遗泽，此处泛指父母的神采、恩情和心愿。萦，环绕；子，儿子，作者自指；舍，庐舍，住处。"梦"，此处指怀念父母的思绪。雁云，大雁飞过的云层，此处指远在天涯的故乡天空。雁在传统诗词中有回乡、返家、带信、传话等等意思。梦挂雁云边，非常巧妙地表达了对故乡父母的怀念之意。一个"挂"字，多么形象，多么传神！梦而能挂，想象奇特；又挂在随大雁飞行的云彩边沿，其意象又是多么奇妙！诗是创作，是艺术，是文学精华，就表现在这里。否则，韵语而已，何能称诗？第三句好理解，第四句写父母墓地。松楸，墓地的树。许浑名诗《金陵怀古》有句："松楸远近千官冢"可证。郁，浓荫，树木茂盛。故阡，坟茔、墓地，如欧阳修的《泷冈阡表》，即为父母写的碑文。苏辙诗："佳城东岭外，茂木故阡余。"徐威诗："对客封佳句，思亲梦故阡。"这三首五绝，都写得清丽典雅，精妙传神，善于状难写之境见于目前。倘若有一个废字、弱字、疲沓累赘字夹杂其间，便无法达到这种效果。

后二首五律，其一写庚寅初秋，庚寅即2010年。首联写夏去秋来，意思平常，但用语典雅，气势奔腾。清飚，清凉的风；九夏，九十天的夏季，这里指五六七月的夏天；一夕，一个晚上，此处形容季节变化快。诗很灵动，读诗也要灵活，不可死解。此联的妙处在一驱一忽，形成一种时空转折的动态，抒发了作者对这种转折的惊讶和感叹。次联写关中的初秋景象。唐城，指西安；汉苑，指西安周围。近体诗讲究炼字，所以读诗要注意动词、形容词。此处的洗和喧，净和幽，是带有感情色彩的。雨把西安洗得更加干净；风在喧传着关中的幽美。其实风还是风，雨还是雨，只是在诗人眼里，天地万物都与人俱化。

此联充分表达了作者对西安以至整个关中的环境和景物的赞美。腹联再写秋景，古塔浮于广袤的天空之上，芳洲掩映在辽阔的积水之中。末联写作者的弥望和忧虑。弥望，远望，久望；亭皋，有建筑物的水边高地；杞忧，杞人忧天的缩语，此处指作者望远凝思，忧虑国家命运，带有自谦自嘲的意味。赵翼有诗云，"偏是书生易杞忧"，可作此诗注脚。其二写西安元宵节。西安古称长安，此不用解；元夕，即元宵节，因为是一年第一个月圆之夜，故称元夕。首联入题，写彩灯、皎月，视角触及天地两极的元宵景况，眼界开阔，诗境邈远。桂殿，月宫，传说月宫有桂，故名。一般指世间殿宇，如庾信《奉和同泰寺浮屠》"天香下桂殿"，范成大《宿妙庭观次东坡旧韵》"桂殿吹笙夜不归"。梅窗，梅花树旁的窗户，或者贴有梅花剪纸的窗户。桂殿、梅窗，对仗工巧不说，单是用字就非常考究。明和映，亦见匠心。次联写人事活动与自然节候。绕郭龙相对，可作两解，一是闹元宵的龙灯绕城相遇，一是西安城墙像龙盘而四面城楼像虎踞。郭，城郭，外城。下句指节候，春天来了，燕子成双成对地飞回来了。腹联写对酒作赋，擂鼓唱歌。作者湖北人，所以要写怀楚之赋；今宵在西安，所以要唱秦地之歌。可谓语不虚出，字字闪光。末联又是好句，说此诗押韵很险，但是自己的诗心不会投降。此诗因押平水韵中的"三江"，字数很少，属于险韵，故有末联之咏。作者诗功深厚，技巧精湛，以千钧之力而举百斤之鼎，是以轻松自如也。

其次是用典精审。请看下面两首七律：

自题九一轩

俯仰乾坤寄此轩，轻阴迟日照华颠。青锋挂壁尘封矣，翠岭含窗蝶化焉。万井喧声风窈窕，四时佳兴月婵娟。端居未究穷通理，漫卷书帏不问天。

岁暮感事

公然岁月去难留，检点行囊贮四愁。宁戚悲歌仍短褐，元龙豪气又高楼。梦耽绀宇三缘屋，目睨朱门万户侯。莫道剸缑零落甚，拂尘亦要郢支头。

这两首诗，前篇写于2002年春，后篇写于2014年冬，都是句健篇浑，善用典故的佳作。

先说前篇。首联写自己不知不觉年老了，二联写岁月已去而壮志未酬，三联写身际太平与民同乐心中高兴，四联不计较穷达富贵，能自由自在地读书就好。此诗用典不少，如俯仰乾坤、迟日华颠、青锋尘封、蝶化、万井、佳兴等，并不生僻，好在融化自然，与诗境浑然一体。俯仰乾坤，取孟子"仰不愧于天，俯不怍于人"之意，安分守己住在这个屋里。张可久《满庭芳》曲："乾坤俯仰，贤愚醉醒，今古兴亡。"轻阴，天色稍阴。迟日，旭日。《诗·豳风》："春日迟迟。"华颠，谓年老。华指华发，颠指头顶。唐代卢肇《被谪连州》诗："黄绢外孙翻得罪，华颠故老莫相嗤。"青锋，宝剑。康有为《出都留别诸公》诗："抚剑长号归去也，千山风雨啸青锋。"挂壁尘封，挂在墙上落满了灰尘。蝶化，即庄子的化蝶故事。白居易《疑梦二首》之二："鹿疑郑相终难辨，蝶化庄生讵可知。"此联对仗精工，妙在对典故的意思和语言的冶炼功夫，达到"百炼钢为绕指柔"的高境。而且语气助词最难入诗，名家亦难工稳，而此联却巧夺天工，浑化自然。万井，成千上万的城乡村落。井，水井。古代凿井而饮，因指居民聚居处。岑参《登总持阁》诗："晴开万井树，愁看五陵烟。"喧声风窈窕，即喧闹之声随风飘荡。四时，春夏秋冬四季。佳兴，美好的兴致。北宋程颢诗："万物静观皆自得，四时佳兴与人同。"月婵娟，用苏轼词意，谓月色随人高兴，助人美丽。此联一风一月，一动一静，一声一色，真可谓时空交汇，声色相映，动静相承，风月无边。这种景象，只有太平盛世才有。可见颂诗也不是不能写，但想写好，还需要有诗功。端居，闲居。孟浩然诗"端居耻圣明"。穷通理，穷达通塞之理，指人的困厄与富贵。王维诗："君问穷通理，渔歌入浦深。"书帏，书斋、书卷。杜甫《雨》诗："高轩当滟滪，润色静书帏。"高启诗："坐守书帏不出城"。全诗抱雄心而静养，敛猛气以潜修，情深语俊，心高气平，安时处顺，和光同尘，无疑是太平盛世的志士之作。

再说后篇。首联写当下情怀，次联写平生际遇，腹联写理想与现实，末联写期望。用典有张衡四愁、宁戚悲歌、元龙豪气、三缘屋、万户侯、蒯缑、郂支等。几乎句句用典。四愁，诗歌篇名，东汉科学家、文学家、太史令张衡所作，诗中抒发了作者理想每被现实所阻隔的苦闷。宁戚，春秋时卫国牧牛儿。出身寒微而有大志，在齐桓公伐宋时，他在路边高唱《饭牛歌》："南山灿，白石烂，中有鲤鱼长尺半。生不逢尧与舜禅，短褐单衣才至骭。从昏饭牛至夜半，长夜漫漫何时旦？"桓公闻而奇之，召至问话，见其有经世济民之才，遂封为大夫，后拜大司田（农业部长），对迅速发展齐国农业、促成齐国称霸天下卓有贡献。史传《相牛经》即其所著。元龙，三国名人陈登的字。《三国志·魏志·陈登传》：许"汜曰：陈云龙湖海之士，豪气不除"。此联自嘲自己还是老样子，穿着宁戚的"短褐"又怀着陈登的"豪气"，登上高楼睡觉。绀宇，即佛寺。欧阳修《广爱寺》诗："都人布金地，绀宇岿然存。"三缘屋，佛教用语，谓因缘所在，心心相印。语出净土宗善导禅师文集卷三，说念佛有三缘之功：一曰亲缘，口常称佛名，佛即闻之；身常礼敬佛，佛即见之；心常念佛，佛即知之，谓佛与信徒心心相印，心灵感应，众生之三业与佛之三业不相舍离。二曰近缘，众生愿见佛，佛即应念而现至目前。三曰增上缘，众生念佛，可除多劫之罪，命终之时，佛圣众皆来迎接，不为诸邪业所系。朱门，有钱人家，此处用杜诗"朱门酒肉臭"意。万户侯，食邑超过万户的侯爵，汉代侯爵最高的一级，一般泛指大官贵族。蒯缑，蒯，一种有韧性的草，可以编席、造纸、搓绳子。缑，绳子。二字连用，就是草绳缠剑柄。语出《史记·孟尝君转》："孟尝君问传舍长曰：'客何所为？'答曰：'冯先生甚贫，犹有一剑耳，又蒯缑。'"意思是冯驩先生很贫穷，但有一把剑，我在为他缠剑把上的绳子呢。胡天游《送侄》诗就用此典："小奚藤作笈，长铗蒯为缑。"作者在此说自己宝剑把上缠的草绳都脱落了，但是把宝剑上的灰尘吹掉，还能用它来斩郅支的头。郅支，西汉时匈奴首领，因背叛汉朝，为陈汤所斩。鲍照《建除诗》："破灭西零国，生房郅支王。"李白《胡无人行》："十万羽林儿，临洮破郅支。"诗是文学作品，此处表达的是一种精神诉求，抒发的是自己的豪情壮志，希望有机会为国家立功创业。但是，此诗题目是"岁暮感事"，岁暮是一年将尽的时候，感事，是遇到事情了。遇到什么事情？这就要靠读者动脑筋了。众所周知，2014年的岁暮，闹得最厉害的莫过于钓鱼岛和南沙群岛。几个邻国借着美国势力侵犯我国领海岛屿，一时气焰嚣张。蒯缑，宝剑也，武力也；郅支，背叛汉朝的匈奴首领也。2014年是甲午年，是甲午战争120周年。明白这些典故含义和历史事件，也就明白了作者的用意了。可见作者用典的精严审慎。

三是寄意深微。请看下面两首词：

满江红·秋思

独立西风，看丛菊，花容凝寂。荒野上，唐功汉烈，了无陈迹。林下谁人磨楚剑，城中何处吹羌笛。唉高天，雁队正长征，归飞急。

千林叶，真堪惜。九秋水，何其碧！览苍黄万里，客泪空滴。只让豪情驱远足，岂容傲骨弯长膝！仰神州，肝胆系黎元，同休戚！

水调歌头·雪后辞别京华

鹤羽洗天净，客袂抚征鞍。飘飘六合清气，吹拂鬓毛斑。任尔炎凉千变，我自荣枯本色，炯炯寸心丹。惯走蚕丛路，何计步蹒跚！

别燕阙，吟楚赋，向秦关。且将冷眼闲看，攘攘沐猴冠。肩上人间道义，胸次素韬冰雪，离合抑悲欢。挥手从兹去，匹马啸云山！

　　第一首满江红，写秋天的思绪。上阕写景，西风劲吹，丛菊凝寂。看荒野，唐代的丰功，汉代的伟烈，一点都找不到了。看到的，是树林边谁在磨楚国的宝剑？听到的，是城里哪个地方飘来的羌笛声？偶尔一声雁叫，划空而过，是长途的大雁，在急匆匆地朝回飞。下阕抒情。千万片树林，叶黄飘落，让人惋惜；九月寒秋的河水，还是那样的青碧。看这万里的苍黄，让异乡人不禁泪滴。但是，这种败落的景象只可激发豪情迈步远游，不可屈膝而折弯高贵的傲骨。翘首仰望伟大的祖国——神州，我的忠肝赤胆同亿万黎元相连系，愿和他们休戚与共。全词语言洗练，感情沉郁，铁骨铮铮，浩气弥天。此词用典有楚剑、羌笛、苍黄、傲骨、黎元、休戚等。楚剑，楚国铸造的宝剑，著名的有"楚王酓章自作用剑"，是总结汲取吴越铸剑经验而锻造的非常锋利的宝剑。羌笛，羌族人所造之笛。王昌龄诗："更吹羌笛关山月，无那金闺万里愁。"苍黄，青色和黄色，亦有苍凉、变化无常、天地乾坤等意，如于邺诗"穷郊日萧索，生意已苍黄"；孔稚珪《北山移文》"终始参差，苍黄翻覆"；清王吉武《重修六贤祠》："乾坤有倾折，凭谁奠苍黄。"傲骨，刚直不屈的性格。宋戴埴《鼠璞》云："唐人言李白不能屈身，以腰间有傲骨。"黎元，百姓。李世民《晋室帝总论》："天地之大，黎元为本。"杜甫诗："穷年忧黎元，叹息肠内热。"休戚，忧乐祸福。《晋书·温峤传》："安危休戚，理既同之。"

　　第二首《水调歌头》，写辞京别家的心情。还是上阕写景，下阕抒情。首二句写雪霁天晴，我上征鞍——打马离京，驾车走了。次二句，放眼天地，看东南西北，飘飘而来的清新之气，把我头发都吹白了。五、六句一转，任你天地炎凉怎么变化，我的繁荣和枯萎，都是我的本色体现，不变的是我的一寸丹心，永远炯炯发光。七八句收束上阕，走惯了崎岖的蜀道，还怕什么脚步蹒跚么？——一位踏遍崎岖、饱经风霜、果敢坚毅的远行者，亲切地站在了我们的面前。下阕前三句写旅程，告别的是燕京都城，嘴里哼的是楚腔诗赋，将要到达的是秦地的关河。四、五句写即将见的熙熙攘攘的各类人物，包括那些沐猴而冠的人物。六、七、八三句又一转，写自己，肩上承担的是人间的道义，肚里装的是治国的学问，不管是离别是聚合，都要抑制自己的情绪。九、十两句，从别情离绪之中解脱出来，挥手别亲人，从此要一个人自由地啸歌在万里云山。结尾潇洒而有力，意气昂扬。此词用典有鹤羽、客袂、征鞍、六合、鬓毛斑、炎凉、荣枯、蚕丛、燕阙、楚赋、秦关、冷眼、沐猴冠、素韬、冰雪、离合、匹马等。鹤羽，指雪花。宋葛长庚《贺新郎·咏雪》："恰自江南消息断，才此六花飞舞，最好是鹅毛鹤羽。"客袂，游客衣襟。陈与义《寒食》诗："客袂空佳节，莺声忽故园。"征鞍，即征马，坐骑。杜审言《经行岚州》："自惊牵远役，艰险促征鞍。"李清照《青玉案》："征鞍不见邯郸路，莫便匆匆归去。"六合，指天地四方。李白诗："秦王扫六合，虎视何雄哉。"鬓毛斑，头发花白，喻年老。黄庭坚诗："投荒万死鬓毛斑，生入瞿塘滟滪关。"炎凉，热与冷，指气候变化，喻人情冷暖。郦道元《水经注》："地势不殊，而炎凉异致。"白居易《别元九又梦》诗："心肠都未尽，不暇叙炎凉。"张煌言《拟古》诗："人生百岁间，炎凉倏代谢。"荣枯，繁荣与枯萎。颜延之《秋胡》诗："孰知寒暑积，僶俛见荣枯。"蚕丛，古代蜀王名，借指蜀道。李白《蜀道难》："蚕丛及鱼凫，开国何茫然。"《送友人入蜀》："见说蚕丛路，崎岖不易行。"燕阙，即燕京。元代范梈

《赠冯炼师归岳阳》诗："何时谢燕阙，亦得西南游。"楚赋，楚人之赋或歌颂楚国之赋。鲍照《芙蓉赋》："感衣裳于楚赋，咏忧思于陈诗。"秦关，秦地的关隘山河。杜甫《诸将》诗："洛阳宫殿化为烽，休道秦关百二重。"冷眼，冷静的眼光。徐夤《上卢三》诗："冷眼静看真好笑，倾杯与说却为冤。"沐猴冠，猴子穿衣戴帽，喻人徒有其表或名不副实。《史记·项羽本纪》："人言楚人沐猴而冠，果然。"刘过《水调歌头》词："未必古人皆是，未必今人俱错，世事沐猴冠。"素韬，素书六韬，传说黄石公给张良的书。《六韬》为姜尚兵书，《素书》和《三略》是黄石公治国治军定天下的书。唐代黄滔《祭南海南平王》："天生大贤，浚六韬三略之才谋。"宋代赵师侠《水调歌头》："胸中素韬奇蕴，匣剑岂能藏。"冰雪，纯洁冷静而有节操。江总《入摄》诗："净心抱冰雪，暮齿逼桑榆。"高适《酬马八》诗："奈何冰雪操，尚与蒿莱群。"离合，离别与聚合。苏轼《水调歌头》："人有悲欢离合"。匹马，单身独行。陆游《诉衷情》："当年万里觅封侯，匹马戍梁州。"此词共19句，其中用典17个，几乎句句用典。何必如此？我想作者也是不得已也。因为有些意思不用典就没法说。如炎凉、荣枯、沐猴冠、素韬等，涉及社会现实和人事关系，一是不能明说、直说，二是也羞于出口。诗人讲究温柔敦厚，虽然有时不免心中有气，思想狂傲，但作为诗，还是含蓄为好。这就给读者带来了困难，不把诗中典故弄清，就很难弄清作者的用意和诗中的意境。这两首词说明作者用典寄意深微。

对于诗中用典，有人非之，如胡适；有人赞之，如胡先骕。考之诗经，诗源初开，不知用典；屈原天问，已追问往事；到杜甫，所谓字字有来历，以用典为寄意拓境之常法。读古人书，见庙堂论事，多引古例；司法判案，古例堪循，此恐诗中用典之一诱因也。又有些隐情深意，特别是写时政，涉官场，绝难直露，如今之敏感词，想避追究，只好隐约其辞，转弯表达。新诗外语界，有语码之说，要解会诗意，须先解开语码，此正如诗中用典也。诗含典故未必就好，但读好诗却需要懂得典故，也就是具有相关知识。这有如吃饭，燕窝鲍翅不如饺子面条口感香而解饥；也如欣赏音乐，没有一定的音乐修养，你就很难听懂。因为高层作者多涉政治，又不能直言，所以只好借典故来说事，不能以为他们都是卖弄学问，自欺欺人也。

兆碧诗词的最大特点是典雅。典雅，谓文章、言辞有典据，高雅而不浅俗。王充《论衡·自纪》云："深覆典雅，指意难睹"。刘勰《文心雕龙·体性》也说："典雅者，镕式经诰，方轨儒门者也。"可见创作典雅的诗词需要一定的条件，那就是博览群书，博闻强记。我也读了不少书，但记不住，所以对兆碧先生特别敬佩。作为司空图《二十四诗品》之一的典雅风格，我们只有学习羡慕，而不应该歧视和排斥。当代诗词，典雅风格的作品不是多了，而是太少。当代诗词要出精品，典雅风格不可缺少。

2015.11.20.

（原载《陕西诗词》2015 年第 6 期。作者魏义友系陕西著名诗人，诗词评论家，著作有《庐中庐诗稿》等）

目 录

评黄兆碧诗词的典雅风格（代序） …………………… 魏义友 1

过泾渭镇 …………………………………………………………… 1
过汾阳 ……………………………………………………………… 1
谒苏武墓 …………………………………………………………… 1
到陈仓 ……………………………………………………………… 2
自题九一轩 ………………………………………………………… 2
安康汉江晚茶得句 ………………………………………………… 3
西江月·汉江泛舟 ………………………………………………… 3
重访大连漫兴 ……………………………………………………… 3
金石滩 ……………………………………………………………… 3
  金　州 ………………………………………………………… 4
  星海广场 ……………………………………………………… 4
  老虎滩 ………………………………………………………… 4
  旅顺口 ………………………………………………………… 4
  棒棰岛 ………………………………………………………… 4
满江红·观黄渤海分界线 ………………………………………… 5
海河之滨漫步 ……………………………………………………… 5
西江月·游曲江池遗址公园 ……………………………………… 5
秋日游曲江池 ……………………………………………………… 6
已丑中秋 …………………………………………………………… 6
  其一 …………………………………………………………… 6

其二 ··· 7
中秋咏月 ··· 7
太湖鼋头渚远眺 ·· 7
登长江燕子矶 ··· 8
访金陵 ··· 8
姑苏行吟 ··· 8
　　拙政园 ··· 8
　　虎　丘 ··· 9
　　留　园 ··· 9
　　沧浪亭 ··· 9
　　狮子林 ··· 9
　　网师园 ··· 9
　　枫　桥 ··· 10
　　寒山寺 ··· 10
游退思园 ··· 10
西江月·晚饮得句 ··· 11
初冬早行 ··· 11
远　怀 ··· 12
读胡乔木诗词有感 ··· 12
读聂绀弩《散宜生诗》有感 ··· 12
弈棋小咏 ··· 13
读郭沫若诗词有感 ··· 13
读流沙河诗文有感 ··· 14
京城雪霁 ··· 14
骋　怀 ··· 14
水调歌头·雪后辞别京华 ·· 15

读柳亚子诗词有感…………………………………………… 15
读于右任诗词……………………………………………… 16
读陈毅诗词………………………………………………… 16
读郁达夫诗词有感………………………………………… 17
迎虎年感赋………………………………………………… 18
京郊小饮…………………………………………………… 18
读李叔同诗词有感………………………………………… 18
读《启功韵语集》有感…………………………………… 19
读苏曼殊诗词……………………………………………… 19
京晋道上…………………………………………………… 20
  其一……………………………………………………… 20
  其二……………………………………………………… 21
骋　望……………………………………………………… 21
拜读车远方先生《激情诌》……………………………… 22
读秋瑾诗词有感…………………………………………… 22
读康有为诗有感…………………………………………… 22
读谭嗣同诗词有感………………………………………… 23
读《陈独秀诗存》………………………………………… 23
水调歌头·读梁启超诗词有感…………………………… 24
桂枝香·重上五台山……………………………………… 25
五台山玄思………………………………………………… 25
  其一……………………………………………………… 25
  其二……………………………………………………… 25
  其三……………………………………………………… 26
  其四……………………………………………………… 26
小重山·杨　花…………………………………………… 27

读杨宪益《银翘集》有感 …………………………………………… 27
谒王国维纪念碑 ……………………………………………………… 28
读钱锺书《槐聚诗存》 ……………………………………………… 28
读赵朴初诗词曲有感 ………………………………………………… 29
读汪精卫《双照楼诗词稿》 ………………………………………… 29
登山海关 ……………………………………………………………… 29
幽燕揽胜 ……………………………………………………………… 30
  老龙头 …………………………………………………………… 30
  碣石山 …………………………………………………………… 30
  孟姜女庙 ………………………………………………………… 30
  九门口长城 ……………………………………………………… 31
  秦皇岛 …………………………………………………………… 31
  北戴河 …………………………………………………………… 31
  菊花岛 …………………………………………………………… 31
  兴　城 …………………………………………………………… 31
登黄鹤楼 ……………………………………………………………… 32
  其一 ……………………………………………………………… 32
  其二 ……………………………………………………………… 32
永遇乐·武汉度端午节 ……………………………………………… 32
酷　暑 ………………………………………………………………… 33
鹧鸪天·看电视转拖播世界杯足球比赛 …………………………… 33
  其一 ……………………………………………………………… 33
  其二 ……………………………………………………………… 33
  其三 ……………………………………………………………… 34
浪淘沙·登崆峒山 …………………………………………………… 34
到平凉 ………………………………………………………………… 35

高阳台·从敦煌到哈密 …………………………………… 35

八声甘州·新疆漫兴 …………………………………… 36

通州运河文化广场漫步 ………………………………… 36

新疆诗草 ………………………………………………… 37

  巴里坤草原 ……………………………………… 37

  哈　密 …………………………………………… 37

  火焰山 …………………………………………… 37

  葡萄沟 …………………………………………… 37

  吐鲁番 …………………………………………… 38

  达坂城 …………………………………………… 38

  天　山 …………………………………………… 38

  吉木萨尔 ………………………………………… 38

  奇　台 …………………………………………… 38

  铁门关 …………………………………………… 39

  孔雀河 …………………………………………… 39

  博斯腾湖 ………………………………………… 39

送子赴英国留学寄嘱 …………………………………… 39

送子赴英国留学又嘱 …………………………………… 40

次原韵与刘白杨谈诗 …………………………………… 40

庚寅初秋 ………………………………………………… 41

阮郎归·赠月人先生 …………………………………… 41

霜天晓角·赠文子先生 ………………………………… 41

依原韵和荣西安先生 …………………………………… 42

读元好问《论诗三十首》记感 ………………………… 42

依原韵和朱授之先生 …………………………………… 42

沁园春·依原韵和魏义友先生 ………………………… 43

咏木芙蓉依原韵和荣西安先生 …………………… 43

唐多令·秋　夜 …………………………………… 44

齐天乐·谒仓颉庙 ………………………………… 44

重走蓝关古道，用韩愈韵 ………………………… 45

风入松·过蓝桥 …………………………………… 45

水调歌头·京华秋夕 ……………………………… 46

游金丝峡小记 ……………………………………… 46

北京顺义菊花节漫咏二十韵 ……………………… 47

访白沟 ……………………………………………… 48

游览保定直隶总督府 ……………………………… 48

参观保定军校纪念馆 ……………………………… 48

庚寅寒露依原韵和朱授之先生 …………………… 49

念奴娇·小驻河北井陉望太行山并赋 …………… 49

烛影摇红·白洋淀有怀 …………………………… 50

石州慢·游楚河分界武关河 ……………………… 51

重阳节会姚平魏义友二先生并与诗友小聚 ……… 51

与钝之王锋先生小酌并赋 ………………………… 52

生日咏怀 …………………………………………… 52

夜游宫·深秋南山纪游 …………………………… 52

齐天乐·西安碑林游记 …………………………… 53

访延安 ……………………………………………… 54

　　枣　园 ………………………………………… 54

　　杨家岭 ………………………………………… 54

　　王家坪 ………………………………………… 54

　　宝塔山 ………………………………………… 54

　　凤凰山 ………………………………………… 54

  清凉山 ………………………………………………… 55

  抗大旧址 ……………………………………………… 55

  观剪纸 ………………………………………………… 55

  信天游 ………………………………………………… 55

  访延安 ………………………………………………… 55

读《半通斋散文》有感 …………………………………… 55

戏改太白《月下独酌》赓和晓陆哲兄之光棍节诗 ……… 56

知悉曲江诗社成立有感赠魏义友仁兄 …………………… 56

祝曲江诗社成立 …………………………………………… 57

洞仙歌·北京风起有慨依原韵和晓陆哲兄 ……………… 58

咏于谦祠墓用于谦《石灰吟》原韵 ……………………… 59

  其一 …………………………………………………… 59

  其二 …………………………………………………… 59

游览纪晓岚故居 …………………………………………… 59

  其一 …………………………………………………… 59

  其二 …………………………………………………… 59

顾亭林祠感赋 ……………………………………………… 60

鹧鸪天·游北京湖广会馆 ………………………………… 60

  其一 …………………………………………………… 60

  其二 …………………………………………………… 60

初冬怀远依原韵和晓陆哲兄 ……………………………… 61

读炜评兄自寿诗依原韵赓和 ……………………………… 61

减字木兰花·感事 ………………………………………… 61

本命年感赋依原韵赓和炜评兄 …………………………… 62

在京与诗人李子（曾少立）小酌赋之 …………………… 62

夜读金水诗有寄 …………………………………………… 62

鹧鸪天·初会魏君新河先生赋之 …………………………… 63

曲江偕魏新河诵杜诗归后感而赋之 …………………………… 63

虞美人·冬　夜 …………………………………………… 64

步韵酬和新河吟兄见赠 …………………………………… 64

寄赠诗人廖国华先生（叠韵） …………………………… 64

  其一 ……………………………………………………… 64

  其二 ……………………………………………………… 65

寄赠熊东遨先生 …………………………………………… 65

与金水吴兄小酌赋之 ……………………………………… 66

读张伯驹词集及传记有感 ………………………………… 66

鹧鸪天·西安暇日步韵和景北记词 …………………… 67

满庭芳·冬日陕南汉江边远瞻 …………………………… 67

步韵酬和景北记诗 ………………………………………… 68

  其一 ……………………………………………………… 68

  其二 ……………………………………………………… 68

  其三 ……………………………………………………… 68

鹧鸪天 ……………………………………………………… 68

  感　怀 …………………………………………………… 68

  岁　暮 …………………………………………………… 69

  郊　游 …………………………………………………… 69

西历平安夜有慨次韵景北记之什 ………………………… 69

次廖国华先生拟梅自语诗 ………………………………… 70

恭贺新年次韵王锋先生见赠之什 ………………………… 70

水龙吟·与王燕、金水、高凉诸君雅会归而赋之，用稼轩韵 70

贺新郎·步韵刘泽宇《庚寅岁末寄怀黄兄梦璧先生》 …… 71

浣溪沙·小寒夜咏次韵向喜英先生答友人词 …………… 71

次韵邓世广先生《自题光头小像》……………………………… 72

次坡底诗韵敬慰刘玉霖先生 ……………………………………… 72

次坡底诗韵迎兔年感怀 …………………………………………… 72

水调歌头 …………………………………………………………… 73

   置酒丰庆楼飘香阁与义友文辉诸友 ……………………… 73

   共贺魏君新河生辰，用稼轩韵 …………………………… 73

西北大学刘炜评教授拟颈联起前续后遂成一律 ………………… 73

次韵向喜英先生《寒夜偶感》…………………………………… 74

辞旧迎新有感 ……………………………………………………… 74

岁暮绮怀 …………………………………………………………… 74

木兰花慢·与李子先生岁暮把酒城东归而赋之，用稼轩格 …… 75

陶然亭漫步闲咏，用廖国华、熊东遨先生立春联句韵………… 75

次韵路毓贤先生大作并恭贺新年 ………………………………… 76

京华暇日有感 ……………………………………………………… 76

与李子、伯昏子、三江有月和金水诸兄小聚赋之 ……………… 77

恭贺赵熊先生六十三岁寿依原韵和其自寿诗 …………………… 77

次韵熊东遨先生《春日偶成》…………………………………… 78

次韵魏新河先生北京咏雪诗 ……………………………………… 78

踏莎行·元　夕 …………………………………………………… 78

杂感之一 …………………………………………………………… 79

杂感之二 …………………………………………………………… 79

杂感之三 …………………………………………………………… 80

杂感之四 …………………………………………………………… 80

杂感之五 …………………………………………………………… 80

踏莎行·春　分 …………………………………………………… 81

雨日对酒，刘炜评发起"为有一颗洪亮心" ……………………… 81

作轱辘体七律一首分得第八句 …… 81

清　明 …… 81

次韵魏新河先生《辛卯孟春郊行即景》 …… 82

春　兴 …… 82
  其一 …… 82
  其二 …… 83
  其三 …… 83
  其四 …… 83

次韵景北记先生上巳节西安行吟见赠 …… 83

咏西安，为西安世园会而作 …… 84
  其一 …… 84
  其二 …… 84

望海潮·西安世界园艺博览会纪游 …… 85

纪念鲁迅诞辰130周年，用鲁迅《哀范君三章》原韵 …… 85
  其一 …… 85
  其二 …… 85
  其三 …… 86

无题之一 …… 86

无题之二 …… 87

无题之三 …… 87

无题之四 …… 87

无题之五 …… 88

满江红·雨　后 …… 88

西安幸会景北记先生有作 …… 89

幸会刘玉霖先生于曲江恭赠 …… 89

京华饯别故人 …… 89

故乡短咏……………………………………………… 90
    其一 ………………………………………………… 90
    其二 ………………………………………………… 90
    其三 ………………………………………………… 90
    其四 ………………………………………………… 91
    其五 ………………………………………………… 91
    其六 ………………………………………………… 91
    其七 ………………………………………………… 91
    其八 ………………………………………………… 91
    其九 ………………………………………………… 92
    其十 ………………………………………………… 92
    十一 ………………………………………………… 92
    十二 ………………………………………………… 92

雨中登武昌蛇山 ……………………………………… 92

黄石小驻 ……………………………………………… 93

江汉赠别 ……………………………………………… 93

贺新郎·故乡感怀 …………………………………… 94

念奴娇·寄　远 ……………………………………… 94

过绛帐镇 ……………………………………………… 95

过泾渭工业区 ………………………………………… 95

游陕北黄龙山 ………………………………………… 96

和向喜英先生诗《寄梦璧》 ………………………… 96

满江红·过北京地铁"金台夕照"站 ……………… 97

晋陕黄河记慨 ………………………………………… 97

感事之一 ……………………………………………… 98

感事之二 ……………………………………………… 99

感事之三 …… 99
感事之四 …… 100
感事之五 …… 100
浣溪沙·山居偶题 …… 101
 其一 …… 101
 其二 …… 101
 其三 …… 101
 其四 …… 101
城南行之一 …… 101
城南行之二 …… 102
城南行之三 …… 102
城南行之四 …… 103
城南行之五 …… 103
辋川行 …… 104
青海湖寄兴 …… 104
青海小驻 …… 105
从西宁到兰州 …… 105
重访天水 …… 105
八声甘州·青海湖寄兴 …… 106
秋思次韵喜英先生鱼韵大作 …… 107
玲珑四犯·中秋感怀，用白石格并步其韵 …… 107
未央湖畔 …… 108
曲　江 …… 108
城南小坐 …… 108
减字木兰花·秋　游 …… 109
 其一 …… 109

其二 ……………………………………………………… 109

秋兴次韵邓世广先生《天山石头沟醉题》 …………… 109

凤凰台上忆吹箫·雨夜有梦 …………………………… 110

重 九 ……………………………………………………… 110

浪淘沙·唐山曹妃甸港远眺 …………………………… 111

天津滨海新区小驻 ……………………………………… 111

次韵邓世广先生《遗憾》 ………………………………… 111

商洛行 …………………………………………………… 112

榆林行 …………………………………………………… 112

神木行有感 ……………………………………………… 113

一萼红·北海秋泛 ……………………………………… 113

香山秋兴 ………………………………………………… 114

  其一 ………………………………………………… 114

  其二 ………………………………………………… 114

  其三 ………………………………………………… 114

  其四 ………………………………………………… 114

  其五 ………………………………………………… 114

司马台长城登眺 ………………………………………… 115

京郊小驻 ………………………………………………… 115

京华秋思 ………………………………………………… 115

京郊会故人 ……………………………………………… 116

入 冬 ……………………………………………………… 116

偕友登慕田峪长城 ……………………………………… 117

读陈寅恪诗有感 ………………………………………… 117

过阿房宫遗址 …………………………………………… 118

菩萨蛮·冬日游阿房宫游乐场 ………………………… 118

小雪前夕听雨 ····· 119

西安城墙上绕行一周感赋 ····· 119

登临秦岭梁分水岭 ····· 119

大雪日午时周晓陆兄置酒与义友兄及 ····· 120

美院师生若干人吟聚遵晓陆兄之命作此篇记之 ····· 120

　曲江阅江楼小酌之一 ····· 121

曲江阅江楼小酌之二 ····· 121

乐游原上远眺 ····· 122

过访新丰镇及鸿门宴故址 ····· 122

谒香积寺 ····· 122

次韵魏义友大作并祝新婚之庆 ····· 123

水调歌头·西历平安夜有赋用宋人崔与之《题剑阁》韵 ····· 123

薄暮有作 ····· 124

都门节日 ····· 124

浣溪沙 ····· 124

　　咏梅之一 ····· 124

　　咏梅之二 ····· 125

瑞鹧鸪 ····· 125

　　冬日探梅之一 ····· 125

　　冬日探梅之二 ····· 125

水 龙 吟 ····· 126

过杜曲镇 ····· 126

采桑子 ····· 127

京华 寒夜 ····· 127

摸鱼儿·辛卯岁暮 ····· 127

新年感事 ····· 128

龙年小咏···128

声声慢·壬辰春节···129

遵嘱次王锋先生韵 ···129

元宵节···130

壬辰元夜···130

壬辰岁初过渭滨···130

什刹海早春···131

过坑儒谷···131

次韵奉和刘玉霖先生《七十初度》·····························132

次韵奉和廖国华先生《自题〈无妄斋吟稿〉续集》···············132

次韵奉和廖国华先生《自题〈无妄斋吟稿〉续集之二》···········132

生查子·初春暮雪···133

    其一···133

    其二···133

春　意···133

与友小聚农家乐···134

春　日···134

过郑州黄河大桥北上···135

高阳台·春　分···135

鹧鸪天·京华偶感···136

秦岭子午峪植树···136

卜算子·秦岭春情···137

春　夕···137

点绛唇·清　明···137

蝶恋花·陶然亭小憩···138

京郊小汤山小驻···138

赠钱惠芬女士 ·· 139

鹧鸪天 ··· 139

  参观宋庆龄故居 ·· 139

  京西门头沟看望少年同学 ························· 139

与友小坐老舍茶馆 ··· 140

春　游 ··· 140

过净业寺 ·· 141

过邯郸抵京 ·· 141

京西杂诗 ·· 141

  其一 ·· 141

  其二 ·· 142

  其三 ·· 142

  其三 ·· 142

春兴漫写 ·· 142

忆旧游·华清池感旧 ··· 143

春暮杂诗 ·· 143

  桃　花 ··· 143

  金海湖 ··· 144

  蓟　县 ··· 144

  黄崖关 ··· 144

重游独乐寺 ·· 144

游盘山 ··· 145

游楼观台 ·· 145

鹧鸪天·客舍偶成 ··· 146

初　夏 ··· 146

车驰中原 ·· 147

游灞桥生态湿地公园…………………………………………147

浣溪沙·宝鸡小驻……………………………………………147

浣溪沙·访凤县………………………………………………148

蓦山溪·壬辰端午寄故乡亲友………………………………148

仲夏小饮雷雨有作……………………………………………149

登贵阳甲秀楼…………………………………………………149

水调歌头·观黄果树瀑布……………………………………150

登黔灵山………………………………………………………150

贵州行吟………………………………………………………151

　　都　匀……………………………………………………151

　　天河潭……………………………………………………151

　　天星桥……………………………………………………151

　　陡坡塘……………………………………………………151

　　青岩古镇…………………………………………………151

鹊踏枝·贵阳花溪……………………………………………152

雨中过细柳镇…………………………………………………152

送子返英伦负笈感赋…………………………………………152

过姚广孝墓塔…………………………………………………153

鹧鸪天·访郭沫若故居………………………………………153

登南五台………………………………………………………154

西安重逢深圳故人……………………………………………154

滞于华山北峰远望……………………………………………154

驻足黄河风陵渡………………………………………………155

祝周郢先生《岱砚余墨》付梓………………………………155

凄凉犯·访梅兰芳故居，用白石韵…………………………156

清平乐·秋　雨………………………………………………156

秦岭翠华山地质公园纪游 …………………………… 156
与湖北故人及在陕同乡小聚 …………………………… 157
赠故人之一 …………………………………………………… 158
又赠故人 ……………………………………………………… 158
赠故人之三 …………………………………………………… 158
函谷关写望 …………………………………………………… 159
过鸿沟 ………………………………………………………… 159
临江仙·壬辰中秋 …………………………………………… 160
鹧鸪天·电影《白鹿原》观感 ……………………………… 160
秋　兴 ………………………………………………………… 161
承德小驻得句 ………………………………………………… 161
承德避暑山庄有作 …………………………………………… 161
定风波·承德镜湖 …………………………………………… 162
承德郊游印象 ………………………………………………… 162
壬辰九日 ……………………………………………………… 162
蓝关镇小饮 …………………………………………………… 163
塞翁吟 ………………………………………………………… 163
深秋杂感 ……………………………………………………… 163
立冬前一日曲江聚饮 ………………………………………… 164
雨后凭眺 ……………………………………………………… 164
鹧鸪天·访老舍北京故居 …………………………………… 165
鹧鸪天·访鲁迅北京故居 …………………………………… 165
霜叶飞·过古北口 …………………………………………… 166
庆祝十八大召开 ……………………………………………… 166
初冬印象 ……………………………………………………… 166
冬夜茗饮 ……………………………………………………… 167

怀　友	167
台城路·冬日谒北京法源寺	168
京华赋别	168
过洛阳	168
三门峡水库远眺	169
减字木兰花·西历平安夜即兴	169
北京寒夕	170
元旦期间小憩京华峭寒有作	170
过平陆	170
冬日过南郊环山路感兴	171
宁夏冬行	172
银川郊野	172
雪　霁	172
宁夏冬行杂咏	173
其一	173
其二	173
其三	173
其四	173
其五	173
其六	174
探春慢·冬日重访宁夏	174
玉楼春·冬　暮	175
立春前一日（周日）书室偶成	175
壬辰除夕即兴	176
癸巳春节	176
长亭怨慢·谒袁督师庙	177

癸巳元夜 …………………………………………………… 177

玉楼春·春　意 ………………………………………… 178

鹧鸪天·春　夕 ………………………………………… 178

北京得遇旧友正值沙尘天气 …………………………… 179

陪北京客人游大唐芙蓉苑 ……………………………… 179

春回感事 ………………………………………………… 179

汉宫春·兴庆宫感春，次稼轩词《会稽蓬莱阁观雨》韵 …… 180

遵嘱次韵和郑志刚先生 ………………………………… 180

春日赴富平县 …………………………………………… 180

癸巳清明 ………………………………………………… 181

清明后三日陪湖北客人游曲江 ………………………… 181

过大明宫遗址公园 ……………………………………… 182

京华春行杂咏 …………………………………………… 182

　　先农坛 ……………………………………………… 182

　　国家大剧院 ………………………………………… 182

　　龙潭湖 ……………………………………………… 182

　　夕照寺 ……………………………………………… 183

　　国子监 ……………………………………………… 183

　　卢沟桥 ……………………………………………… 183

　　北京孔庙 …………………………………………… 183

　　宛平城 ……………………………………………… 183

与湖北故人（画师）小聚 ……………………………… 184

鹧鸪天·郊原送别 ……………………………………… 184

茗坐偶成 ………………………………………………… 185

浣溪沙·郊原送别 ……………………………………… 185

京郊大兴庞各庄感事 …………………………………… 185

暮　春……186

浣溪沙·浐灞湿地……186

百字令·入　夏……186

回武汉……187

返乡小记……187

鹧鸪天·故乡小驻……188

登临武昌辛亥首义起义门……188

重游武昌首义广场……189

渡江云·武昌江滩晚步……189

西江月·读《滴泉居词稿》题赠余廷林先生……190

鹧鸪天·谒文丞相祠……190

癸巳端午……191

南歌子

　　访纳兰性德史迹陈列馆并游翠湖……191

鹧鸪天·访朱彝尊故居……192

满庭芳·游北京园博园……192

对　联·姚平先生千古……193

秦岭滦镇农家小醉……193

眉县太白山红河谷小驻……193

重谒张载祠并访横渠书院……194

夏日赴眉县宝鸡得句……194

扬州慢·过大散关故址……195

访李鸿章故居，次李氏临终遗诗韵……195

谒包孝肃公祠……196

阮郎归·雨中合肥……197

重读《散宜生诗》有感歌以记之……197

与武汉故人及在陕朋友饮于西安 ………………………… 198
夏日遣怀 ………………………………………………… 198
浣溪沙·观赵熊乔玉川书画小品展有作 ………………… 199
过圆明园遗址 …………………………………………… 199
鹧鸪天·谒谢公祠 ………………………………………… 200
出　都 …………………………………………………… 200
应邀赴户县一农家果园小憩 …………………………… 201
木兰花慢·听　蝉 ………………………………………… 201
初秋清晨 ………………………………………………… 202
过终南山 ………………………………………………… 202
访三沈故居和纪念馆 …………………………………… 203
安康道上 ………………………………………………… 203
咏新闻人物 ……………………………………………… 204
  薛蛮子 …………………………………………… 204
  秦火火 …………………………………………… 204
  薄谷开来 ………………………………………… 204
  丁书苗 …………………………………………… 204
  刘志军 …………………………………………… 205
  任志强 …………………………………………… 205
  王功权 …………………………………………… 205
  冯伦 ……………………………………………… 205
  奥巴马 …………………………………………… 206
  普京 ……………………………………………… 206
癸巳中秋 ………………………………………………… 206
清平乐·六盘山 …………………………………………… 206
过六盘山 ………………………………………………… 207

青岛小驻 ………………………………………………… 208

洞仙歌·青岛海滨 ………………………………………… 208

朝中措·青岛崂山 ………………………………………… 208

奉和刘玉霖先生并祝《坡底春秋》付梓 ………………… 209

鹧鸪天·癸巳九日 ………………………………………… 209

秋　夜 …………………………………………………… 210

祝英台近·哈尔滨太阳岛 ………………………………… 210

次韵奉和周晓陆教授《燕京》诗 ………………………… 211

访萧红故居 ………………………………………………… 211

电影《萧红》观感，叠韵前诗《访萧红故居》………… 212

与故人小聚于西安 ………………………………………… 212

疏　影 …………………………………………………… 212

过泾阳县怀吴宓先生，次吴《自题诗集》诗之韵 ……… 213

百字令·渭滨深秋 ………………………………………… 213

京华感遇 …………………………………………………… 214

从平谷到香河 ……………………………………………… 214

鹧鸪天·过北运河郊野公园 ……………………………… 214

与魏新河、田茂吟兄，吕小妮女史及诸友西安小聚 …… 215

鹧鸪天·访塘沽 …………………………………………… 215

初　冬 …………………………………………………… 216

鹧鸪天·冬　夜 …………………………………………… 216

赠吴嘉先生 ………………………………………………… 217

临潼傍晚 …………………………………………………… 217

游骊山 ……………………………………………………… 218

鹧鸪天·访谭嗣同北京故居 ……………………………… 218

悼曼德拉 …………………………………………………… 219

  其一 ………………………………………………… 219

  其二 ………………………………………………… 219

赴京郊王四营乡图书文化市场 ……………………… 219

冬月十五夜读得句 …………………………………… 220

太常引·西历平安夜 ………………………………… 220

冬至感事有作 ………………………………………… 220

连日雾霾始散有感 …………………………………… 221

新年感赋 ……………………………………………… 221

鹧鸪天·访谭鑫培北京故居 ………………………… 222

京郊来广营与同学小聚 ……………………………… 222

采桑子·访上林仙馆 ………………………………… 223

负 暄 ………………………………………………… 223

癸巳岁暮 ……………………………………………… 223

琐窗寒·长安隆冬 …………………………………… 224

感 事 ………………………………………………… 224

咏 马 ………………………………………………… 225

甲午春节 ……………………………………………… 225

春节记感 ……………………………………………… 226

高铁雪程从北京到西安 ……………………………… 226

鹧鸪天·雪 后 ……………………………………… 227

立春记感 ……………………………………………… 227

元夕即兴 ……………………………………………… 228

元夜望月 ……………………………………………… 228

浣溪沙·春 雪 ……………………………………… 228

绛都春·甲午上元 …………………………………… 229

鹧鸪天·访马致远故居 ……………………………… 229

游走京西古道 …………………………………… 230

鹧鸪天·过石头胡同 …………………………… 230

好事近·春　雨 ………………………………… 231

过汉城湖 ………………………………………… 231

咸阳漫成 ………………………………………… 232

会湖北故人 ……………………………………… 232

与刘炜评、王锋、吴嘉诸吟兄小聚 …………… 233

谒兴教寺 ………………………………………… 233

浣溪沙·南山访不还隐士 ……………………… 234

南山回望 ………………………………………… 234

已　忘 …………………………………………… 234

清明节五绝句 …………………………………… 235

　　其一 ………………………………………… 235

　　其二 ………………………………………… 235

　　其三 ………………………………………… 235

　　其四 ………………………………………… 235

　　其五 ………………………………………… 235

水调歌头·登刘公岛 …………………………… 236

访丁汝昌纪念馆 ………………………………… 236

京郊大兴青云店感兴 …………………………… 236

鹧鸪天·访龚自珍北京故居 …………………… 237

踏莎行·春　行 ………………………………… 237

瑞鹤仙·樊川春日 ……………………………… 238

鹧鸪天·春　野 ………………………………… 238

感　事 …………………………………………… 239

高阳台·重到曲江 ……………………………… 239

春　暮	240
鹧鸪天·访程砚秋故居	240
参观宣南文化博物馆	240
鹧鸪天·访林则徐北京故居	241
老槐诗社成立九周年志庆，次郑志刚诗原韵	241
西（安）禹（门口）路上	242
鹧鸪天·电影《归来》观感	242
为李绪正二幅摄影作品题诗	243
棕颈噪鹛	243
黄臀鹎	243
望禹门口	243
重谒司马祠墓	244
游韩城文庙	244
甲午五日	245
夏日郊野	245
鹧鸪天·端午即兴	246
鹧鸪天·访张伯驹潘素纪念馆	246
过清华大学	247
夏夜观世界杯足球赛	247
遵景北记吟兄之嘱咏山西洪洞县大槐树	247
卜算子·胡　杨	248
灞岸赠行	248
鹧鸪天·过灞桥	249
蝶恋花·周至水街	249
奉寄梅墨生先生	250
游仙游寺	250

古城南门修葺后城楼漫步得句 ……………………………………… 251

鹧鸪天·访北京抱冰堂 ……………………………………………… 251

谒李卓吾先生之墓 …………………………………………………… 252

浣溪沙·七　夕 ……………………………………………………… 252

与义友、晓陆、田茂诸吟兄和 ……………………………………… 253

马飞骧小聚，席间突降喜雨 ………………………………………… 253

与诸吟友小聚拈得"故"字，衍成一律 …………………………… 253

过大运河文化广场 …………………………………………………… 253

初秋凉夕 ……………………………………………………………… 254

齐天乐·西安唐苑 …………………………………………………… 254

鹧鸪天·访徐悲鸿纪念馆 …………………………………………… 255

过北京团结湖与马飞骧先生饮聚 …………………………………… 255

鹧鸪天·访齐白石故居纪念馆 ……………………………………… 256

鹧鸪天·访茅盾北京故居 …………………………………………… 256

甲午中秋即兴 ………………………………………………………… 257

到重庆 ………………………………………………………………… 257

到广安 ………………………………………………………………… 257

重庆拜会向喜英先生 ………………………………………………… 258

成渝路上 ……………………………………………………………… 258

谒成都杜甫草堂 ……………………………………………………… 258

浣溪沙·参观成都望江及薛涛井 …………………………………… 259

成都拜会杨启宇先生 ………………………………………………… 259

重庆朝天门傍晚 ……………………………………………………… 260

三苏祠 ………………………………………………………………… 260

鹧鸪天·访郭沫若故居 ……………………………………………… 260

蜀中行吟绝句 ………………………………………………………… 261

都江堰 ………………………………………………… 261

　　青城山 ………………………………………………… 261

　　崇州街子古镇 ………………………………………… 261

　　成都琴台路 …………………………………………… 261

　　成都百花潭 …………………………………………… 262

谒成都武侯祠后在锦里古街头小坐吟诗欲墨未成 ……… 262

重庆行吟绝句 ………………………………………………… 262

　　缙云山 ………………………………………………… 262

　　磁器口 ………………………………………………… 263

　　洪崖洞 ………………………………………………… 263

　　曾家岩 ………………………………………………… 263

　　歌乐山 ………………………………………………… 263

金菊对芙蓉·登峨嵋 ………………………………………… 263

念奴娇·钓鱼城怀古 ………………………………………… 264

鹧鸪天·访慧园兼怀巴金先生 ……………………………… 265

访梁实秋雅舍 ………………………………………………… 265

卜算子·成都薛涛纪念馆 …………………………………… 266

甲午九日 ……………………………………………………… 266

节日蛰居京华 ………………………………………………… 267

秋日登京郊鹫峰阳台山风景区 ……………………………… 267

鹧鸪天·访李大钊故居 ……………………………………… 267

秋日登京郊百望山 …………………………………………… 268

鹧鸪天·访太乙祠戏楼 ……………………………………… 268

鹧鸪天·访裘盛戎故居 ……………………………………… 269

秋　夜 ………………………………………………………… 269

秋日南郊农家乐 ……………………………………………… 269

冬日有感	270
曲江冬日	270
初冬偶成	271
琵琶仙·秦川岁暮	271
感　事	271
八声甘州·高铁上望华山及潼关	272
岁暮感事	272
新年感赋	273
长安初雪	273
雪　后	273
年末感事	274
春节闭守穷庐	274
春节度假	274
冬去春来兴歌	275
清　明	275
春　日	275
庆祝四川省诗学会成立	276
咏陕北佳县古枣园	276
雨　后	276
依韵和邓世广先生自寿诗	277
江　殇	277
乙末五日	277
谒耶律楚材祠	278
高阳台·重游颐和园	278
赠　友	279
津　门	279

重登香山	279
鹧鸪天·参观双清别墅	280
游张家界	280
张家界天门山	280
鹧鸪天·参观沈从文故居	281
北京南海子公园	281
乙未小雪日作	282
鹧鸪天·参观熊希林故居	282
初冬赴商洛	282
平安夜有作	283
冬日赴商洛	283
登商洛市郊金凤山	284
长安夜雪	284
高阳台·岁末感事	284
除　夕	285
春节京华有作	285
浣溪沙·元　夕	286
春　回	286
乙未九日	286
京华绝句	287
大观园	287
陶然亭	287
什刹海	287
莲花池	287
龙潭湖	287
玉渊潭	287

浪淘沙·春　分 …………………………………… 288

满江红·清　明 …………………………………… 288

暮春游曲江 ………………………………………… 289

春日晚夕 …………………………………………… 289

初　夏 ……………………………………………… 289

题李虎赠山照片 …………………………………… 290

贺新郎·端　午 …………………………………… 290

北京月季花洲际大会 ……………………………… 290

游北京紫竹苑 ……………………………………… 291

观法国欧洲杯足球赛 ……………………………… 291

湖北武汉渍涝挂念有感 …………………………… 292

高铁过邯郸 ………………………………………… 292

入秋感遇 …………………………………………… 292

里约奥运会 ………………………………………… 293

初秋秋兴 …………………………………………… 293

八声甘州·中　秋 ………………………………… 293

北京太庙 …………………………………………… 294

北京北海公园 ……………………………………… 294

北京社稷坛 ………………………………………… 295

北京景山公园 ……………………………………… 295

北京长城八达岭 …………………………………… 295

北京昌平明十三陵 ………………………………… 296

铜川香山寺 ………………………………………… 296

长安初雪 …………………………………………… 296

北京上方山云水洞 ………………………………… 297

北京青龙湖 ………………………………………… 297

北京世界花卉大观园 ………………………………… 297

丙申至日 ………………………………………………… 298

迎新年 …………………………………………………… 298

冬　夜 …………………………………………………… 298

迎丁酉鸡年 ……………………………………………… 299

临江仙·元　夕 ………………………………………… 299

水调歌头·与诸公春游得句 …………………………… 299

三月西安下雪天寒得句 ………………………………… 300

清　明 …………………………………………………… 300

春游北京陶然亭 ………………………………………… 301

鹧鸪天·谒利玛窦墓 …………………………………… 301

暮春之际会湖北故人 …………………………………… 301

初夏会故人 ……………………………………………… 302

满江红·端　午 ………………………………………… 302

心　苦 …………………………………………………… 303

心　苦 …………………………………………………… 303

酷　暑 …………………………………………………… 303

游三峡大坝 ……………………………………………… 304

神农架纪游 ……………………………………………… 304

重游宜昌绝句 …………………………………………… 304

　　三游洞 ……………………………………………… 304

　　九码头 ……………………………………………… 305

　　团子岭 ……………………………………………… 305

　　东　山 ……………………………………………… 305

　　下牢溪 ……………………………………………… 305

入　秋 …………………………………………………… 305

中　秋	306
丁酉九日	306
安康瀛湖游	306
游瀛湖，餐饮于流水古镇	307
再访安康	307
出城有感	307
冬　月	308
新　年	308
长安夜雪	308
岁　寒	309
访天津武清佛罗伦萨小镇	309
迎戊戌狗年	309
回故乡	310
故乡感赋	310
初春出行有感	310
清　明	311
谷　雨	311
初　夏	311
有　感	312
端　午	312
梦寐得句，醒来敷衍成篇	312
观俄罗斯世界杯足球赛	313
过鄠邑区祖庵镇	313
北　望	313
留别西安诸友	314
返京留别西安诸友	314

返京感赋	314
中　秋	315
访北京智化寺	315
参观北京史家胡同	315
参观北京古观象台	316
谒北京妙应寺白塔	316
参观北京前门三里河公园	316
参观北京钓鱼台国宾馆银杏林	317
谒北京弘慈广济寺	317
游北京白云观	317
游北京明城墙遗址公园	318
北京未来科学城留别	318
昌平乐多港闲游	318
谒李卓吾先生墓	319
谒通州燃灯佛舍利塔	319
北京初雪	319
亦庄纪游	320
登通州大光楼	320
运河文化广场漫步	320
通州纪游	321
春　至	321
过通州八里桥	321
延庆世园会	322
延庆张山营小驻	322
延庆世园会	322
夏　至	323

十三陵定陵游览	323
十三陵昭陵参观明史吏治展	323
重访青岛	324
青岛海情大酒店留宿	324
再登崂山	324
陶然亭湖游船	325
访中国计量科研院	325
游北京大观园	325
霜　降	326
昆明小驻	326
昆明西山	326
昆明大观楼	327
北京大雪	327
昆明翠湖	327
昆明海埂民族村	328
添孙志喜	328
庚子春节	328
在家抗疫	329
昆明聂耳墓	329
燕郊行	329
春　来	330
清　明	330
重读元好问《雁丘词》	330
入　夏	331
乡村游	331
什刹海漫兴	331

庚子端午 ·· 332

索　居 ·· 332

夏夕偶成 ·· 332

夏　末 ·· 333

新　秋 ·· 333

初秋小成 ·· 333

密云野炊 ·· 334

庚子中秋 ·· 334

游平谷金海湖 ·· 334

游黄崖关长城 ·· 335

密云水库远眺 ·· 335

访蓟县独乐寺 ·· 335

谒袁崇焕祠墓 ·· 336

游八大胡同 ·· 336

游烟袋斜街 ·· 336

游潘家园文物市场 ·· 337

游钟鼓楼 ·· 337

访普度寺 ·· 337

访皇城根东安门遗址 ·· 338

瞻慈寿寺塔 ·· 338

谒汇通祠 ·· 338

玉渊潭赏樱 ·· 339

访草桥遗址 ·· 339

游前门大街 ·· 339

谒五塔寺 ·· 340

游雍和宫 ·· 340

游孔庙及国子监	340
游北京奥林匹克森林公园	341
游鸟巢	341
游琉璃厂	341
游天桥	342
永定河寄兴	342
游首钢园	342
游北京城市绿心公园及大运河森林公园	343
游通运桥及张家湾城墙遗址	343
亮马河夜航	343
游北京环球影城	344
后　记	345

过泾渭镇

夕照笼芜岸，苍黄汇两滩。
枯蕖摇浊浪，野渚滞清湍。
空忆孤舟渡，徒怀独钓竿。
高楼立西北，世事逐悲欢。

写于 2009 年 8 月。泾渭镇位于高陵县，因污染，已无泾渭分明之景。《古诗十九首》：西北有高楼。

过汾阳

渡远向汾阳，西风带晚凉。
霸图曾属晋，块土尽归唐。
竹叶融诗骨，杏花滋酒肠。
浸涵河朔气，别路自苍茫。

写于 2009 年 8 月。汾阳市位于山西吕梁地区，酒乡杏花村在此地。

谒苏武墓

萧萧原上马频嘶，苏武陵前怅久之。
白雪丹心天地鉴，黄沙碧血鬼神知。
九霄风阻他乡雁，万里寒摧故国枝。
毅魄归来尚持节，似吟昔日断肠诗。

写于 2009 年 8 月。苏武墓在咸阳武功县，有塑像及华国锋题匾，苏武存诗四首。

到陈仓

西来爽气满陈仓，表里山河旧帝乡。
地入秦关三辅秀，天回汉塞九台荒。
新城旖旎存铜鼎，故道逶迤走铁骧。
庙貌千秋馨俎豆，陇云岭树拥清姜。

写于 2009 年 8 月。陈仓现属宝鸡，宝成铁路大致沿陈仓古道而建。有大散关、姜原庙、清姜河、青铜博物馆等名胜。

自题九一轩

俯仰乾坤寄此轩，轻阴迟日照华颠。
青锋挂壁尘封矣，翠岭含窗蝶化焉。
万井喧声风窈窕，四时佳兴月婵娟。
端居未究穷通理，漫卷书帙不问天。

写于 2009 年 8 月。

安康汉江晚茶得句

目送游龙赴楚丘，金州茶肆且忘忧。
一沟沧浪杯前泻，两岸华灯扇底收。
但见烟洲栖野鹭，不知身世拟沙鸥。
濯缨还借故乡水，休向五湖聊系舟。

写于2009年8月。安康古称金州。汉江发源于陕南经安康流入湖北。

西江月
汉江泛舟

遥指苍穹石壁，斜拖素练银丘。薰风送我走篷舟，路转青岑碧岫。

忘却长安旧事，思寻汉水瀛洲。携壶击楫伴鸣鸥，一醉烟亭云牖。

写于2009年8月。安康水电站库区名瀛湖。

重访大连漫兴

金石滩
碧海苍山列四围，滩头又共煮青梅。
未言今古英雄事，但见群鸥结队回。

金 州

一别辽天几度秋,金秋初至访金州。
秋风着意寻新景,播散相思到海陬。

星海广场

披襟尽享快哉风,云散月明百虑空。
星海辉煌呈丽质,九天玉宇落辽东。

老虎滩

豪情自诩海天宽,径入人潮老虎滩。
暂放尘心游化外,骑鲸我欲摘龙冠!

旅顺口

弹洞犹存隐翠岩,银湾灯港接琼田。
今宵海上娟娟月,解我心怀着意圆。

棒棰岛

风生别岛绿参差,忧患潜从物外知。
远望暮潮连浩宇,徘徊默诵叶公诗。

写于2009年9月。叶剑英《远望》诗写于棒棰岛宾馆,诗中有"忧患元元"云。

满江红
观黄渤海分界线

一线横陈，沧溟际，自分清浊。凭铁岬，天高海阔，秋澄气肃。眼底穿空樯橹动，耳边拍岸云雷逐。约故人，访旧到辽东，偕鸿鹄。

黄渤水，能濯足；蓬瀛景，堪豁目。指青山白塔，一湾新绿。千古兴亡随笑谑，百年荣辱当歌哭。立岩礁，拾浪入吟囊，风如沐。

写于2009年9月。景区位于辽东半岛最南端铁山岬，于此可观一条清晰的水线。由于海沟、潮流和地球引力的作用，出现"黄海不黄，渤海不清"的景观。

海河之滨漫步

天清暑净晚风娇，潋滟星河过市嚣。
漫步新桥知岸阔，闲登旧榭仰楼高。
问津难觅三沽路，理棹还瞻万里涛。
濯濯秋容凝素月，几行鸣雁落蓬蒿。

写于2009年9月。天津位于三岔河口地区，三水交汇处。

西江月
游曲江池遗址公园

鸥鹭声中螺岛,芦苇荡里龙湫。片云祈雨下环丘,雾接终南岭岫。

闲坐疏林赏静,试穿曲径寻幽。宜春景物复宜秋,只有滩声依旧。

写于2009年10月。曲江池为秦初辟,隋唐乃有此名。片雨、祈雨、疏林、江滩皆为景名。

秋日游曲江池

曲江秋色美,淡抹出浓妆。
岭上黄初至,园中绿未央。
芦汀新雁国,柳浦旧鲈乡。
欲续梁园赋,匆匆不卒章。

写于2009年10月。梁园为西汉时名园,司马相如曾作赋于此。

已丑中秋

其一

倏尔中秋至,城头月影迟。
可怜今夕酒,不共故人持。
一幕红绡舞,几行白苎词。

遥思飞九畹，正是橘黄时。

白苎词：思乡之词。九畹：语出《离骚》，指楚地。

其二

庭除凉似沐，蛩语奏清商。
望断千灯影，踏残一地霜。
征鞍风雨旧，旅食蕨薇香。
牢落江湖意，无由寄昊苍。

写于2009年10月。

中秋咏月

濯濯照千村，娟娟临万户。
嫦娥别恨新，岁岁无归处。

写于2009年10月。

太湖鼋头渚远眺

万顷灵波一壮图，洪荒过后剩兹湖。
连樯云影终归越，列屿烟光尽入吴。
日落芳洲栖荻鹭，风生芜岸想莼鲈。
秋怀浩荡无穷水，岂羡涛边有钓徒！

写于2009年10月。

登长江燕子矶

危亭绝顶渺天梯，何碍英雄作钓矶。
钟阜云烟犹上下，石城楼堞自高低。
青苍吴楚千重岭，紫黛江淮万里畿。
长笛数声凌燕翅，秋风鼓浪逐朝曦。

写于 2009 年 10 月。

访金陵

凤虎云龙绕白门，游踪遍染古今尘。
桃根桃叶连芳甸，玉树玉楼维画轮。
巷拥乌衣杨柳梦，桥喧朱雀绮罗人。
今逢四海为家日，伫望岷涛入海屯。

写于 2009 年 10 月。白门：南京的别称之一。岷涛：长江。

姑苏行吟

拙政园

千里问知拙政园，荷轩小坐说归田。
姑苏迓我花间酒，寄迹烟萝欲醉眠。

拙政园东部名归田园居。

虎　丘

长啸高歌上虎丘，剑池丹石试吴钩。

岚光塔影芙蓉水，极目江南一雁秋。

留　园

喜雨佳晴四季天，焚香读易享萧闲。

五湖借得荷兼柳，画卷长留天地间。

易：《周易》。

沧浪亭

沧浪之水泛秋英，不独清涟可濯缨。

缩地移天此亭古，江湖咫尺有榛荆。

沧浪应读沧郎（音）。

狮子林

崇山曲水接松云，小径回廊试一寻。

兴会俱忘荣辱事，何妨酒醒卧狮林。

网师园

萍潭竹涧久安之，闹市红尘隐网师。

月到风来心自远，青山白水总相知。

月到风来：网师园一亭名。

枫　桥

船娘荡桨逐喧潮，烟柳阊门回望遥。
渔火黄昏何处起，吴歌送我过枫桥。

寒山寺

柳外涛声尘外踪，江村隐约酒旗风。
停舟向晚秋波醉，梦绕寒山寺里钟。

写于 2009 年 10 月。

（载于 2010 年 3 月 17 日《西安晚报》15 版终南副刊）

游退思园

驻足吴中一小园，秋风应约到门前。
亭上堂下人头攒，退思风景不费钱。
临轩满目松竹瘦，石山玲珑已剔透。
观鱼清漪堪养心，除草三陉砥德厚。
宦海逐流浪滔滔，用舍行藏贵有韬。
忧谗畏讥同今古，天意难询庙堂高。
进退莫作智愚辩，遑讶英雄起蓬蒿。
我来适逢清秋节，梦里水乡情百结。
平泉草木寄幽思，千里江南望燕阙。
君不见，
天地景，似旧时，花开花落两由之，
诗徐咏，酒慢酾，大梦先觉我自知。

谁言池苑无龙种，始信闾巷有凤螭！

写于2009年10月。螭：一种长翅的龙。

西江月
晚饮得句

夕日平临岭坂，西风径过林丘。千樽不解百年忧，谁倩红巾翠袖？

听取青萍鸣匣，指看白雁横秋。等闲身已老沧州，何以屠龙屠狗！

写于2009年11月。

初冬早行

一鞭踏碎灞桥霜，试遣冬云散八荒。
目尽龙丘连楚甸，心随雁阵到襄阳。
淬身已历冰兼火，砺志无庸慨而慷。
揽辔秦关空四顾，不知何处是他乡！

写于2009年11月。结尾句用太白句。

远 怀

惯驱烈马走龙沙，侧耳风雷伴鼓笳。
一任敝裘沾白雪，漫凭醉眼看黄花。
河山有待当登览，天地无私莫怨嗟。
远涉不辞勒铭苦，壮心岂止梦还家。

写于2009年12月。黄花：菊花。

读胡乔木诗词有感

如此江山如此人，风云际会喜逢辰。
红楼屡幸操觚翰，青史何迟辩鬼神。
乔木峥嵘空有迹，遵鸿嘹唳渺无尘。
流光驹隙沧桑换，万姓无劳读檄文。

写于2009年12月。胡乔木存诗词二十余首。乔木：《诗经》出自幽谷，迁于乔木。遵鸿：《诗经》鸿飞遵渚。

读聂绀弩《散宜生诗》有感

一生未负骨崚嶒。思想忧天老亦曾。
草莽秋风九头鸟，江湖夜雨廿年灯。
焚轮劫浩忘疏放，伐木歌谐绝爱憎。
诗史万言金掷地，至今余响尚骞腾。

写于2009年12月。聂绀弩自号"散宜生",取无用(散)终年(宜生)之意。第二句改用聂诗原句,第四句化用山谷句。

弈棋小咏

净扫庭除试乱柯,越王剑对鲁阳戈。
争先宜守华容道,弃子休驰长坂坡。
一局楸枰涵宇宙,半帘风月弄婆娑。
谈兵漫诩神机算,世上输赢似掷梭。

写于2009年12月。乱柯:喻下棋。越王剑、鲁阳戈均为利器。掷梭:来回反复。

读郭沫若诗词有感

青衣沫水两泱泱,秀毓文星耀八方。
素简黄绢研有素,苍波红日颂无疆。
兰台战鼓书投火,紫阁东风笔变枪。
喏喏难舒寥廓志,雕弓终未挂扶桑。

写于2009年12月。挂弓扶桑:语出李白表远大理想,扶桑指神树。郭生于四川乐山,青衣江(若水)和大渡河(沫水)交汇处。李白"峨嵋山月半轮秋,影入平羌江水流"即若水。郭撰联有"剑倚天外,弓挂扶桑"句。

读流沙河诗文有感

未敛襟情未送穷,百年风雨洗霜蓬。
诗吟锦水新荷岸,泪洒沱江旧竹丛。
懒照青波忧日月,闲翻白眼看鸡虫。
寓形宇内何为者,万里流沙一断鸿。

写于2009年12月。霜蓬:白发。颈联化用流沙河句。流沙河:四川金堂人,诗人,以新诗成名,少有旧诗。

京城雪霁

素裹银妆蔚大观,古城新霁九门宽。
迎风梅萼谁尤艳,映雪征衣我最单。
天宇无遮成淡远,人间有味是清欢。
凭轩静坐摊诗卷,万里江湖入梦安。

写于2010年1月4日。

骋　怀

笑傲应怜我,披襟上啸台。
长安无米乞,燕市有书来。
岭峻遮雄略,风高说霸才。
倚筇堪一慨,何处唤朋侪!

写于2010年1月。

水调歌头
雪后辞别京华

鹤羽洗天净,客袂抚征鞍。飘飘六合清气,吹拂鬓毛斑。任尔炎凉千变,我自荣枯本色,炯炯寸心丹。惯走蚕丛路,何计步蹒跚!

别燕阙,吟楚赋,向秦关。且将冷眼闲看,攘攘沐猴冠。肩上人间道义,胸次素韬冰雪,离合抑悲欢。挥手从兹去,匹马啸云山!

写于2010年1月。蚕丛路:蜀道。

读柳亚子诗词有感

多曾大野哭穷途,几见玄黄易霸图。
锦瑟萧条余涕泗,欧刀慷慨剩头颅。
捋须朗咏新诗叟,弹铗高歌旧左徒。
侠骨骚魂安所止,吴根越角有分湖。

写于2010年1月。柳亚子是南社领袖,同盟会员,曾亡命日本。左徒:屈原的官名之一。分湖:柳之故里,在苏州吴江。柳存诗词二千余首。

读于右任诗词

布衣麻鞋犹赤子，诗笔鸿辞写青史。
凤鸣岐山度函关，一生蹭蹬有万死。
古戍饥乌战垒荒，回首神州几沧桑。
孤舟冷落天涯客，夜梦时绕黄花岗。
鸡鸣故国云海绿，望我大陆唯痛哭。
伊人白发飘兼葭，骚心已随风雷逐。
于夫子，美髯公，落落乾坤一山翁。
腕底龙蛇开新美，陟屺丹忱润墨中。
百年兴亡无尽感，一卷钤括唱大风！

写于2010年1月。于右任是书法家、诗人，国民党元老。存诗词曲一千多首。陟屺：（登山）思母之情。

读陈毅诗词

少小课诵天将晓，树上唧唧鸣知了。
今宵剪烛开诗卷，清音犹在耳边绕。
满纸棱棱剑气生，风樯阵马见龙藻。
笔蘸天河写彪章，诗人本色长自葆。
当年鏖战粤赣间，梅岭丛莽无昏早。
头颅敢向国门悬，凛然浩气凌八表。
野哭新亭鼙鼓惊，血沃中原肥劲草。
仗剑从云作干城，六合寇氛一风扫。

风虎云龙拥江淮，掀天揭地身手好。
箪食争迎空巷衢，立马高吟五湖晓。
莫干修篁风骨峻，竹畔对弈听啼鸟。
鹏翼乘风御太空，瞩目人间城郭小。
五洲到处有亲朋，踏遍青山人未老。
人如青松挺且直，雪虐雨晦压不倒。
枫叶霜重色愈浓，不矜世夸颜色好。
尤有秋菊送晚香，风姿凌寒不枯槁。
佳兴流韵壮东风，千山万水情未了。
平生慷慨付马蹄，澎拜诗情何须矫！
一柱天南百战身，杰作岂独是征讨。
点染斑斓艺道精，雄辞妙构知多少。
一卷读罢思飞扬，起看红日跃林杪。

写于2010年1月。新亭：喻亡国之痛。亚夫：周亚夫，西汉名将。甘棠：喻德政。

读郁达夫诗词有感

清琴慧剑两飘零，感风吟月任转萍。
子建文章惊艺苑，高阳俦侣泣戎亭。
越吟终负幽栖志，楚馆何辜薄幸名。
劫数东南天作孽，哀哉贞魄陨沧溟！

写于2010年2月。郁达夫1938年曾参加郭沫若领导的国防部三厅活动。1945年被日寇杀害于新加坡。第七句用郁句。子建：曹植。高阳俦侣：酒徒。越吟：春秋越人庄舄仕楚思越而歌吟。楚馆即青楼。

迎虎年感赋

笳吹万户换桃符，客次郊村岁又除。
垦野牛劳辞去日，啸天虎老叹今吾。
思牵渔父新船桨，饮尽农家老酒壶。
漠漠荒烟旷瞻尽，沧波东逝欲乘桴！

写于2010年2月。去日：曹操《短歌行》："譬如朝露，去日苦多。"

京郊小饮

何堪爆竹扰芳辰，却喜农家腊酒淳。
疏影迎宾花缀壁，清风属客鸟窥人。
漫敲筵箸身无累，倾抚胸膺语有神。
履地戴天归去也，征衣尽染帝乡尘。

写于2010年2月。属客：劝客喝酒。

读李叔同诗词有感

孤负湖边野草花，寓形萧寺旧袈裟。
盲风晦雨行行柳，剩水残山处处笳。
钟磬凄凉修有秩，笙歌缥缈意无涯。
悲欣交集心何净，月照浮图绕暮鸦。

写于2010年2月。李叔同：出身于天津（1880-1942），1918

年在杭州虎跑寺出家，法号弘一。在文学、音乐、戏剧、书法、篆刻诸方面均有成就。有秩：博大，秩，积也。浮图：佛塔。

读《启功韵语集》有感

燕山蓟水漫扶藜，万物荣枯细品题。
意趣诙谐文洒脱，形神寂寞笔痴迷。
身穷犹自悲麟泣，室雅何尝待凤仪。
字写庄生齐物论，乐乎天命未曾疑！

　　写于2010年2月。启功曾任中央文史馆长、中国书法家协会主席。身穷：得钱难补半生贫（启诗原句）。《齐物论》见《庄子》。结句化用陶渊明《归去来辞》：乐乎天命复奚疑。

读苏曼殊诗词

天地一孤僧，持钵行万里。
汗漫红尘游，歌哭写悲喜。
东瀛观雪月，画楼人双倚。
樱瓣浸泪血，片片落鸳绮。
零雁与断鸿，凄凄唳荒鄙。
箫吹浙江潮，雨滋润桃李。
觞咏舒病骨，红豆浮绿蚁。
天女唇中露，一尝恨难弥。
心依菩提树，情溢萧郎体。

湖畔梅影瘦，带雪入腕底。
酒醒罗浮梦，锦书托鸿鲤。
鲛绡赠故人，易水浩歌起。
泪痕满苍颜，脂痕相伦拟。
神州余子尽，飘沉蓬梗徙。
已空烟火色，犹叹五斗米。
萧寺枕经眠，衰柳挂芒屣。
故国生禾黍，戴笠长陟屺。
风雨过山川，草木自披靡。
禅榻茶烟轻，夜哭良有以。
才调迥绝尘，心境净如洗。
死生长契阔，拳拳忏未已。
翩若华亭鹤，梵土寻归邸。
翳然剩化去，诗魂长已矣。

写于2010年2月。苏曼殊：清末民初僧人，俗籍广东香山，曾居日本多年。著有多种诗文小说及译作。存诗约百首。孤僧：行云流水一孤僧（苏诗原句）。绿蚁：酒。萧郎：情郎。余子：劫余之人。华亭鹤：我为华亭鹤（苏诗原句）。

京晋道上

其一

去去幽并道，行行过井陉。
游遨情愈壮，旅泊梦频惊。
北极星遥拱，南天曙渐清。

覃思穷大野，寒鸟自流嘤。

其二

晓日生苍宇，澄晖耀彩旌。

沙凝鸿爪晰，草伏马蹄轻。

有志重投笔，无心再请缨。

萧萧风过耳，意气已填膺！

写于2010年2月。幽并（读兵）道：指北京、河北、山西之间的古道，井陉：冀晋间古塞。

骋　望

乘春骋望步踟蹰，四塞玄黄似客庐。

秦镜疏明分善恶，楚弦掩抑说乘除。

一腔肝胆向谁剖，三径荆榛待自锄。

日落崦嵫情勿迫，人生随处见真如。

写于2010年3月。秦镜：传秦皇有方镜，能照心之善恶。乘除：比喻消长、毁誉等。崦嵫：传说日落之地，在天水以西。《离骚》：望崦嵫而勿迫。真如：（佛语）宇宙万物之本原。

拜读车远方先生《激情讴》

百首寻无半句空，激情还欲挽雕弓。
诗融涪水岷山月，笔挟剑门蜀道风。
两弹精神凝白发，九天星曜映丹衷。
晚霞披照梁园雪，千树梅花一放翁。

写于2010年3月。车远方先生（1937年出身）乃中国工程物理研究院科技专家，雅好吟咏，蒙赠诗集《激情讴100首》。第四句犯孤平，不改。梁园：汉时名园，此处代指京城园林。结句化用陆游"一树梅花一放翁"句。

读秋瑾诗词有感

万里抟风破雾岚。只身东海未图南。
貂裘换酒携书簏，铁马蹴冰磨剑镡。
浩浩乾坤多侠女，茫茫世界少真男！
秋风秋雨同歌哭，一读遗章一疚惭！

写于2010年3月。秋瑾号鉴湖女侠，存诗词数百首。"秋风秋雨愁煞人"是其绝命词。第四句孤平自救。剑镡：剑首，剑鼻。

读康有为诗有感

一鞭冷月踏居庸，怀抱芳馨说大同。
车拥乌台排笔阵，歌残菜市耸刀丛。

清流白马波杳渺，噩梦黄河雾晦蒙。
抚剑长号哭无泪，关山何处问雌雄！

写于2010年3月。大同：《大同书》为康有为名作。车：公车。乌台：都察院的简称。清流白马：五代朱全忠杀士大夫于黄河白马驿。号：读豪。

读谭嗣同诗词有感

谈兵每欲驭龙梭，抚剑登台涕泪多。
秋草萧疏山挺脊，春帆浩荡海扬波。
鸡鸣孤馆惊燕市，犬吠严城起楚歌。
侠骨抛荒魂未死，九州四塞已干戈。

写于2010年3月。谭嗣同字壮飞。戊戌事变被斩于京。龙梭：战船。春帆楼：在日本，《马关条约》签订处。燕市：北京菜市口。

读《陈独秀诗存》

独秀奇峰入云阙，吴楚英雄吹笛裂。
尤有仲甫驰其名，擎天覆地一人杰。
万马齐喑南北同，五四狂飙势吞虹。
独立高楼风满袖，新青年辈称元戎。
板荡中原还逐鹿，赤帜翻飞满陵谷。
血流漂橹船舰倾，龙隐大泽甘雌伏。

狼烟寇氛何披猖，痛见神州失旧疆。
孤愤笔扫金粉泪，欲挽天河洗八荒。
濯足江津空叹喟，寒斋频剪灯花穗。
邃密旧学启新知，书生本色不曾褪。
离抱长系庑云平，一世兴衰过眼明。
纵浪大化无喜惧，青史千秋自有评。
诗薄古今风骨峭，奔蛇走虺惊雷啸。
把卷高咏转沉吟，茫茫大块入瞻眺！

写于2010年3月。陈独秀家乡在安庆怀宁县独秀山。金粉泪：陈之名诗。江津：在重庆，陈晚年曾生活于此，1942年病故于此地。纵化：陶渊明诗："纵化大浪中，不喜亦不惧。"大块：大自然。

水调歌头
读梁启超诗词有感

矫首望南斗，怅触一何多。思追天际帆影，隐约起行歌。世誉大才如海，兀自饮冰茹檗，六印又如何。万里风雷疾，断发且荷戈。

驱千乘，栽五柳，两蹉跎。洗除余子血泪，赤县雨滂沱。笔写蒿莱壮气，情寄少年中国，矢志未销磨。把卷吟佳句，宏旨启三摩。

写于2010年3月。用梁《水调歌头·甲午》原韵。梁启超号任公，别署饮冰室主人。檗：黄檗，乔木，可入药。六印：指相印。千乘（读胜）：指公车千辆上书。五柳：取陶渊明《五柳先生传》意。三摩：即三昧，指真谛。

桂枝香
重上五台山

重登净国，正锦簇林岑，霞染亭阁。台耸如来五指一怀盈握。黄墙青瓦飘梵呗，沐春风，人行翠陌。万综玄想，千般闵念，何堪言说。

忆平生，久经契阔，念几杵疏钟，竟自惊魄。万丈红尘梦断，此身非昨。茫茫浮世云游路，又何妨、芒屣铜钵。夕阳庙院，独依孤塔，静听风铎。

写于2010年5月。台：五台山五峰环峙，台者，峰头平地如台。如来：佛。一怀：指台怀镇。黄墙青瓦：喇嘛教较早传入五台山，佛教各派现并存于兹。

五台山玄思

其一

远谒五台山，梵宇驻吟屐。
心逐云卷舒，身沐清凉立。
和风过台怀，慈霭浮峰脊。
葳蕤万木春，岑岫已深碧。
庙殿鸣疏钟，市陌杂狼藉。
矫首对禅天，感今复怀昔。

其二

我本庸碌辈，风尘暂寄迹。

久被名利牵，奔忙何汲汲。
万事随转烛，行年驱蓝笙。
鬓发渐染霜，壮心徒戚戚。
前瞻欲何之，过往嗟何及。
静穆观乾坤，抚襟唯太息！

其三

离离草色深，萧萧风声疾。
苍苍者谓天，今夕知何夕，
茫茫者谓地，川壑有波溺。
何求一亩庐，衡宇足容膝。
何求五斗米，难免折腰揖。
岂敢悲其私？但为苍生泣。

其四

天籁动深衷，悒郁自相袭。
寸心当修持，励志甘面壁。
智者每无惑，仁者长无敌。
清梦与空花，何须久寻觅。
峰台浮霞光，万象披煜熠。
诗吟五言成，坐看日西匿。

写于 2010 年 5 月。衡宇：简陋的房屋。清梦：犹美梦。空花：佛语指假象。

（原载《星星》诗刊 2016 年第 5 期）

小重山
杨　花

曼妙廉纤如许轻，翩翩携玉梦，洒琼英。东风着意舞华京，任娇纵，倩影惹流莺。

隐隐客心惊，芳尘铺远路，染离旌。天涯飘荡共伶仃，迷蒙处，遗我满怀清！

写于2010年5月。四月末到五月初，北京杨花漫舞、柳絮飘飞，因以赋之。遗：读卫音。

读杨宪益《银翘集》有感

驱风驰景跨双轮，飞过劫灰经市尘。
笛咽红楼风满槛，梦逢青咒雾侵晨。
一生诗酒忘机叟，四海烟云冷眼人。
群怨兴观入吟集，银翘解毒见精纯。

写于2010年5月。杨宪益曾译《红楼梦》法文版。《银翘集》是其旧体诗集。银翘：中药名，功效清热解毒。双轮：指东西文化。咒（音读四）：犀牛，常喻英雄。忘机叟：取自苏东坡句"白首忘机"，见《八声甘州·寄参寥子》。兴观群怨：语出《论语》，孔子认为诗的四大功用就是"兴、观、群、怨"。

谒王国维纪念碑

儒冠磊落抱经纶，插棘坚持谷口真。
半梦深愁危枕客，九州残局烂柯人。
风前黄鸟悲秦士，湖畔青蘺吊楚臣。
天护贞珉常炳焕，斯文异代揖芳尘。

写于2010年5月。王国维纪念碑位于清华园第一教学楼北侧，碑文为陈寅恪撰。其墓在北京石景山福田公墓。谷口真：典出汉扬雄《法言·问神》："谷口郑子真，不屈其志而耕乎岩石之下。"后以"谷口真"指隐居躬耕、修身自保的隐士。黄鸟：《诗经·秦风》篇名。《左传·文公六年》："秦伯任好卒，以子车氏之三子奄息、仲行、针虎为殉，皆秦之良也。国人哀之，为之赋《黄鸟》。"

读钱锺书《槐聚诗存》

虫默槐喧倚小楼，高天厚地一诗囚。
笔参造化研盈缩，学贯华夷论去留。
臧否千家无说项，支离四海未依刘。
素笺翠墨风神峻，鸾步鹤音诚寡俦。

写于2010年5月。钱锺书号槐聚。器宇高迈，学识超拔。有《管锥篇》、《谈艺录》等巨制。《槐聚诗存》是其旧体诗集。第二句用金人元好问句。盈缩：消长。去留：取舍。

读赵朴初诗词曲有感

仁心妙谛泯机锋，渭树江云绎化工。
万里诗禅鹏翼上，百年兴废雁声中。
胸怀市井梵天月，目瞩边荒净土风。
细品吟笺何所见，清芬漫绕浣花翁。

写于 2010 年 5 月。赵朴初长期担任中国佛教协会主席。存诗词曲多集。渭树江云：杜诗"渭北春天树，江东日暮云"。化工：自然之工巧。

读汪精卫《双照楼诗词稿》

徒将名号拟冤禽，汗简从来耻帝秦。
燕市高歌终有忆，吴宫残梦杳无寻。
舟行孽海腥风疾，城挂降幡血雨淋。
火卷残篇应自悔，引刀成快只空吟。

写于 2010 年 5 月。汪精卫：名兆铭，号精卫。其兄兆镛、兆铨为岭南诗词名家。冤禽：精卫鸟。帝秦：指屈奉暴政。燕市：指明汪早年在京刺杀清摄政王未果，有"引刀成一快，不负少年头"诗句。

登山海关

终古浮云绕此关，襟连智水枕仁山。
登陴尽吸幽燕气，纵目欲为藤葛攀。
缭绕川原城万雉，浮沉浪海忆千般。

天风漫洒英雄泪，抚槛尤惭两鬓斑。

写于2010年6月。山海关景区内现建有多处仿古建筑。陴：矮墙、城垛。雉：古代计量城墙的单位。

幽燕揽胜

老龙头

天开海岳乱云浮，百尺高台耸怒流。
万雉如梁横北国，雄魂一系老龙头。

碣石山

诗情漫洒落花天，山岛洪波化陌阡。
碣石潇湘无限路，来吟魏武旧游篇。

第三句用唐人张若虚《春江花月夜》句。碣石山在秦皇岛市昌黎县，因地势变化，现在已不见"山岛竦峙，洪波涌起"之景。

孟姜女庙

清风庙宇净无尘，片石摩挲有阙痕。
城砌孟姜千古泪，正宜诗客吊香魂。

孟姜女庙在秦皇岛市山海关区。

九门口长城

往事千年迹已残,九门郁翠泛琼澜。

闲云自绕烽台集,又护虬龙岭上盘。

九门口长城在辽西绥中县。

秦皇岛

重城展翅接蓬瀛,亘古风涛卷未停。

海客求仙不知处,巍巍巨像立新晴。

巨像是秦始皇雕像,在该市东山濒海处。

北戴河

一湾车马去闲闲,海月星津浪失眠。

盛世酣歌犹未彻,不知今夕是何年!

菊花岛

锦帆应是到天涯,绿岛寻幽一叹嗟。

只觉春归无觅处,东篱却有未开花。

第一句用李商隐《隋宫》句。东篱常指种菊花处。

兴　城

百年铁血随风散,万里关河归一瞰。

故垒新衢接海隅,凭栏独忆袁崇焕!

巨兴城旧名宁远卫,袁崇焕曾于此指挥宁远大捷。

以上八首写于2010年6月。

登黄鹤楼

其一

昔别故乡水，今登黄鹤楼。
一帘彩霓舞，九派玉龙游。
闻笛真歌哭，凭轩喜唱酬。
风涛携楚韵，浩荡向东流。

其二

又踏竿头步，重登百尺楼。
洲前帆影远，江上鼓声遒。
俯仰无新憾，浮沉有旧愁。
开怀迎爽气，天地入吟眸！

写于 2010 年 6 月。

永遇乐
武汉度端午节

　　鹊舫优游，龙舟竞进，绕岸旗鼓。诵九章辞，插三年艾，故地迎端午。满城烟柳，沿滩芳草，几处清歌醉舞。值庚寅，追怀屈子，临风共酹樽俎。

　　心随帆落，情同潮起，极目天开雄楚。汉水人家，溯流欲访，父老平安否？浮生如梦，风尘倦旅，目瞩鹤汀凫渚。休相问，斜阳捎去，几回今古！

写于2010年6月。《九章》：楚辞篇章。三年艾：艾叶越陈越好。屈原生于庚寅，今年亦是庚寅年。

酷 暑

天驱赤夏发疏狂，汗雨人间畏景长。
甘露苦无消酷暑，酣歌偏有颂骄阳。
风熏难觅三生梦，酒浊唯求一味凉。
移步故宫湖畔坐，且听父老说秦皇。

写于2010年6月。6月中旬西安苦热难耐，天时如此，因以赋之。故宫：兴庆宫公园。

鹧鸪天
看电视转播世界杯足球比赛

其一

短堞高城隐夕辉，战端今又起南非。
千家但见荧屏闪，万里犹闻喇叭吹。
边路跑，后场追，龙驰虎骤哨声催。
可怜几亿纯男子，坐看人争世界杯！

其二

坐看人争世界杯，茶坊酒肆尽嘲诙。
一心只念何方胜，两眼常盯孰犯规。

门屡失，势难追，健儿莫遣寸心灰。
输赢已惯司空见，落败无须把泪挥！

其三

落败无须把泪挥，球迷心内自伤悲。
未闻赛出乾坤变，却见国旗满座飞！
凭脚铲，用头槌，临门劲射显神威。
虽非虎虎吾家子，亦祝功成奏凯归！

写于 2010 年 6 月。原载 7 月 7 日《西安晚报》第 15 版。

浪淘沙
登崆峒山

曳杖上崆峒，步履从容。天梯万丈接苍穹，翠峭青崖开化景，踏尽尘红。

凤虎逐云龙，仙侣难逢。琳宫问道兴何浓，清磬洗心知有续，谁抚焦桐？

写于 2010 年 7 月。崆峒山位于甘肃平凉，号称"道教第一名山"。琳宫：道观。焦桐：指古琴，山下有弹筝湖，俯视小如琴状。

到平凉

大野高台落雁行，陇云秦塞拥平凉。
林岚叠翠连天碧，麦浪浮金覆垄黄。
一片新城楼络绎，六盘古道岭苍茫。
长安望断晨曦里，回首崦嵫已夕阳。

写于 2010 年 7 月。甘肃平凉位于六盘山麓，季节较关中晚，六月末麦始黄。高台：平凉灵台县有周文王所筑灵台遗址。崦嵫：指天水以西的地方，相传是日落之地。

高阳台
从敦煌到哈密

戈壁车驰，莽原旗走，绿洲傲立穷荒。岩窟泉湾，正宜淡抹浓妆。玉门又过西行客，认新城、奇景殊方。歇征尘、水榭垂纶，柳院飞觞。

罩思直绕天山雪，望鹰栖故垒，马啸高冈。何问炎凉，心安即是吾乡。东风犹著丹青力，似催寻、瀚海红桑。纵遐游、一筐诗葩，漫洒西疆。

写于 2010 年 7 月。岩窟：莫高窟。泉湾：月牙泉。玉关：玉门头遗址在敦煌北。孤城：指哈密。心安：用东坡句"此心安处是吾乡"。红桑：传说中的红桑。

八声甘州
新疆漫兴

又一番远迈度黄沙，携梦到天山。看驼驰绝漠，龙骧古道，虎骤长滩。绿掩新城故戍，芳草映青川。千古开边曲，野唱犹酣。

指点昆仑峻极，念天池圣水，别有余甘。欲漱冰濯雪，热海作清欢。吊荒台、唐碑汉碣，眇征程、万里一毫端！骄阳下，飞宾鸿处，立马雄关！

写于 2010 年 7 月。雄关：铁门关乃古丝绸之路南线要塞，在今巴州库尔勒市北。

通州运河文化广场漫步

鹤唳蝉鸣柳岸闻，千年兴废没潮痕。
琼楼高耸新桥卧，玉带低围旧舫存。
北渚南涯通海宇，吴樯鲁桨叩天门。
抚今未作临风叹，槛外长河水色浑。

写于 2010 年 7 月。琼楼：通州目前已成为北京房地产热点地区。玉带：河边栏杆。渚：此处指水边。"北渚南涯"语出汉张衡之《二京赋》。水色浑：目前运河的水质仍不好。

新疆诗草

巴里坤草原

大美深藏巴里坤，风吹草海见烽墩。

毡房小饮论长夏，满目芳菲不是春。

巴里坤草原在天山北，无炎夏。大美：《庄子》："天地有大美而不言"。论读仑。

哈　密

别样风光自莽苍，吟怀长系小新疆。

城厢忽见南来雁，始觉微身在异乡。

哈密地形多样，有"小新疆"之称。城市建设亦有特色。城厢：近城曰厢。

火焰山

百里高崖尽染丹，熔融天地火炉宽。

我来寻觅高僧迹，赫赫炎风只佐欢。

火焰山在吐鲁番。高僧：相传唐玄奘曾过此地。

葡萄沟

一沟碧水润葡萄，坐拥清风饮浊醪。

游目长廊人似鲫，隐身市野感尘劳。

葡萄沟在吐鲁番。浊醪：指啤酒。

吐鲁番

炎州流火绿州凉，古塞千年溯汉唐。

饮马交河路何去，市边借问小巴郎。

饮马交河：用唐人李颀句。交河故城在吐鲁番。巴郎：男孩（维语）。

达坂城

达坂城中美酒淳，达坂城外转风轮。

苍山白水难留醉，歌舞声中说丽人。

风轮：此地有较大规模的风电场。达坂城现属乌鲁木齐郊区。

天　山

一囊一剑上天山，梦里阳关曲迭三。

今日得圆少时梦，雪峰映鬓兴犹酣。

曲叠三：指《阳关三叠》，又名《渭城曲》，古送别曲。

吉木萨尔

笑向农人问北庭，芳村迓客鸟嘤鸣。

残垣断壁间田垄，总是关山旧别情。

第四句用唐人王昌龄句。唐北庭都护府遗址在吉木萨尔县。

奇　台

四野苍黄锦未裁，阵图初展演奇台。

胡笳伴我观新景，不尽诗情马背来！

奇台县在准噶尔东，正在建设大型煤电基地。

铁门关

长风吹度铁门关，一片孤城万仞山。

此去茫茫多禹迹，指途唯见草班班。

铁门关是古丝绸之路南线要塞，扼孔雀河谷狭窄处，位于今库尔勒市北。第二句用唐人王之涣句。班班：通"斑斑"。

孔雀河

日落梨城起暮烟，临河饮马洗长鞭。

举杯围坐邀霞醉，漫咏唐诗出塞篇。

孔雀河源于博斯腾湖，经库尔勒市流入罗布泊，传东汉班超曾饮马于此河，故又称饮马河。梨城：指库尔勒市。

博斯腾湖

西海烟波幻古今，流沙接岸有潮音。

水湄山曲天风壮，激荡沧桑未老心！

博斯腾湖是我国最大的淡水湖，汉代始称西海。

以上十二首写于2010年7-8月。

送子赴英国留学寄嘱

渺渺烟云满别情，飞槎望已上青冥。

从兹海角游双鲤，竟尔天涯系一萍。

冷雨寒窗当守志，奇风异彩莫忘形。

执谦处厚求真契,万里风雷练健翎!

写于 2010 年 8 月。双鲤:书信,真契:真知,妙趣。

送子赴英国留学又嘱

依依送汝赴英伦,欲写缄书百感陈。
澎雨时风铺客路,殊方异国寄行尘。
拓宽胸臆能容物,历尽艰辛好做人。
学海汪洋思远涉,龙文鞭影惜嘉辰。

写于 2010 年 8 月。缄书:书信。龙文鞭影:龙文指良马,作为良马"见鞭则疾驰,不俟驱策",即快马加鞭,喻刻苦自励。

次原韵与刘白杨谈诗

兴起三秋月,诗涵五夏风。
郊寒吟渭北,岛瘦赋江东。
今古因神契,悲欣与众同。
长歌亦当哭,未许济时功。

写于 2010 年 8 月。五夏:古代郊庙乐曲的合称,传为华夏正声。郊寒岛瘦:唐代诗人孟郊、贾岛诗风常用"郊寒岛瘦"形容,此处指有不同风格。渭北江东:杜诗"渭北春天树,江东日暮云"。因:此处作介词用。契:投合。许:期望。

庚寅初秋

清飚驱九夏，一夕忽成秋。
雨湿唐城净，风喧汉苑幽。
寥天浮古塔，潦水没芳洲。
弥望亭皋上，无言写杞忧。

写于 2010 年 8 月。清飙：此处指凉风。写：通"泻"，抒发。

阮郎归
赠月人先生

秋风款款过重门，古城会月人。绛纱闲卷共论文，灯红绿酒淳。

舒醉眼，启吟唇，思幽赋洛神。同将逸兴破嚣尘，词召屈子魂！

写于 2010 年 8 月。论读仑。洛神：见曹植《洛神赋》，常喻美人。

霜天晓角
赠文子先生

山苍烟紫，醉里凭栏指。共咏旧都羁旅，思秦地，同桑梓。

挑灯观野史，芜词涂万纸。不问世间荣辱，知我者，有文子！

写于 2010 年 8 月。

依原韵和荣西安先生

爽籁新秋夕，吟俦处士林。
半帘通万古，一字值千金。
胸蕴风云气，诗循正始音。
感君情胜酒，渐老怯杯深。

写于 2010 年 9 月。正始音：诗词纯正之音韵。

读元好问《论诗三十首》记感

莫笑诗囊尽染尘，豪华脱尽见真淳。
风滋雨泽辞饶韵，眼处心生句有神。
造化从来资载道，文章仍复识为人。
纵横练就凌云笔，翰墨场中可斫轮。

写于 2010 年 9 月。第二句和第六句用元诗原句，化用原诗若干辞、句。载道：表达思想。仍复：依旧。结句化用南宋姜夔句，斫轮：斫木为轮，喻水平高超。

依原韵和朱授之先生

西风吹梦过雍州，三径无资卧一丘。
今雨初逢蝉唱夕，故都久旅雁鸣秋。
万家灯火开重锦，几处霓虹舞彩绸。

望月凝神悟圆缺，江湖何处泊归舟！

写于 2010 年 9 月。秦州：关中陇南和宁东地区称广义的秦州。第二名化用唐孟浩然句："一丘尝欲卧，三径苦无资"。今雨：新朋。

沁园春
依原韵和魏义友先生

秋稔初成，秋色疏开，秋雨共游。看终南山下，旗追凤尾；长安道上，鼓竞龙头。移步芳林，品茶帷座，得句奚囊各自投。觥筹处，洒潘江陆海，雅会交酬。

吟哦岂避文讴？纵逸兴高怀尽抉搜。念草堂斐什，三生不舍；稼轩琪草，九死难丢。梦系莼鲈，身游灞渭，漫道王孙自可留。从吾愿，约酒军诗敌，长伴歌讴！

写于 2010 年 9 月。王孙句：见《楚辞·招隐士》"王孙兮归来，山中兮不可以久留"；唐王维句"随意春芳歇，王孙自可留"。

咏木芙蓉依原韵和荣西安先生

烂熳荒崖岸，氤氲野水西。
性乖离汉苑，命贱远隋堤。
携露迎风冷，披霜望日低。
清标谁与伴？零落叹尘泥！

写于 2010 年 9 月。木芙蓉每年 9-11 月次第开花，喜潮湿，耐寒，适应贫瘠土地生长。

唐多令
秋　夜

帘外雨初收，蝉声唱欲休。倚清凉、试煮茶瓯。灯如红豆萦远梦，犹伴我，客秦州。

鬓发感凋秋，身如不系舟，信人间、自有丹丘。书似青山常乱叠，奇崛处，纵冥搜。

写于 2010 年 9 月。化用"书似青山常乱叠，灯如红豆最相思"一联之意。丹丘：仙人居地。

齐天乐
谒仓颉庙

逡巡渭北康庄道，金秋逸翩盈抱。草木高低，崀梁上下，侧耳农人古调。荒台野庙。正塔耸西风，檐飘落照。香火殷勤，苍松老柏亦仙貌。

长瞻风骨清峭，忆书名字势，仓史开肇。意拟龟纹，形翻鸟迹，直叹鬼施神造。慧心独妙。仰万古文宗，掬诚凭吊。不老神州，陟丘长赏眺！

写于 2010 年 9 月。仓颉庙位于陕西省白水县史官乡。相传仓颉是黄帝的史官，始造华夏文字。书名：用于书写的文字。字势：字的写法、笔势。仓史：仓颉亦称仓史。

重走蓝关古道，用韩愈韵

玉山蓝水碧罗天，古道逡巡感大千。
野兴峥嵘耽壮景，诗情缱绻溯遐年。
出关宝马由他去，入岭柴车过我前。
运命循环唯所遇，仙姝不见怅桥边！

写于2010年9月。蓝关古道是东南方向翻越秦岭的要道，现沿线已修312国道，旧道几处残存。唐韩愈《左迁至蓝关示侄孙湘》有句"雪拥蓝关马不前"。唐杜甫《九日蓝田会饮》"蓝水远从千涧落，玉山高并两峰寒"，即指古道上的胜景。前：此处作动词。桥：路经古蓝桥驿，据唐代爱情故事，秀才裴航在此处邂逅下凡仙女云英，后双双飞天而去。

风入松
过蓝桥

云横碧嶂接重苍，林樾沐秋光。烟堆雾涌蓝桥下，没苔痕、碧水含香。两岸柔茵渐老，一坡彩幔开张。

欲寻玉杵捣玄霜，何处饮琼浆？梦魂已过横塘路，见凌波、微步流芳。月冷黄昏溪畔，断鸿犹绕他乡！

写于2010年9月。蓝桥在今蓝田县东南的蓝溪上。蓝桥是蓝关古道的驿站，至今流传唐代秀才裴航邂逅仙女云英的故事。横塘路：宋贺铸句"凌波不过横塘路"。电影《魂断蓝桥》即借用"蓝桥"作"滑铁卢桥"的译名。

水调歌头
京华秋夕

今夕复何夕？节序又中秋。都门畅饮欢聚，芳绪亦悠悠。四宇清凉如许，几处笙歌不尽，倩月笑含羞。手挹盈盈露，心海泛蓬舟。

客秦地，思楚甸，驻幽州。半生弹指飞逝，风雨未曾休。漫道怀归三径，壮志犹存四海，剪烛看吴钩！天地同吾一，蝶梦拟庄周。

写于 2010 年 9 月。天地同吾一："一"在此处作动词。

游金丝峡小记

烟清峡口凉，去去任行藏。
削壁滋柔蔓，飞泉击瘦篁。
风回三弄笛，径转九回肠。
绝顶穷源处，惊看雁字长。

写于 2010 年 9 月。金丝峡位于秦岭东南麓商南县境内，据说是丹江的源头。

北京顺义菊花节漫咏二十韵

久为京华客，佳兴与众同。
晨起动征铎，远道访菊丛。
菊丛满园囿，叠彩相玲珑。
繁星接蹊径，凤羽缀帘栊。
千黄披龙蕊，万紫展雌虹。
露朵香袅袅，雪叶絮蒙蒙。
醉蝶舞玄翼，帅旗耀苍穹。
才叹柳月白，又见霜林红。
似步南山下，清馨洗神懵。
兀兀身渐老，陶陶心尚童。
崎岖寻窈窕，吟咏兴无穷。
美哉篱边菊，芳意一何融！
冷雨滋骨艳，寒风养气雄。
盛开瓣似玉，挺立柯如铜。
寂寂守素志，云泥隔秋虫。
欣欣有丽质，爽心怡诗瞳。
品菊感时季，国运期昌隆。
别菊上归路，金风拂车篷。
平谷青不减，燕山自巍崇。
旷怀萦菊影，纵目送塞鸿。

写于2010年10月。"繁星、醉蝶、帅旗、雪叶、西湖柳月、凤凰振羽"等均系菊花品名。雌虹：即霓。常带紫色。南山：陶渊明诗"采菊东篱下，悠然见南山"。

访白沟

蓟丘回望已悠悠，翠樾苍烟认白沟。
指点辽金余霸迹，行吟燕赵有雄州。
平畴绮绣延相似，闹市琳琅看不休。
冀野纵横无枉路，天风吹坠万家秋。

写于2010年10月。白沟镇位于河北省高碑店市境内，现为北方最大的箱包及小商品集散地，白沟河史上曾是宋辽界河。冀野：河北大地，古谓产良马之地。

游览保定直隶总督府

高衙深院拟严城，无复麾旌卷鼓钲。
明帖清临安鼎鼐，曾前李后是师生。
松苍不隔江湖景，竹静能闻冻馁声。
细览庭前旧坊字，公明偏暗我酬赓。

写于2010年10月。直隶总督府位于河北省保定市，初建于元代，明为大宁都司署，清为直隶总督署，故称"明帖清临"。清代历99任总督，曾国藩、李鸿章、袁世凯等都曾任直隶总督。衙内有"公生明"牌坊，《荀子》"公生明，偏生暗"。赓：继续，唱和。

参观保定军校纪念馆

苍松黄菊护重门，新垒依稀有旧痕。

破虏军旗人共仰，驱倭战绩史堪论。

山河兴废英雄血，书剑恩仇国士魂。

风物百年凋谢尽，金瓯缺憾至今存！

写于2010年10月。保定军官学校由袁世凯在清末奉旨创办，延办至民，是我国第一所正规军事院校。蒋介石、白崇禧、陈诚、叶挺、张治中、董振堂、傅作义等人都求学于此校，国共两党共有一千多名将军出于此校。原校已毁，现在原址上复建部分建筑并建纪念馆。

庚寅寒露依原韵和朱授之先生

久有濠梁兴，临流学钓鱼。

一篱花浸露，万岭雁传书。

养德非希圣，清心自守愚。

坐观涛扑岸，得失任盈虚。

写于2010年10月。濠梁：庄子与惠子游于濠梁之上，辨论鱼知乐否，喻自得其乐之地。盈虚：《庄子·秋水》："察乎盈虚，故得而不喜，失而不忧"，意谓发展变化。

念奴娇
小驻河北井陉望太行山并赋

纵横冀野，逐秋风，倍信浮生如叶。指看太行山百万，闲数古今豪杰。列嶂烟浓，井陉翠减，群鸟穿林樾。旧关无语，漫凭残照明灭。

凝伫清旷郊亭，泠泠月冷，映我襟怀雪。葱岭燕然何处是，回首已经千劫。尽解名缰，直开利锁，醉击琼壶缺。凭栏长啸，一声当圻云阙！

写于2010年10月。井陉：古代穿越太行山的八条小道之一。

烛影摇红
白洋淀有怀

一舸横秋，凌波欲觅桃源路。兰桡此际击空明，已是芳期误。指看忘机鸥鹭，舞仙裾、满汀风露。绿荷渐落，翠柳先零，青萍难驻。

渺渺清寒，烟横雾敛飘轻素。蒹葭秋水隔伊人，旧梦空回顾。漫咏清歌别赋，问古今、斜阳几度！白洋淀上，昔日诗鸿，今归何处？

写于2010年10月。白洋淀位于河北省中南部，是华北地区水面最大的湖泊。周围有安新、容城、任丘等县，被誉为"华北明珠"，近年来水面缩小。诗鸿：在上世纪70至80年代初，一群北京下乡知青在艰苦的环境坚持诗歌写作，形成"白洋淀诗群"，在国内文坛有一定影响，代表人物有芒克、林莽等人，还可以看到北岛等人的影子。

石州慢
游楚河分界武关河

揖别秦关,寻访楚津,烟墅留屐。清溪九曲浮金,长天万里凝碧。星分大野,依旧禹甸尧封,玉簪罗带真堪惜。归雁向东南,正云腾波溺。

幽寂。始皇鸾辇,高祖旌麾。了无尘迹。千古兴亡对此,慵生悲戚。残垣薄暮,萦带几许闲愁,登临一掷封侯笔。把酒醉秋波,问今宵何夕?

写于2010年9-10月。武关河是丹江支流,流经陕西省丹凤县,秦在此地设武关。武关河是秦楚分界河,故此地有"秦头楚尾"之称。秦始皇东巡、汉高祖刘邦讨秦均经此关。关已废,现存分界残墙等遗迹,有少习山、笔架山等风景。墅:村舍。

重阳节会姚平魏义友二先生并与诗友小聚

小醉重阳会谪仙,文章江海翼联翩。
黄花篱畔风吹帽,红叶楼头雁唳天。
诗格从来人格铸,酒痕常共宦痕迁。
已知未有封侯骨,试为西昆作郑笺。

写于2010年10月。郑笺:喻为古诗文作笺注,源于郑玄为《诗经》作注。元好问"诗家总爱西昆好,独恨无人作郑笺",意谓李商隐诗作难以作注,西昆体是北宋初形成的一个诗派好用僻典俪句,隐晦曲笔。

与钝之王锋先生小酌并赋

长安市上会新知，年少庾郎初有髭。
且借蓝田桑落酒，来吟红叶菊花诗。
奇觚养志非聊尔，宝剑藏锋乃钝之。
何叹百忧劳夕梦，言君三乐是吾师。

写于 2010 年 10 月。第二句孤平自救。庾郎：指北朝庾信。奇觚：奇书，奇字。三乐：语出《论语》"乐节礼乐，乐道人之善，乐多贤友"。

生日咏怀

百年忽忽半消磨，回首尘踪剩烂柯。
度岭闲愁肠百结，如沙瘦雪鬓双皤。
禅心渐起甘藜藿，酒胆犹存醉薜萝。
指顾风云凝静气，再驱匹马向关河。

写于 2010 年 10 月。烂柯：传东晋王质山中伐木，观数童下棋，童赠一物，质食之，一盘终了，砍柴斧柄已烂，既归，非复时人，喻岁月流逝，人事变迁。瘦雪：少许的雪。藜藿：两种植物，粗劣的饭菜。

夜游宫
深秋南山纪游

独踏尘泥屐齿，旧游处，蔓生荆枳。已值澄明秋复始。纵遥瞻，莽原黄，纡水紫。

远适留行止，似空际，桑弧蓬矢。半世流光只弹指。问何时，傍南山，自耘耔。

写于2010年10月。行止：行踪。桑弧蓬矢：以桑木作弓，以蓬草作矢，比喻远游。耘耔：除草培土，陶渊明《归去来辞》："或植杖而耘耔"。

齐天乐
西安碑林游记

魁星高阁临无地，金风漫澶廊第。径拥黄花，庭喧翠竹，青草留连玉砌。猷嘉藻丽，借贞碣丰碑，古今合契。列峙峥嵘，凛然一片风云气。

消磨几番凝睇，凤起蛟腾处，山海交臂。石经开成，凿痕叙典，往事幽怀遥寄！清芬永继，仰圣哲文心，俊贤才艺。极目长天，雁翔青云际。

写于2010年11月。西安碑林始于北宋，现为全国最大之碑林。生意：生机。石经开成：此语为专用名词，故不遵平仄。《开成石经》：唐代刻成的一部石经，包括《周易》等十二部经典，为保护石经，宋代初设碑廊，历代增添逐渐形成碑林。

访延安

枣　园

大道多歧赴枣园，人潮熙攘洞门前。
旧邦新命初阳艳，风送南歌鼓五弦。

五弦：语出《韩非子·外储说而天下治》"舜鼓五弦，歌南风而天下治"。

杨家岭

草木轩堂尽染霜，乾坤不老是华章。
天钟奇气杨家岭，健笔一枝惊八方。

王家坪

战室详瞻旧地图，沙盘追忆久踟蹰。
王家坪上神机算，凯奏中原靖五湖。

宝塔山

举袂风清宝塔山，一城秋色两河湾。
浮图未借肤施誉，赢得高名遍宇寰。

浮图：此处指佛塔。肤施：延安旧名，与佛教有关。

凤凰山

松声遥答市廛钟，雉堞巍然接峻峰。
忧乐情同范文正，凤凰山麓觅遗踪。

北宋范仲淹一度经略延安府。

清凉山

佛塔星岩映古泉，清凉山上彩云妍。
经纶手是观音手，悯护苍生解倒悬。

抗大旧址

旗飘抗大两轩楹，静览当年细柳营。
旧迹不关儿女事，当街劲舞乐承平。

观剪纸

纸剪兰丛疑有芬，红裁喜鹊可传真。
慧心融入窗花里，映照人间万户春。

信天游

沙蒿林里泪双流，一曲苍凉转至柔。
陇上金秋歌唤梦，多情故国许神游。

访延安

十年四度访延安，菊露松霜此际看。
峻岭长河浮瑞气，大鹏舒翼得天宽！

写于2010年11月。

读《半通斋散文》有感

鸿猷凤藻抱和冲，兴会淋漓溢卷中。

灞岸柳疏寻汉苑，板桥霜重探唐宫。

诗殊问菊渊明意，文著偷桃曼倩风。

未究天人寻至理，半通坦荡是融通。

写于 2010 年 11 月。夜读《半通斋散文选》，感觉作者磊落使才，气志清明，因以赋之。曼倩：西汉东方朔的名字，传东方朔因盗西王母仙桃，谪降人间。

戏改太白《月下独酌》赓和晓陆哲兄之光棍节诗

小园一壶酒，环顾无相亲。

举杯呼太白，不见谪仙人。

白也常光棍，天边吊影身。

吾辈欣有托，行吟五湖春。

我歌雁徘徊，我舞菊香乱。

秋风恁多情，吹我乡愁散。

醉语寄周郎，乐此单身汉！

写于 2010 年 11 月。

知悉曲江诗社成立有感赠魏义友仁兄

新霜未下草犹绿，风流雨散曲江曲。

吾来自楚君自梁，相逢握手意渐睦。

可怜魏君亦诗魔，神清骨拙语不俗。

卅载筑路走八方，家邻汉水居傍竹。

室陋只矜四壁书，笔下诗文皆珠玉。
吾亦支离风尘际，半世常随宾雁宿。
浮沉未尝叹零丁，酒涤寸心愁百斛。
同是天涯沦落人，共叹世事如转烛。
念君宁甘藜藿食少肉，诗界风云欲手录！
感君渭清卓然别泾浊，匹马连山走穷谷！
古风高义薄青云，自汲寒泉莳秋菊。
世风随日尊陶朱，士子纷纷惟利逐。
大雅遗声久不闻。燕雀蓬间笑鸿鹄。
结社芳郊多高客，浮华侧畔同幽独。
梓泽兰亭俱已矣，登高徒伤千里目。
人生重在行胸臆，沥胆对君抒怅触。
吟坛信有正始音，慷慨不作杨朱哭！

写于2010年11月。陶朱：指范蠡，春秋时吴国的大夫，后经商成巨富。杨朱哭：杨朱临歧而哭。

祝曲江诗社成立

涛喧曲江池，车跃终南路。
群贤集胜地，松苍栖鹤素。
结社新乐府，寻盟旧鸥鹭。
岛瘦丹枫林，郊寒玄渚渡。
设座邀鸿宾，开轩引云雾。
大雅当传承，拓荒任驰骛。
乾坤资气象，今古相陶铸。

续咏木兰辞，不废上林赋。
白俗入千门，元轻进万户。
雄浑如陇阪，纤秀拟秦树。
各显霜雪姿，何惭邯郸步。
诗境当弘阔，虚谷纳涓注。
韵胜兼格高，知新并温故。
新秀龙虎盛，老将青春驻。
诗艺求精进，切磋常交互。
岂但希苏辛，还期继李杜。
大块禀群生，沧溟播甘澍。
万里启鹏程，风云入指顾！

写于 2010 年 11 月。

洞仙歌
北京风起有慨依原韵和晓陆哲兄

　　西风菊老，对霜晨雾晓，总觉浮生亦如草。满神京，赫赫冠盖如云，酒常醉，不道冯唐易老。

　　惊未换。已寄幽怀，万里宾鸿信难到。念三径衡门，归去易安，奈雁程、山高云渺。欲篱畔枫间洗尘襟，叹几阵吹寒，嫩红如扫。

写于 2010 年 11 月。

咏于谦祠墓用于谦《石灰吟》原韵

其一

周遭楼栋峻如山，百战孤魂未得闲。
祠宇积年犹奂奂，长留清誉在尘间。

其二

石幢俎豆对湖山，日月双悬草木闲。
保国何曾求自保，只留贞骨壤坟间。

写于2010年11月。于忠肃公祠在北京建国门外大街南侧，地址原名东表背胡同。于谦曾封"太子少保"，归葬于杭州西湖三台山麓。

游览纪晓岚故居

其一

版筑书仓护简编，一生修到大罗天。
丹黄铅椠论微妙，群玉峰头会九仙。

其二

生死书丛不老泉，功成四库傍琴眠。
紫藤绕户草堂静，似待先生讲太玄。

写于2010年11月。故居在北京珠市口西街北侧。已恢复阅微草堂。大罗天：道教所称三十六重天中最高一重天。群玉：传说中古帝王藏书处。

顾亭林祠感赋

闾里寻萧寺，亭林遗故庐。
刹残禅意远，碑断藻思疏。
庙院鬻新画，祠堂卖旧书。
门楣如有谓，落日照无余。

写于 2010 年 11 月。顾亭林（炎武）是明末清初重要的思想家、文学家和学者。其祠位于北京报国寺西南院，现与报国寺一起辟为文物市场。

鹧鸪天
游北京湖广会馆

其一

楚水燕山路八千，门迎阊阖紫霞天。
官人驿邸文人舍，贾客觥筹幕客轩。
云梦雨，洞庭烟，宣南尘梦忆啼鹃。
寻常巷陌阑珊夜，阅尽乾坤历数迁！

其二

五尺高台演大千，衣香鬓影晚妆鲜。
公车雅士乌骓马，艳曲阳春白雪篇。
神恍惚，舞翩跹，宫商一片鼓簧喧。
康衢灯火融今古，盛世煌煌极乐天！

写于 2010 年 11 月。湖广会馆在北京虎坊桥路口，清代是两湖人士的同乡旅馆,存戏楼现以演戏为主。宣南:指北京宣武南城,清代汉人官吏、进京赶考的举子和商人多居住南城。历数:帝王更迭序数,亦即兴废之数。康衢:颂盛世之歌,又称"康衢谣"。

初冬怀远依原韵和晓陆哲兄

西风陵阙沐斜晖,张翰思鲈竟未归。
老去英雄血犹热,平戎万卷献何谁?

读炜评兄自寿诗依原韵赓和

寓形宇内一尘沙,世味人情润墨花。
白发丛生惟供笑,黄粱梦醒足堪夸。
负薪商岭充名士,弄斧班门是洒家。
浊酒几瓮难雅饮,夜来素手剥瓠瓜。

写于2010年11月。商岭:商山也,自古多名士。

减字木兰花
感 事

锦屏多醉,酒润舌根忘世味。立尽斜晖,万里云罗一雁飞。
空斋少话,不管听筒妻责骂。两袖清尘,且住壶天任转轮。

写于2010年11月。

本命年感赋依原韵赓和炜评兄

把酒开黄卷，吾当本命年。
才惭廊庙器，诗愧柏梁篇。
扰扰趋名利，惶惶对圣贤。
此生怜已半，静坐辨诸缘。

写于2010年11月。诸缘：佛教语，指色香百般世相，种种世相，皆为我心识攀缘之所。

在京与诗人李子（曾少立）小酌赋之

风尘荏苒问行藏，陌路城东会庚郎。
座近金台论骏骨，酒浇块垒化柔肠。
诗才卓荦君希李，公事纷纠我效黄。
叙及江湖兴方起，指看雪雁逆斜阳。

写于2010年11月。李子（曾少立）乃中华诗词研究院研究员。李：李白，李商隐，李（李聃）均可。黄：黄庭坚。公事："痴儿了却公家事"，见黄《登快阁》。

夜读金水诗有寄

何妨盛世作壶公，酒盏诗瓢莫放空。
意寄鸥夷吴国水，情宣角黍楚江风。

万家忧乐寸心里，百代兴亡一眸中。
鸱化北溟同有待，何须就卜问穷通。

写于2010年11月。吴国水（又名金水）乃中华诗词研究院研究员。鸱夷：革囊，代指春秋时吴国大夫伍子胥。角黍：粽子。

鹧鸪天
初会魏君新河先生赋之

雅会曲江快意多，小轩把盏酒婆娑。
凌云赋笔书银字，秋扇词声振玉珂。
君啸咏，我行歌，丹枫和奏叶辞柯。
开源引得瑶池水，滂沛新河涌彩波。

写于2010年11月。魏新河乃中华诗词研究院学术委员，职业为特级飞机员。《凌云赋》：西汉司马相如所作。《秋扇词》乃魏新河作品集。银字：形容华丽或奇伟的文字，南朝梁简文帝《蒙华林园戒诗》"昔日书银字，久自恧宗英"。

曲江偕魏新河诵杜诗归后感而赋之

小聚曲江雅意多，千秋胜景未消磨。
观光尤喜楼如栉，阅世难疑斧烂柯。
穿翠筱，忆红荷，依稀锦水旧时波。
少陵野老吞声处，共诵当年屋破歌。

写于2010年11月。杜诗：风含翠筱娟娟净，雨浥红蕖冉冉香。

虞美人
冬　夜

胡同口挂斜阳远，暮色侵愁浅。遍观燕市尽英雄，无奈酒垆挥箸说屠龙。

无端却把诗经看，老眼常昏乱。月溶王气雾微茫，却道都门如海一身藏。

写于2010年12月。

步韵酬和新河吟兄见赠

风入松轩古调长，齐纨在握贺新凉。
南华至理须齐物，蝶梦飞还读锦章。

写于2010年12月。齐纨：古代一种高级丝织品，常代指团扇，此处借指魏新河新作《秋扇词》。

寄赠诗人廖国华先生（叠韵）

其一

淋漓醉墨任横斜，晦雨盲风洗鬓华。
身寄江潭观木雁，梦寻杜曲咏桑麻。
逍遥沆瀣心无妄，斗薮功名岁有涯。
白雪郢中君独唱，半天赢得未残霞。

木雁：比喻有才与无才，语出《庄子·山木》。斗薮：抖动，犹摆脱。沆瀣：露水，水气，喻饮料或意气相投。

其二

大江东去抱城斜，万古诗心感物华。
社酒园蔬酬父老，枳篱茅舍话桑麻。
玄开酱瓿思无限，骏解盐车兴未涯。
矫首秦川唯骋望，抚心寄慨托流霞。

酱瓿：用来盛酱的器物，喻著作的价值不为人所认识，只能用来盖酱瓿而已。语出《汉书扬雄传》。盐车：运载盐的车子，喻贤才屈沉于下。

写于2010年12月。

寄赠熊东遨先生

渭滨清晓梦飞熊，五岭浮云入望中。
鹤氅披尘吟白社，龙泉切璞荐丹衷。
开生面赖夫之笔，求不是承正则风。
忽忆楚筵辞醴事，飞觞意寄酒仙翁。

写于2010年12月。飞熊：西伯（周文王）渭滨梦飞熊一只，后得姜太公（姜尚）。白社：隐士所居之处。夫之：指王夫之，明末清初思想家、文学家。正则：屈原的名。

与金水吴兄小酌赋之

玄珠一粒化壶中,对酒漫言尘外踪。
诗写鳌峰翠岚迭,家邻凤阙白云封。
霜根我拟半山柏,风骨君形昌谷松。
他日论文杯又把,还将瓦釜应黄钟。

写于2010年12月。玄珠:黑色明珠,喻道的实体(道家语)。鳌峰:指翰林院。半山:王安石之别号。昌谷:李贺之别号。

读张伯驹词集及传记有感

词到无人爱处工,飘零书剑任西东。
百年魑魅归闲笔,万化觑觎继雅风。
具眼偶开秦苑镜,疏襟岂吝楚人弓。
长怀浊世佳公子,已化花间丛碧翁。

写于2010年12月。张伯驹(1898-1982年),名家骐,号丛碧,河南项城人,生于官宦世家,与张学良、溥侗、袁克文一起被称为"民国四公子"。是著名的收藏鉴赏家、书画家和词家。除词集和画集之外,还有《觑觎纪诗注》《洪宪纪诗著》等著作。起句化用放翁句"诗到无人爱处工"。楚人弓:《孔子世语》"楚王失弓,楚人得之,又何求之?",后"楚人弓"常用为典表示对得失的达观态度。

鹧鸪天
西安暇日步韵和景北记词

莫遣萧斋酒盏空,书城坐拥剑如虹。
窗前松叶坚强绿,院角梅花寂寞红。
迎夕日,对寒风,离思驰骛任西东。
渭滨树拥高楼起,不见当年垂钓翁。

写于2010年12月。渭滨垂钓用姜太公钓鱼事。

满庭芳
冬日陕南汉江边远瞻

秦岭残红,蜀山冷翠,天汉源起遐荒。竹溪松壑,涓细汇泱泱。渺渺清寒接岸,舞汀渚、鹤老芦乡。遥瞻里,云龙舒卷,迤逦下吾邦。

流光,疑已幻,魂游洛浦,梦泛潇湘。念时世如斯,海国生桑。何处晴川烟树,叹形影、隔如参商。盈盈处,江湖客子,满鬓染吴霜。

写于2010年12月。汉江发源于陕南汉中宁强县汉源镇,经汉中、安康两市流入湖北境内。

步韵酬和景北记诗

其一
荣枯咫尺岂人为,陶令东篱自赋归。
异代沉浮同物理,人生半世始知非。

其二
江山信美赋登临,客意诗情两不禁。
白发催生驹隙叹,天低鹘没动尘心。

其三
忽忆竹林阮嗣宗,穷途痛哭泪朦胧。
咏怀玄远通今古,积水凝烟有蛰龙。

写于2010年12月。知非:古人称五十岁为"知非"。咏怀:阮籍有《咏怀》八十二首。

鹧鸪天
感 怀

半卷珠帘彩练飘,一弯眉月理新娇。
鱼笺旧写情难寄,锦瑟重张恨欲销。
倾鲁酒,抚吴绡,云英消息隔蓝桥。
愁魂永夜随灯落,又附晓珠飞丽谯。

写于2010年12月。

岁　暮

不问冬来酒价高，客尘蓬鬓乱飘萧。
情随汉苑新黄落，目送秦川旧绿凋。
飞雪絮，舞霜绡，经行处处是离骚。
独凭小阁真堪醉，万种相思已尽抛。

　　　　　　　　　　　　写于 2010 年 12 月。

郊　游

白石青童亦应邀，五陵车马过萧萧。
草枯渭岸思追虎，天旷周原欲射雕。
吹铁笛，奏琼箫，何妨换酒解轻貂！
愁边不咏燕台句，只送凤歌飞九霄。

写于 2010 年 12 月。凤歌：孔子之楚，楚狂接舆唱"凤兮"歌讽之，后用凤歌指狂人之歌。

西历平安夜有慨次韵景北记之什

寒宵独酌玉壶春，静仰诸天失界分。
吾辈此时方脱略，斯文何处不沦湮。
漆园未许鲲鹏化，彭泽还期麋鹿群。
傍雪依梅读琼什，泠泠清气畅形神！

写于 2010 年 12 月。漆园：借指庄子，清朱锡《幽梦续影》"漆园梦蝶，不过中材"。彭泽：指陶渊明，陶曾为彭泽县令，因以"彭泽"借指陶。

次廖国华先生拟梅自语诗

手屏又赏郢中吟，林下美人疑顾临。
梦断罗浮香缭绕，思飞庾岭步侵寻。
霜情雪意花争发，寒魄愁心月渐沉。
疏影频摇故园念，开轩独抚伯牙琴。

写于2010年12月。林下美人："月明林下美人来"见明代高启《梅花九首》之一。

恭贺新年次韵王锋先生见赠之什

才别秦关壮，又瞻燕垒高。
伤麟思孔圣，化蝶拟庄骚。
黄落风中叶，白堆鬓上毫。
休惊寅幻卯，花信逐霜毛。

写于2010年12月31日7时半。于首都体育馆毛阿敏演唱会现场。

水龙吟
与王燕、金水、高凉诸君雅会归而赋之，用稼轩韵

雅游燕赵风尘，座中皆是麒麟手。清风儒素，凭窗堪忆，西山耆旧。龙涧飘虹，妙峰耸翠，居庸翘首。正梅边吹笛，炉亭把酒，谪仙会、天知否？

何计十千一斗，遣诗愁、逸飞晴昼。樽倾北海，笑谈世态，狐奔兔走。倚醉多言，金台瓦砾，河梁歌酒。待何年同效，仲连高蹈，却千金寿！

会于2011年1月2日，写于2011年1月5日。

贺新郎
步韵刘泽宇《庚寅岁末寄怀黄兄梦璧先生》

云外新光熠。有茅庐、北窗高卧，客星孤寂。学馆课余观世态，闲指残棋历历。任岁月、风霜侵逼。木落山空天远大，怅风流、四海无人识。凭一悟，论三益。

时吹清夜桓伊笛。叹吾今，此生自断，非儒非释。已掷槐根长短梦，偶拾江郎枯笔。岂贪念、鸥波萍迹。梅萼初红知有约，向苍天、遥礼询青律。声互应，意相惜。

写于2011年1月9日。三益：谓直、谅、多闻。见《论语·季氏》："子曰：益者三友，损者三友。友直，友谅、友多闻，益矣。"晋慧远："妙同趣自均，一悟超三益"。江淹枯笔：喻才思减退。青律：借指春天。

浣溪沙
小寒夜咏次韵向喜英先生答友人词

班马文章读未惊，开窗却喜嗅梅英。邻家电视小儿评。
酒散寒香斟万汇，词吟素志对三灵。淡云新月炯疏星。

写于2011年1月。

次韵邓世广先生《自题光头小像》

何处堪沽醒酒冰，行人如醉暮烟凝。
畸零委地冲天鹤，凄戚盈街附骥蝇。
元气遗形施造化，清时有味是无能。
枉抛华发师西竺，列坐庙堂多野僧。

写于 2011 年 1 月。

次坡底诗韵敬慰刘玉霖先生

茫茫世界本无家，苦乐百年催梦华。
苍柏惋伤连理树，金陵忍见断肠花。
涅盘凤鬻归仙霭，妙契龙吟卷绮霞。
夕照崦嵫无限好，晴窗珍重慢煎茶。

写于 2011 年 1 月。

次坡底诗韵迎兔年感怀

浮生何计有无家，客鬓蹉跎岁自华。
辄见沙蓬思柏叶，时吹铁笛落梅花。
渭滨独钓难为雪，秦岭未餐辜负霞。
扑朔重来添万感，仰瞻兔窟静烹茶。

写于 2011 年 1 月。柏叶：指柏叶酒，此处代指酒。扑朔：兔的代称。

兔窟：月亮的代称。

水调歌头
置酒丰庆楼飘香阁与义友文辉诸友共贺魏君新河生辰　用稼轩韵

情寄灞桥柳，诗思系沉湘。设筵丰庆湖畔，往来酒筹忙。徒羡园田归计，漫品林泉胜概，不觉鬓飞霜。借竹为君寿，妙绪付清觞。

百年歌，千里烛，一帘香。笑谈今古醉梦，蕞尔视侯王。久矣吹箫鹤背，何计孤骞鸿翼，风物任苍凉。续展青云志，彩笔著华章！

写于2011年1月15日西安。沉湘：代指屈原。百年歌：古乐府诗的一种。千里烛：指月亮。魏新河：空军特级飞行员，著名词人。

西北大学刘炜评教授拟颔联起前续后遂成一律

弦歌劲舞满华堂，风月荧屏接混茫。
旷女痴男真醉胆，残山剩水假愁肠。
十年滴血红楼梦，一夜成名小沈阳。
犹有德云诸俊秀，斗殴不吝啸疏狂。

写于2011年1月。德云：指德云社，说相声的娱乐团体，代表人物为郭德纲。

次韵向喜英先生《寒夜偶感》

满天风雪乱嗷嘈,何处销愁写畔牢。
世乏青眸回阮籍,天怜白发老枚皋。
川芎岂治河鱼疾,蜀素难裁宫锦袍。
大赋于今值多少,美人不肯遗金刀。

写于 2011 年 1 月。畔牢:《畔牢愁》汉扬雄所作赋名,借指离愁之作,省作畔牢。枚皋:汉辞赋家枚乘的儿子,亦为辞赋家,文思敏捷。宫锦袍:用官绵制成的袍子,《旧唐书·文苑传下·李白》"尝月夜乘舟,自采石达金陵,白衣宫锦袍,于舟中顾瞻笑傲,傍若无人",后遂用为典实。

辞旧迎新有感

风吹朔雪舞苍玄,画阁依稀断管弦。
醒醉此时难遣兴,喜忧何处不随缘。
休疑短景连长日,且喜新春入旧年。
谁解凭轩瞻夜幕,万嚣自静一灯前。

写于 2011 年 1 月。

岁暮绮怀

惆怅长安数载游,潜增酒债为牢愁。
有心红烛何当顾,无价朱弦孰与谋。

未必佳人皆国色，断无才子不风流。

满城灯火明寒夕，一梦迢遥已白头。

写于2011年1月。何当：何时。

木兰花慢
与李子先生岁暮把酒城东归而赋之，用稼轩格

朔风吹落叶，卷苍霭、送黄昏。过草树燕台，霜凌潞岸，灯火都门。重逢俱为羁客，解征衣、抖尽市朝尘。静听严城叠鼓，椒浆但慰离魂。

倾樽，兴绪缤纷，飞庾岭、系蓬根。更目寓梅枝，情牵雪海，意寄冰轮。年华恍然暗换，莫心惊、同似烂柯人。倚醉长歌楚些，吟怀已是新春。

写于2011年1月29日。庾岭：李子乃江西大余县人氏。

陶然亭漫步闲咏，用廖国华、熊东遨先生立春联句韵

梅香竹韵散余醒，侧耳都门有鼓声。
湖上烟波常蔽目，天涯霜雪总关情。
空怀楚泽披襄意，未负秦关啮臂盟。
生意重回当此际，风尘已老弃繻生。

写于2011年2月5日。弃繻生：指汉代终军。《汉书·终军传》："初，军从济南当诣博士，步入关，关吏予军繻，军问："何为？"曰：

"复传，当以合符。"军曰："丈夫西游，终不复传还，弃繻而去。"繻即汉代出入关隘的帛制通行证。

次韵路毓贤先生大作并恭贺新年

又见神州大有年，新丰浪迹且随缘。
开樽不语干时策，抚槛难求负郭田。
壮气已销依很石，清肠岂惧酌贪泉。
柳荫能庇无心草，何日分我一味禅？

写于 2011 年 2 月。干时：犹言治世，用世。负郭田：指近郊良田。《史记·苏秦列传》：苏秦喟然叹曰：且使我有洛阳负郭田二顷，吾岂能佩六国相印乎。司马贞索隐：负者，背也，近城之地，沃润流泽，最为膏腴，故曰负郭也。后因以负郭田为典。很石：石名。在江苏省镇江市北固山甘露寺前，状如伏羊。相传刘备（一说诸葛亮）曾坐其上，与孙权共论曹操。贪泉：唐王勃《滕王阁序》"酌贪泉而觉爽，处涸辙以犹欢"。一味禅：佛教谓不立文字语言、顿悟而明之禅。柳荫：路毓贤先生书斋名为柳荫山房。

京华暇日有感

衾影平生少愧惭，认交人海识真男。
常餐旅食肠回九，未作良医臂折三。
献赋长杨乏枚藻，吟诗小雅弃邹谈。
闲庭梅雪清香里，远目春山出翠岚。

写于2011年2月。衾影：南朝齐刘昼《新论·慎独》：故身恒居善，则内无忧虑，外无畏惧，独立不愧影，独寝不愧衾，意为问心无愧。枚藻：枚乘的文彩，泛指词藻文彩。邹谈：《史记·孟子荀卿列传》邹衍之术迂大而雄辩，后因以邹衍谈天喻善辩，亦省作邹谈。

与李子、伯昏子、三江有月和金水诸兄小聚赋之

都门小饮未空缸，满目新晴认旧邦。
湖海烟云连魏阙，市朝喧噪过幽窗。
梅妆报信花非一，金水传书鲤作双。
待约春荣桃李日，共当逐月啸三江。

写于2011年2月8日。魏阙：古代宫门外两边高耸的楼观，楼观下常为悬布法令之所，亦借指朝廷。

恭贺赵熊先生六十三岁寿依原韵和其自寿诗

六十三冬夏，江湖稳泊舟。
毫锥生隽品。瓦盏对清羞。
懒觅秦人洞，偏怀杞国忧。
夕岚吟袖暖，解语有盟鸥。

写于2011年2月9日。秦人洞：即桃源洞。

次韵熊东遨先生《春日偶成》

独对终南百岭青，一怀万绪自多情。
秦楼迭起箫笙沸，汉苑如闻燕雀争。
醉里寻常添酒债，客中取次负诗盟。
吹寒漫洒栖迟雪，未觉新丝满鬓生。

写于 2011 年 2 月。

次韵魏新河先生北京咏雪诗

莫怨东皇不守常，春容玉裹亦严妆。
才堆醉帽岐山曲，又湿孤蓑渭水阳。
卷絮松涛鹰翅疾，落尘梅萼马蹄香。
傍炉绿蚁浮杯满，漫咏毛诗步转廊。

写于 2011 年 2 月。毛诗：《诗经·小雅·采薇》：今我来思，雨雪霏霏。

踏莎行
元 夕

万盏灯燃，一轮月净，人间天上辉相映。飞花焰火弄轻寒，闹春狮舞开游陉。

象外幽思，垆边逸兴，任他爆竹长喧竞。上元清梦越千山，客身自守蓬庐静。

写于2011年2月。

杂感之一

徙倚栏杆欲暮时,沧波古木弄幽姿。
衣冠兴废今仍续,鳞介嘘唏昔已知。
苑可赏玩聊复尔,舟堪驰骛竟何之?
沉香亭外东风软,吹唱当年乐府诗。

乐府诗:指李白的《清平调》三首。

杂感之二

此生无梦已多时,清晓行看草树姿。
几处鹅黄疑自媚,一丛鸭绿似相知。
流年婉娩如斯耳,浮世荣枯任所之。
拥鼻难为洛生咏,大明宫畔独寻诗。

拥鼻:《晋书·谢安传》:安本能为洛下书生咏,有鼻疾,故其音浊,名流爱其咏而弗能及或手掩鼻以效之。后以"拥鼻吟"指用雅音曼声吟咏。

杂感之三

又是层城暮鼓时,慈恩净境谒金姿。
迹随尘去唯风见,心与禅空或月知。
一体招提不群者,四方聚落共瞻之。
凭梯自觉苍生远,面壁羞吟及第诗。

及第诗:唐代有科举应试中选在大雁塔壁上题名题诗的故事。

杂感之四

缭垣万雉入烟时,酒幔窗花映故姿。
雨雪生涯双鬓见,江湖客梦一灯知。
闭门未学陈无己,望岭还怜韩退之。
蹀躞乐游原上径,吟怀最忆杜郎诗。

杜郎诗:指杜牧《将赴吴兴登乐游原一绝》:"欲把一麾江海去,乐游原上望昭陵。"

杂感之五

春风自在柳青时,灞岸无条不炫姿。
燕语娇狞申旧约,骊歌慷慨饯新知。
论交岂必穷通以?阅世何妨醒醉之。
并立旗亭断碑处,愀然细读少陵诗。

以上四首写于 2011 年 3 月。

踏莎行
春　分

竹籁含情，柳风度韵，翩翩翠鸟飞轻俊。无边丝雨过庭轩，等闲却把吟怀润。

故里春晖，天涯驿信，酒痕斑驳征衫印。心随暖日上重城，开窗已觉长安近。

写于2011年3月。

雨日对酒，刘炜评发起"为有一颗洪亮心"作辘轳体七律一首分得第八句

半醉豪情忍不禁，满轩梦雨注杯深。
荆榛塞路人千里，桑梓来书字万金。
只拟丹诚归尺璧，还将素志付分阴。
春寒料峭身犹暖，为有一颗洪亮心

写于2011年3月。尺璧：比喻美好的诗文。

清　明

试借春宵读六经，灯窗悟境感双馨。
漫思楚泽无穷碧，似见荆山未了青。
桑梓余晖唯自忆，蓼莪幽咏更谁听。

子规梦里啼尤切，九畹贞风慰独醒。

写于2011年4月。蓼莪：《诗·小雅》篇名。此诗表达了子女追慕双亲抚养之德的情思。后因以蓼莪指对亡亲的悼念。结句用鲁迅诗句。

次韵魏新河先生《辛卯孟春郊行即景》

远足何妨载酒从，春情饶有绿千重。
山堆翡翠成簪笏，涧泻琳琅奏管镛。
落俗桃姿唯自赏，争妍柳态为谁浓？
郊村无梦清宵里，独觅黄粱就碓舂。

写于2011年4月。

春 兴

其一

几声莺燕语，六合已氤氲。
惜草风长软，怜芳日自曛。
客轩吟澍雨，驿岭赋停云。
翠影苍波处，犹堪寄戚欣。

停云：晋，陶潜《停云》诗："霭霭停云，濛濛时雨。"因其自序称"停云，思亲友也"故后世多用作思亲友之意。

其二

惝恍流年逝，风尘客鬓新。
三春归表里，四海有交亲。
柳暗终南路，花明渭北津。
驱驰身渐老，不必叹劳薪。

其三

燕雨秦原野，鱼风汉水滨。
熙春滋惠泽，万类出陶钧。
柳弱初妆色，梅残未了因。
浮生春梦觉，无处觅樵斤。

其四

一川风淡沱，万垄乐春耘。
绕树鸡和唱，鸣皋鹤不群。
漫吟游子赋，懒献野人芹。
村舍新醅熟，持杯慰俭勤。

以上四首写于2011年3-4月。

次韵景北记先生上巳节西安行吟见赠

浅淡杏花红，参差柳色浓。
秦川鸠雨里，晋岭马蹄中。
曲陉观新筑，闲庭对故丛。

　　　　传觞应有日，修禊一河通。

写于2011年4月。景兄居晋，吾旅秦，修禊当共临一河。修禊：古代民俗于农历三月上旬的巳日，水边嬉戏，祓除不祥，为修禊。

咏西安为西安世园会而作

其一

　　浐灞泱泱古道宽，春光霁色满长安。
　　风催紫陌新箫鼓，日照蓝田旧剑冠。
　　丰镐功彰龙曳翠，汉唐业续凤浮丹。
　　芳园一慰繁华梦，好趁清波把钓竿。

丰镐：周的旧都。文王邑丰，在今西安西南丰水以西，武王迁镐，在丰水以东。

其二

　　千古诗留窈窕章，秦关陇月说沧桑。
　　柳垂烟岸连天绿，麦涌芳原拂面香。
　　丝路逶迤九霞客，榴花烂熳五云乡。
　　鸿图广运开新景，禹甸尧封乐未央！

榴花为世园会吉祥物。五云乡：指帝城或仙乡。

（应《华商报》约稿写于2011年4月。刊于西安《华商报》4月28日B6版，并刊于《榆林诗词》2011第二期。）

望海潮
西安世界园艺博览会纪游

莺簧啭翠，鸥翎横碧，遮天凤翅浮金。桂殿奇珍，兰宫异宝，柳烟漫染天浔。绮陌费幽寻，舞花港霓袖，竹坞霞衾。雾敛雕甍云收层塔，唤登临。

绰开万国芳林，有东瀛嫩蕊，西陆繁荫。灞上骊歌，汉中蛙鼓，和酬山水琴音。今古入搜吟，借浐涛灞岸，尽洗遥襟。陶醉长安新景，一遂故园心。

写于 2011 年 4 月。

（此词在中国电机工程学会举办的 2011 年电力行业诗词大赛中获三等奖第一名。）

纪念鲁迅诞辰 130 周年
用鲁迅《哀范君三章》原韵

其一
耕垦新文苑，衔辛事砚农。
热风吹鬼魅，冷眼对鸡虫。
呐喊情方炽，彷徨意未穷。
缁衣沾泪血，天地立畸躬。

其二
大野多钩棘，阴霾黯故乡。

健儿纷就木，丧狗自登场。
伤逝惊秋肃，祝福感夜长。
回眸看雏虎，铁笔写柔肠。

其三

烛怪燃犀焰，千秋独醒人。
芸窗面幽壁，艺海击深沦。
语唤愚氓怒，诗吟贫鄙春。
龙章存峻骨，绵邈播清尘。

燃犀烛怪：比喻诗文之深刻。畸躬：特立独行之人。

写于2011年4月，2011年10月25日。由北京鲁迅博物馆、中华诗词网主办，北京锦绣航旅文化传媒有限公司协办的"纪念鲁迅诞辰130周年诗词大赛"颁奖典礼在北京鲁迅博物馆隆重举行。此次大赛共收到参赛作品近千首，经过大赛组委会专家组严格的初评、终评，以无记名投票方式产生各类奖项。其中，一等奖空缺，二等奖6名，三等奖24名，优秀奖80名。本诗获优秀奖第八名。

无题之一

白袷吟春伴落梅，青蚨销尽换书回。
久经群动观萌蘖，常寂诸根听蛰雷。
鬓向人前唯剩雪，梦从别后已成灰。
霏微湖畔忘言处，独对长安醉旧醅。

群动：诸种活动，亦指各种动物。诸根：佛教语，指眼、耳、鼻、舌、身五根。

无题之二

一任春风弄鬓华，洗瓯试煮雨前茶。
交游聚散怜庄鲋，人事虚盈听井蛙。
经世欲栽陶宅柳，谋身不种邵陵瓜。
何由此夕吟愁赋，更有高城鼓屡挝？

《愁赋》相传是庚信所作。

无题之三

欢情苦志未忘形，徒羡东皋野鹤鸣。
万古乾坤多俯仰，四时用舍少逢迎。
身惭樗栎人虽倦，心系闾阎意未平。
斯世茫茫独成慨，云山满目幻阴晴。

樗栎：语出《庄子·逍遥游》喻才能低下。用舍：亦作"用舍行藏"，《论语·述而》"子谓颜渊曰：'用之则行，舍之则藏，唯我与尔有是夫。'"

无题之四

拾得残芳傍笈囊，豪吟每逐野云翔。
异方赏眺思秦醉，歧路崩腾类楚狂。
一自此心齐宠辱，更从何处问行藏？
相思犹未成痴绝，春梦秋鸿两杳茫。

春梦秋鸿：东坡句"人似秋鸿来有信，事如春梦了无痕"。

无题之五

悠悠万绪景难排，徙倚崔嵬有旧台。
逸翰因循犹北去，热风豁达正东来。
侧身天地长为客，吊影关河未抱才。
阅尽白衣幻苍狗，试看红日洗氛埃。

以上五首写于2011年4-5月。之五刊于《甘肃诗词》2011第三期。

满江红
雨　后

雨霁郊园，新出浴，瘦红肥绿。风过耳、浊醪倾尽，半生荣辱。纵目能临窗八达，栖身不作龟藏六。念南山、黛色涨连天，流光促。

身犹健，崖畔木；心自远，溪边竹。已分明忘却，蜗涎蛮触。常信襟怀悬日月，惯看世态成陵谷。且乘闲，小坐对纹枰，翻残局。

写于2011年5月。时小驻秦岭脚下高科酒店。

西安幸会景北记先生有作

参差青绮霸城门,满座清欢远世氛。
禹甸尧都通陇阪,汉风唐韵忆河汾。
樽前坊陌登楼赋,笛里关山勒石文。
灯火春宵送君去,马嘶人语渐无闻。

写于2011年5月。霸城门乃古长安城东门。河汾:黄河与汾水的并称,指山西省西南部地区。《史记·晋世家》:"唐在河汾之东,方百里,故曰唐叔虞。"

幸会刘玉霖先生于曲江恭赠

江山万里梦相牵,共酹诗魂灞水边。
欲约秦川新旧雨,长随归雁入吴天。

京华饯别故人

故人自楚来,一慰游方恋。
壶觞饯远行,长亭曙正艳。
人生本契阔,何诧尘满面。
怊怅河梁别,霜匣鸣孤剑。
盘飧知酒薄,羹饭叹米贱。
远望何苍然,野水余匹练。
没岭路迷茫,杂英满芳甸。

既自为形役，心毋剧尤怨。
岁月不我与，夙愿自履践。
抗志青云外，兢兢休言倦。
闻歌思五噫，挑灯读九辩。
相警守坚白，炎凉任其变。
万里风雷际，雁翔自轻健！

写于2011年6月。五噫：诗歌篇名，相传为东汉梁鸿所作。全诗五句，句末均有噫字，意在体谅民生之艰。九辩：《楚辞》篇名，也作《九辨》。坚白：语出《论语·阳货》："不曰坚乎，磨而不磷；不曰白乎，涅而不缁。"后因以"坚白"形容志节坚贞，不可动摇。

故乡短咏

其一

晴川岸柳舞毵毵，一阁烟霞久未谙。
日暮乡关眼前是，江风汉浪洗归骖。

其二

鹤去云空失故洲，百年渐半此登楼。
座中风月无今古，唯觉浮生似水流。

其三

兰茗翡翠绕琴台，风送市声穿壁来。
今日子期乏生计，断弦空负伯牙才。

其四

观涛又见锦帆张,扑面江风角黍香。

汉调楚弦千古韵,荷衣兰佩吊沉湘。

其五

吴津楚望庾楼风,九派朝宗一线通。

人语市嚣堤树袅,断鸿犹在水云中。

庾楼:东晋庾亮曾为江、荆、豫州刺史,其治所在武昌(今鄂州),武昌南楼名庾楼。

其六

赤壁青葱拥雪堂,坡仙骨瘦立苍茫。

一词二赋千秋诵,酝藉风流逐水长。

其七

翠烟尽敛见舺棱,潋滟湖光映快晴。

凝望浑忘身是客,故乡水载小舟行。

舺棱:武汉大学位于东湖岸边。

其八

嫣香碎拾吊天娇,无酒沉吟当大招。

堪叹汉王骨埋地,夕阳孤碣草萧萧。

汉王:指元末起义领袖陈友谅。湖北沔阳(今仙桃市)人,其墓在武昌蛇山脚下长江岸边。

其九

麦云已过稻初齐，欲访重湖路转迷。
怪底昔年云水窟，不闻鹭振杂鸥啼。

其十

漫赏沙洲访旧家，吟无好句手频叉。
儿时风景依稀近，揩眼分明故国赊。

十一

旧墟新筑傍篱根，店卖瓮醅邀举樽。
久诧归途成陌路，数声鸣雁过空村。

十二

休嗟沧海别经年，江上冰蟾缺复圆。
酒醒苹风吹旧梦，相逢一醉是前缘。

结句用东坡句。

以上十二首写于 2011 年 6 月。

雨中登武昌蛇山

流风结伴试追攀，树湿青沾庾鬓斑。
常绕梦唯江上笛，最萦怀是雨中山。
目随云际千帆去，形寄天涯一棹还。
独有乡情慰愁思，凭栏静听鸟关关。

写于 2011 年 6 月。庾鬓斑：指南朝梁诗人庾信，使西魏，阻于兵，留长安。位虽通显，而常有乡关之思，曾作《哀江南赋》以寄意。因称乡思或故国之思而鬓发斑白为"庾鬓"。

黄石小驻

踟蹰鄂渚溯萍踪，西塞山前九派通。
远近逍遥梅子雨，高低放旷柳梢风。
忘怀铁锁沉江底，极目云帆下海东。
三宿空桑已生恋，磁湖待我洗归骢。

写于 2011 年 6 月。西塞山：西塞山风景区位于黄石市城区东部长江南岸，以西塞山险峻秀丽的自然景观和纷陈的胜迹为主体，唐人刘禹锡《西塞山怀古》有句"千寻铁锁沉江底"。磁湖：亦为黄石名胜。

江汉赠别

揖别龟蛇望浚流，客心已逐一苇浮。
当年酒斾同青眼，此际茶烟各白头。
久负琴台山水意，难销画阁古今愁。
临歧不尽杨朱感，又送风尘薄宦游。

写于 2011 年 6 月。山水意：谓知音人的情意。典出《列子·汤问》："伯牙鼓琴，志在高山。钟子期曰：'善哉峨峨兮若泰山'，志在流水，钟子期曰：'善哉洋洋兮若江河'，伯牙所念，钟子期必得之。"杨朱感：《荀子·王霸》："杨朱哭衢途曰：'此夫过举蹞步而觉跌千里者夫！'

哀哭之。"谓在十字路口错走半步，到觉悟后就已经差之千里了，杨朱为此而哭泣。后常引作典故，用来表达对世道崎岖，担心误入歧途的感伤忧虑，或在歧路的离情别绪。

贺新郎
故乡感怀

归梦频惊觉，对篷窗、连延草色，高张云幕。短褐江湖寻故薮，系缆烟乡水郭。正柳岸，沙平雁落。历历形骸无藉在，喜重逢、尔汝成欢谑。天不老，人飘泊。

千桑万海情相若，满瓠樽、陇云辽水，慨然吟酌。只驭兰舟横别浦，还酹怀沙沉魄。无足道，世间清浊。浣尽征衣新旧泪，待他年、再续梅花约。别亦苦，何妨乐！

写于 2011 年 6 月。无藉在：无顾忌或无聊赖。唐杜甫《送韦书记赴安西》诗"白头无藉在，朱绂有哀怜"。

念奴娇
寄　远

晚风清暑，对芸窗思忆，少年情味。未计离愁多少缕，乱织楚山巫水。劫火成灰，蜃云幻海，人老红尘里。元龙已倦，危楼何必孤倚。

空念紫塞烟浓，阳关路远，雁列相思字。狼藉杯盘嫌醒眼，醉梦前身凤世。蚁穴荣华，鼠肝功业，岂遂桑蓬志！心随天远，一书难尽千纸。

写于 2011 年 6 月。

过绛帐镇

携卷寻幽漫著鞭，市嘈声里忆先贤。
筇吹鼓竞青云上，膏尽灯残绛帐前。
惯见临渊思结网，尝闻得道欲忘筌。
千年鲜少轻韦素，世态于今重货泉。

写于 2011 年 6 月。绛帐镇在陕西省扶风县，传为东汉大儒马融（字季长）设帐授徒之地。韦素：韦，系竹简的皮绳。素，古代用来书写的绢帛。后因以"韦素"指书册、典籍。货泉：古代货币的通称。

过泾渭工业区

微茫浪影杂龙腥，浊渭萦纡接浊泾。
孤屿似樽浮大白，莽原如梦见遥青。
往来无尽成今古，兴废相催掩疃町。
故国新途行步稳，兼程风雨惯曾经。

写于 2011 年 6 月。泾渭工业区位于渭河和泾河交界的三角洲地区，因污染两河俱浊，已不复"泾渭分明"之景。疃町：田舍旁空地。此诗刊于《甘肃诗词》2011 年第三期。

游陕北黄龙山

万里黄图绿一弯，相看不厌是兹山。
重重岭树无机老，叠叠云溪太古闲。
敛翠岚光开净宇，凝芳爽气散尘寰。
侧身孤嶂舒清啸，姑射神人未欲攀。

写于2011年6月。黄龙山林区地处陕北黄土高原东南部，森林资源一直受到当地政府的妥善保护，被誉为"黄河流域绿洲"。优越的森林生态体系，为野生动物提供了良好的栖息环境。姑射：《庄子·逍遥游》"藐姑射之山，有神人居焉，肌肤若冰雪，淖约若处子"，后诗文中以"姑射"为神仙或美人代称。

和向喜英先生诗《寄梦璧》

渝南高士骨偏奇，一笑常轻左顾龟。
松径鲜迎翟门客，芸窗迭出杜陵诗。
拊心风雨连三辅，侧目轩韶满九逵。
芒屦何时临渭北，孤鸿当伴瘦筇枝。

写于2011年6月。左顾龟：指官印。翟门：《史记·汲郑列传论》"始翟公为廷尉，宾客阗门；及废，门外可设雀罗。翟公复为廷尉，宾客欲往，翟公乃大署其门曰：'一死一生，乃知交情。一贫一富，乃知交态。一贵一贱，交情乃见。'"后因以"翟门"为门庭盛衰之典实。

满江红
过北京地铁"金台夕照"站

旧碣新瞻，依稀见，金台气象。遥指认、帝都城阙，夕阳闾巷。铁辇逶迤穿地走，琼楼缥缈拿云唱。正炎风、缭乱拂商招，人潮壮。

无处觅，平房帐；俱往矣，凌烟像。纵空收市骨，山河无恙。圣代岂容轻骏骥，吾生不羡为卿相。借晴宵，唤友傍通衢，倾陈酿。

写于2011年7月。2002年建筑工地出土乾隆御笔"金台夕照"汉白玉石碑，现立于财富中心广场。地铁站就在附近。"金台夕照"为"燕京八景"之一，源起燕昭王千金市骨延揽人才之事。

晋陕黄河记慨

饱犁川原开胜壤，经行辗转路非枉。
九曲黄河天上来，一壶尽收弄晴爽。
龙槽千里分晋秦，绝壁对耸窄如掌。
狂涛颠浪飞璇珠，雷动风行目眩晃。
几疑地脉涌沸泉，禹凿大门突豁敞。
琉璃浩荡归空蒙，崖岸两旷失喧响。
淡烟疏霭笼水湄，古来此地谓河广。
越岭冥鸿犹北征，度桥铁辇正东往。
浪打残垒兼故关，树遮新城与工厂。

芳草汀洲拥蒹葭，关关雎鸠伴柔桨。
水阔鱼龙自混游，黄陵尧庙近堪仰。
奔波横溢忆不堪，钜野蛟患常扰攘。
泥滩断戈铜未销，淘去不唯是魍魉。
君不见，盘涡毂转万里沙，千年一清劳梦想！
君不见，涓起昆仑赴重涯，纵横九州势泱莽！
棹歌劲发泛中流，极目天青白日朗。
大河东去接沧溟，万古萝图滋惠养！

写于 2011 年 7 月。近年来陆续寻游过壶口、禹门口、河津、洽川、永济、风陵渡等地。此诗刊于《陕西诗词》2011 年第三期。

感事之一

衡门坐对雨潇潇，容膝易安思折苕。
太息秦民啼畎亩，侧闻越父献刍荛。
豪强立业常屠狗，雅颂登台总续貂。
世事茫茫难自料，阿谁覆鹿又寻蕉？

写于 2011 年 7 月。折苕：语出《荀子·劝学》"南方有鸟焉，名曰蒙鸠，以羽为巢，而编之以发，系之苇苕。风至苕折"，喻危险的处境。越父：即越石父，春秋时齐国贤人，齐相晏婴解左骖赎之于缧绁之中，归而久未延见，越石父以为辱己，要求绝交，晏婴谢过，延为上客。覆鹿蕉：《列子·周穆王》："郑人有薪于野者，遇骇鹿，御而击之，毙之。恐人见之也，遽而藏诸隍中，覆之以蕉，不胜其喜。俄而遗其所藏之处，遂以为梦焉"，后以"覆鹿寻蕉"比喻恍忽迷离，得失无常。

感事之二

栖身颜巷乐箪瓢，五斗营营懒折腰。
寓目青门水鸥老，耸肩紫陌玉骢骄。
九原追远悲秦炬，四海承平弄楚箫。
壮岁风情未销尽，闲听人说霍嫖姚。

写于2011年7月。青门：古长安城东门称青绮门，余客居西安东门东关正街。颜巷：《论语·雍也》：子曰："贤哉，回也！一箪食，一瓢饮，在陋巷，人不堪其忧，回也不改其乐。贤哉，回也"。本指颜回所居的陋巷，后用以指简陋的居处。嫖姚：指汉代霍去病。

感事之三

客里诗怀正郁陶，浊醪与共兴偏豪。
惯看绕阙五陵树，远瞩凌霄一羽毛。
浪子留洋成豹变，山僧入市运龙韬。
应惊白发村翁健，俯仰乾坤事桔槔。

写于2011年7月。桔槔：井上汲水的工具。《庄子·天运》："且子独不见夫桔槔者乎，引之则俯，舍之则仰。"豹变：谓如豹文那样发生显著的变化。幼豹长大退毛，然后疏朗焕散，其毛光泽有文采。《易·革》："上六，君子豹变，其文蔚也。"

感事之四

天道乘除不可逃，风中华发手慵搔。

溪围广厦长思杜，柳系孤舟每忆陶。

野老延宾炊麦饭，官人谢事问绨袍。

城楼小憩观新景，隔座狂生说吏饕。

写于 2011 年 7 月。绨袍：战国时魏人范雎先事魏中大夫须贾，遭其毁谤，笞辱几死。后逃秦改名张禄，仕秦为相，权势显赫。魏闻秦将东伐，命须贾使秦，范雎乔装，敝衣往见。须贾不知，怜其寒而赠一绨袍。迨后知雎即秦相张禄，乃惶恐请罪。雎以贾尚有赠袍念旧之情，终宽释之。见《史记·范雎蔡泽列传》，后多用为眷念故旧之典。

感事之五

寄迹神州未惮劳，策驽取路事游遨。

日行鸦背东隅远，云积龙门北斗高。

塞内尘嚣忧虎尾，人间蛮触等鸿毛。

无常世事依天则，望断千峰叠海涛。

写于 2011 年 7 月。三千水：极言高远，语出《庄子·逍遥游》："鹏之徙于南冥也，水击三千里，抟扶摇而上者九万里。"宋林逋《寄太白李山人》诗："鲲鹏懒击三千水，龙虎闲封六一泥。"

浣溪沙
山居偶题

其一
两袖缁尘出九门，关山古道白云屯。枳花槲叶逐行尘。
一片青毡思故约，半湾翠黛念伊人。天涯谁与共销魂？

其二
草色纤绵绿未匀，傍涛软火煮纹鳞。无端取醉未辞频。
诗味懒寻还似旧，世情闲看却翻新。豪吹玉笛怅无邻。

其三
罨画湖边理钓纶，凯风袅绕动离魂。青波照见梦中身。
云未入山皆作态，雨先归壑不留痕。试将万绪倚黄昏。

其四
竹韵松风直扑襟，归飞群鸟渐投林。抱琴空费陇头吟。
紫殿未成珠履客，青词难得玉人心。仙源缥缈不堪寻！

写于 2011 年 7 月。陇头吟：汉乐府名。

城南行之一

瓣香寄潜慨，遗像亦怀愁。
形解区中役，魂归物外游。

故园无逐鹿，新径有眠牛。
诗史春秋笔，古今谁匹俦！

写于 2011 年 8 月。杜公祠在长安区少陵原上，毗邻牛斗寺。杜甫自号"少陵野老""樊川布衣"。眠牛：古以眠牛喻指风水好或风水好的葬地。

城南行之二

此地堪中隐，白居难作家。
风来弦诵劲，燕去竹阴斜。
诗与人同老，心随路转赊。
青衫琵琶泪，一夕洒天涯。

写于 2011 年 8 月。西安交大校区内东亭是白居易在长安居舍之旧址。"长安虽大，白居不易"为唐时谚语。中隐：指闲官。唐白居易《中隐》诗："大隐住朝市，小隐入丘樊。丘樊太冷落，朝市太嚣谊。不如作中隐，隐在留司官。"

城南行之三

信步樊南路，清思到邓林。
凋残烟水梦，凄婉凤箫吟。
竹瘦同诗骨，松坚寓志心。
碧城渺何处，异代亦相寻。

写于2011年8月。李商隐自号"玉溪生"和"樊南生",有《樊南文集》存。樊南即樊川以南。烟水梦:指遁迹江湖的愿望。李商隐诗《安定城楼》:"永忆江湖归白发,欲回天地入扁舟。"凤箫吟:词牌名,用秦国箫史与弄玉吹箫引凤之事。

城南行之四

细赏樊川景,长怀杜舍人。
文涵商岭雪,诗吐洞庭春。
酩酊酬佳兴,蜉蝣老逸尘。
可怜歌舞地,堪寄转蓬身。

写于2011年8月。杜牧号樊川居士,晚年居城南樊川别墅,有《樊川文集》已失。杜牧官至中书舍人。死后葬于长安。

城南行之五

柳岸渼陂水,烟洲空翠堂。
新村远峰紫,旧碣野扉黄。
鸿渐知兴废,鱼翻入混茫。
少陵咏诗处,余我引杯长。

写于2011年8月。渼陂位于长安西南今户县境内,汉代即为上林,唐代为名胜,杜甫、岑参皆有以渼陂为题的诗作。空翠:指青色的潮湿的雾气。唐王维《山中》诗:"山路元无雨,空翠湿人衣。"

辋川行

清吟摩诘诗，入画行幽谷。
云起涧犹青，水穷滩始绿。
染烟傍劲松，撩雾穿修竹。
银杏久堪瞻，玉山遥可瞩。
丘樊鸟往来，市肆人歌哭。
彩蝶绕窗飞，初阳依岫出。
通衢客少来，村店醪新漉。
野蕨稚根香，林珍余味足。
依稀入梓桑，寂历逢樵牧。
心与物相谐，步随风所逐。
迢迢灞柳阴，漠漠食萍鹿。
留驻辋川图，恣情忘宠辱。

写于2011年8月。王维，字摩诘，常居长安城东南蓝田辋川别业，写有大量诗作。今存王维手植银杏树一株。辋谷水流入灞水。现高速公路已通辋川。

青海湖寄兴

临风心与体同舒，海镜须眉失故吾。
投钓清欢远朝市，濯缨素志寄江湖。
空余鲁叟乘桴意，漫赏瀛仙泼墨图。
化景因人成胜概，新妆旧痕委烟芜。

写于2011年8月。第五句用东坡句。

青海小驻

一枕车声晓破初，梦惊世外意踟蹰。
巅连吐蕃牛羊散，路近流沙草木疏。
日月亭高仰窣堵，金银滩远憩穹庐。
酥醪满盏披襟望，万事浮云过太虚！

写于2011年8月。吐蕃（音博）：公元7至8世纪，我国古代藏族所建政权，代指西藏。流沙：指西域地区。窣堵：佛塔。酥醪：奶酒。日月山据传是文成公主进藏时停留处。结句用曾国藩句。

从西宁到兰州

长风乱草暑方徂，晓日颓云演阵图。
路逐河声雕影远，秋添山色箭痕孤。
金城走马惭才术，紫塞飘蓬眇世途。
欲问左公驻兵地，皋兰烟雨正模糊。

写于2011年8月。兰州又名金城，金城又指京城。皋兰山在兰州市南。

重访天水

云浮麦积俨簪裾，天水梦回思有余。
陇峻秦雄认今古，月明露白识盈虚。

街亭井树蝉嘶乱，木道丛祠雁去徐。

地近崦嵫堪豹隐，伏羲庙下望曦车。

写于2011年8月。杜诗《月下忆舍弟》"露从今夜白，月是故乡明"即作于天水。街亭：在天水秦安县，是三国古战场。木道：木门道，亦是三国古战场。豹隐：汉刘向《列女传·陶答子妻》"妾闻南山有玄豹，雾雨七日而不下食者，何也？欲以泽其毛而成文章也，故藏而远害"。后因以"豹隐"比喻洁身自好，隐居不仕。曦车：羲和所驾之车，指太阳。

八声甘州
青海湖寄兴

望琼田玉界接云天，远峰总堆青。幻南华鲲鳖，西行粉泪，北海樽情。壮阔聊供啸傲，薄岸欲骑鲸。夕照残荒垒，人与秋清。

阅世黄粱熟久，映绿波白发，两鬓罗星。问鸥边渔父，何以乐零丁？怅人间、如雷鼻息，顾风幡、不学屈原醒。呼倾酒，此沧溟水，堪寄余生。

写于2011年8-9月。西行粉泪：指唐文成公主事。风幡：风中的旗幡。《景德传灯录·慧能大师》："师寓止廊庑间。暮夜风飏刹幡，闻二僧对论，一云幡动，一云风动。师曰：直以风幡非动，动自心耳。"后用为典实。

秋思次韵喜英先生鱼韵大作

秋蝉疏引正愁予，客舍长安久索居。
梦去不知因果事，闲来但读老庄书。
壮心已已观骐骥，盛世何妨作蠹鱼。
逢友难为鲈脍叹，却言诗酒兴何如。

写于2011年8月。已已：前"已"是副词表已经，后"已"是动词表停止。

玲珑四犯
中秋感怀，用白石格并步其韵

琼岛浪喧，虹桥流静，瀛洲今在何处？凉风官柳瘦，薄雾重城古。秋思满襟未赋，倚余醺、系缆烟浦。万象森罗，百年行止，俯仰月清苦。

梦先醒，邯郸路，正蛩吟翠幄，帘卷朱户。笛吹银汉动，心逐蟾光去。湘云楚水秦关远，又奚啻、青灯逆旅。盟欲冷，徒呼唤、蓬莱旧侣。

写于2011年9月。此格有别于清真词，清人常用此格。

未央湖畔

未央湖畔露华浓，水佩风裳已倦慵。
欲寄锦笺寻夏雁，渴闻瑶瑟借秋蛩。
吟边浊酒天边醉，笛里清蟾客里逢。
为遣关山庾愁散，澄波静对养雍容。

写于 2011 年 9 月。

曲 江

渐入曲江吟式微，天教心愿与身违。
月桥只合波心荡，鹤梦尤堪浪里飞。
振触斧斤留散木，惯看陵谷入斜晖。
鸱夷烟水终难羡，漫任秋风吹客衣。

写于 2011 年 9 月。式微：《诗经·邶风》篇名，表思归之意。散木：原指因无用而享天年的树木，后多喻天才之人或全真养性、不为世用之人，语出《庄子·人间世》。鸱夷：即鸱夷子皮，春秋越范蠡之号。第二句用冯延巳词句。

城南小坐

小坐城南一槛东，清飙四飒下云中。
半醺酒感沧桑意，新赋诗惭骚雅风。

盟冷鹿门凭聚散，梦萦鸡塞任穷通。

芙蓉苑里霓裳舞，侧耳声传曲未终。

写于2011年9月。云中：云霄之中，高空。常用指传说中的仙境。《楚辞·九歌·云中君》："灵皇皇兮既降，猋远举兮云中。"

减字木兰花
秋　游

其一

残蝉送暑。灞浐冯夷舒袖舞。满苑芳尘。懒作怜香惜玉人。笑歌相属。散发披襟常自束。一笛当楼。几度秋凉几度愁。

其二

蒸云涵润。似觉蓬莱仙岛近。回首空瞻。铁马秋风大散关。身如委蜕。亦已疏狂图一醉。碧水汤汤。自爱登台不望乡！

写于2011年9月。冯夷：传说中的黄河之神，即河伯，泛指水神。其二下上片第四句陆游句，下片第四句用黄仲则句。

秋兴次韵邓世广先生《天山石头沟醉题》

惆怅凉云共陇黄，衣宽未学沈东阳。

聊挥美酒荆扉下，暂醉佳人锦瑟旁。

万虑俱融松韵远，寸心远系桂枝香。

长风吹梦期鲲化，目逐图南雁翼张。

写于2011年9月。第四句用杜少陵句。

凤凰台上忆吹箫
雨夜有梦

雨晦长堤，云颓杰阁，绮窗一枕高唐。正江关汉浦，灯火荧煌。几见歌场舞榭，霓彩乱、裘马清狂。低回处，故园树湿，喁唱秋娘。

迷茫，恍然梦断，惊眼底关河，笛里山阳。叹客尘侵首，未卜行藏。辜负青崖赤壁，天水际、空识归航。销凝久，秦筝楚弦，换谱伊凉！

写于2011年9月。促织：蟋蟀。秋娘：蝉。山阳笛：晋向秀经山阳旧居，听到邻人吹笛，不禁追念亡友嵇康、吕安，因作《思旧赋》，后因以山阳笛为怀念故友的典实。伊凉：曲调名。指《伊州》《凉州》二曲。

重 九

天涯几处此情同，万树秋声海甸中。
攘攘行人重九节，萧萧班马一孤蓬。
数开丛菊他乡泪，遍插茱萸故苑风。
已半浮生新梦觉，乐亭买醉短篱东。

写于唐山乐亭县2011年10月。

浪淘沙
唐山曹妃甸港远眺

澹澹一屏开。云洗氛埃。征帆掩映自成排。无尽长桥穷渤澥，欲接蓬莱。

有累放形骸。忘却欢哀。汀葭秋色是新裁。瞻彼泱泱浮落日，渺渺予怀！

写于 2011 年 10 月。

天津滨海新区小驻

惊涛夹路溅鞭梢，寒瘦秋深逼岛郊。
诗带商声风自咏，酒斟清韵竹相敲。
津沽碧静萦新筑，天海苍茫忆故交。
问舍求田宜此始，钓鲸余事未容抛。

写于 2011 年 10 月。

次韵邓世广先生《遗憾》

才许岑高艺可怜，半瓢雅望近儒先。
常挥林下销愁酒，不使人间造孽钱。
潘鬓参差怀抗志，阮途蹭蹬耸吟肩。
静听一笛吹清韵，遥望昆仑九点烟。

写于 2011 年 10 月。半瓢：邓先生书斋名为"半瓢居"。

商洛行

远涉蓝关人迹稀，一程木叶坠还飞。
崖边丹水滋腴瘠，篱角黄花秀瘦肥。
路向东南马忘止，云浮西北雁知归。
诗情每自忧忡得，回首商山唱采薇。

写于 2011 年 9 月。商山：山名。在今陕西商县东。秦末汉初四皓曾在此隐居，以采紫芝为生。采薇：《乐府诗集》中有《采薇歌》。

榆林行

爽气商声佐胜游。驼城榆塞正经秋。
溪流朔野开丹峡，草覆胡沙起翠丘。
一代人承千古业，万年祖荫几泓油。
边墙脚下恋三宿，自笑邯郸梦里侯。

写于 2011 年 10 月。榆林又名驼城，现以石油煤炭工业迅速崛起。胡沙：西方和北方的沙漠或风沙。荫，读去声。

神木行有感

初惊西北有高楼。未诧边城酒似油。
麟府路连黄叶渡，驼峰树接白云秋。
敏行后乐如刘语，怯说先忧与范俦。
塞上长城羞自许，梦从中夜理兜鍪。

写于2011年10月。高楼：古诗十九首："西北有高楼，上与浮云齐"。后乐：汉刘向《说苑·谈丛》"先忧事者后乐"。北宋范仲淹曾守麟府路（现榆林市神木、府谷两县）。第七句化用放翁句。

一萼红
北海秋泛

倚团城，望云堆翠积，太液皱青涟。鸳瓦长黄，塔铃独白，秋树疏赭山前。步琼岛、四围散碧，穿竹径、梵呗杂风弦。浪润鸥翎，桨收鲸背，晚照暄妍。

回首楚津秦驿，念冥鸿踪迹，萍水前缘。涤霭龙池，倚晴凤苑，赢得今夕萧闲。叹浮生、归舟难买，怅烟际、孤鹜又鸣舷。灯火京华夜永，一月堪怜！

写于2011年10月。太液：元、明、清时的太液池即今北京故宫西华门外的北海、中海、南海三海。元时名西华潭，清称太液池。西池：相传为西王母所居瑶池的异称。

香山秋兴

其一
四宇空明作镜开。一途秋色是新裁。
香炉峰上长风振,万紫千红捧足来。

其二
枨触乡愁过草莱。摘持霜叶咏南陔。
见心斋畔尘心净,伫听秋声没七哀。

南陔:《诗经·小雅》篇名,常用于孝敬老双亲之典。

其三
往事如烟化碧埃。彩虹延袤白云隈。
懒搴萸菊知秋暮,散木矜怜老不材。

其四
衡门小径踏苍苔。庭际萧疏伴老槐。
黄叶村中灵韵远,翘瞻旧壁润枯怀。

其五
虎帐八旗安在哉。绕墙古柳几番栽。
西风不送明驼使,携酒高登演武台。

明驼使:唐代驿史名,据唐制,非边塞军机,不得擅发。

写于 2011 年 10 月。

司马台长城登眺

新曦不减旧崔嵬。形胜久埋黄雀哀。
弹洞烧痕龙驭去,边声朔气雁衔来。
摩挲雉堞悲残替,检点河山思异才。
抚髀空为古今叹,只拈铁笛上烽台。

写于2011年10月。司马台长城在京郊密云县与古北口长城相连。史上元军、清军、日军曾多次于古北口司马台一线进攻北京。黄雀哀:汉刘向《说苑·正谏》:"园中有树,其上有蝉,蝉高居悲鸣饮露,不知螳螂在其后也!螳螂委身曲跗欲取蝉,而不知黄雀在其傍也。"后用以指追求逸乐而不知祸之将至。残替:残缺废弃,替作名词。

京郊小驻

苍烟欲合衮龙浮。故国关山系远愁。
野客能青羁客眼,百年空白少年头。
高谈扪虱经燕市,长啸闻鸡学楚囚。
满袖清寒浑彻骨,西风不悯旧貂裘。

写于2011年10月。

京华秋思

拂曙霜林已染丹。天街列宿等闲看。

九秋伤别常怜柳，四海论交未识韩。

风卷红旗喧劲曲，酒斟黄菊慰清欢。

诗心已逐流云远，抖擞尘缨未解鞍。

写于 2011 年 10 月。

京郊会故人

望极停云握手欢。鹪鹩分寄一枝安。

帝乡烟色凭栏赏，剑佩霜痕睨柱弹。

出塞曲怜陶径窄，扶头酒沃庾肠宽。

飘蓬征路勤珍重，老圃残花只独看。

写于 2011 年 10 月。鹪鹩：一种小鸟，《庄子·逍遥游》："鹪鹩巢于深林，不过一枝。"倚柱：据《战国策·齐策四》载，齐人冯谖客于孟尝君，左右贱之，食以草具。冯谖倚柱弹其剑而歌曰："长铗归来乎！食无鱼"。后因以"倚柱"谓辞家求宦，不能侍亲于膝下。

入　冬

踏叶怜摇落，迎风咏授衣。

一尘形有寄，九宇梦无归。

郭外关河远，篱边世界稀。

嫩寒欺薄酒，平楚渺烟霏。

写于 2011 年 11 月。授衣：《诗·豳风·七月》"七月流火，九月授衣"。谓制备寒衣。古代以九月（农历）为授衣之时。一尘：如一世，晋葛洪《神仙传·丁约》"儒谓之世，释谓之劫，道谓之尘"。

偕友登慕田峪长城

霜重关前草，风高堞上楼。
蓟门烟树渺，朔野塞云浮。
冷眼观新局，暄阳洽旧俦。
豪情未应减，曳杖说曹刘。

写于 2011 年 11 月。

读陈寅恪诗有感

看饱兴亡客四方。一生形貌自昂藏。
江潭竹菊吟湘赋，原野戈矛忆鲁阳。
憔悴青衿村影远，飘萧黄叶岭云凉。
盲翁鼓说人间事，梦里巢痕是故乡。

写于 2010 年 3 月。次陈寅恪诗《七律·忆故居》原韵。原诗："渺渺钟声出远方，依依村影万藏鸦，一生负气成今日，四海无人对夕阳。破碎山河迎胜利，残余岁月送凄凉。松门竹菊何年梦，且认他乡作故乡。"盲翁鼓："我今负得盲翁鼓"（陈诗原句），诗出陆游诗"负鼓盲翁正作场"。陈寅恪：江西修水人，文学家、历史学家、语言学家。鲁阳：传说战国时期楚国鲁阳公能挥戈返日。青衿：学子之衣服。

过阿房宫遗址

渭水逶迤流古今，千年焦土始成荫。
残阳曜野仍如炬，但见遗墟暮境森。
六合尽扫四海一，蜀山兀兀阿房出。
鼎铛玉石筑云台。嬴秦社稷遮天日。
金人十二守宫墙，不阻刘邦入咸阳。
山河易姓悲余烬，兴废从来是苍黄。
觚棱赭垩没衰草，人老太平天未老。
欲问独夫何处居，骊山孤冢埋枯槁！

写于 2011 年 11 月。秦阿房宫遗址在西安西南。近年来在遗址上广种草木，远望已蔚然成林。公路从前殿遗址中间穿过。

菩萨蛮
冬日游阿房宫游乐场

阿房废址开新景，前欢往事难重省。庑殿自堂皇，游人试衮裳。

闲愁谁得会？一苑林憔悴。渌水满兰池，千年犹泛脂。

写于 2011 年 11 月。阿房宫游乐园是在遗址上建造的一假古董。兰池被认为是秦代水系遗存。

小雪前夕听雨

又觉城头夜柝迟。百年清梦独醒时。
书堆懒几埋萍剑,灯守幽屏照酒卮。
苏世已萌云水意,谋身只系稻粱思。
潇潇帘外传疏响,自咏江湖听雨诗。

写于 2011 年 11 月。

西安城墙上绕行一周感赋

觚棱今又认长安,地碣天图望眼宽。
万里风霜连堞垛,千年兴替付栏杆。
楼高每虑立身稳,车拥还吟行路难。
日落云间浮陇上,一城暮色惹忧端。

写于 2011 年 11 月。冬季健身活动与公司同事步行城墙一周历时三小时酝酿成诗后复改之。行路难:乐府古题之一。

登临秦岭梁分水岭

路入秦岭梁,四宇清如砥。
绝顶此登临,岭海堪洗履。
一笻拄乾坤,满山皆苍紫。
平瞻太白巅,俯瞰终南趾。

象纬分北南，天阙近咫尺。
汉沔出遐荒，白波流初始。
泾渭影浑茫，黄图动远迩。
何处林涛鸣，四围变宫徵。
尽涤满尘襟，萧萧风过耳。
玄鸟栖霜枝，深丛过野豕。
吊影对松楸，独不见桑梓。
陇蜀自西横，宛洛宜东指。
长安云锦中，极眺怜绮靡。
劳生足流离，风雨伴行止。
蓬转已千山，畏途仍万里。
才始过巉岩，前路又荆杞。
侘傺百年中，升沉亦如此。
趑行步不懈，大块印屐齿。
天道永不丧，壮心应不已！

写于2011年11月。秦岭梁分水岭在秦岭东主峰牛背梁附近，乃长江水系和黄河水系的分水岭。宛洛：二古邑的并称。即今之南阳和洛阳，常借指名都。

大雪日午时周晓陆兄置酒与义友兄及美院师生若干人吟聚遵晓陆兄之命作此篇记之

又值当垆呼友时。幽居闹市话幽诗。
书陈四库乾坤大，酒暖三冬日月迟。
翰墨场中新画匠，简编丛里旧经师。

传觞迭劝分题咏，自古骚人总是痴。

写于 2011 年 12 月 7 日。

曲江阅江楼小酌之一

朔风塞垣梦，弱水阅江楼。
心与孤云契，形同野鹜游。
常持无字悟，未赋莫名愁。
觞咏新诗递，轻他万户侯！

写于 2011 年 12 月。无字悟：佛教语。佛教常谓只执着文字不能见性悟道，特别是禅宗单提"教外别传"的"心印"，故称"不立文字"。后因称参禅悟道为"无字悟"。

曲江阅江楼小酌之二

郢路尘千斛，秦楼水一涯。
吟笺凭刻鹄，醉墨任涂鸦。
不见樊川菊，难寻杜曲麻。
青衫应已湿，谁为弄琵琶？

写于 2011 年 12 月。刻鹄：喻仿效前贤。唐卢照邻《释疾文》："既而屠龙适就，刻鹄初成。"宋秦观《贺苏礼部启》："叹刻鹄之未成，念攀鸿而何敢。"

乐游原上远眺

参差台榭触云根。木叶霜花覆厚坤。
岭叠樊南愁远路,楼遮渭北悯孤村。
低徊梵磬青龙寺,叠绕尘烟白鹿原。
一任长风吹短鬓,乐游清眺立黄昏。

写于 2011 年 12 月。乐游原在长安东南,毗邻铁炉村(城中村),青龙寺遗址在其上,现已大规模建设公园。

过访新丰镇及鸿门宴故址

草枯木落景清澄。过访新丰感不胜。
野宴漫论项庄剑,峭塬遥见始皇陵。
鸿门云雨多翻覆,骊邑山河几废兴。
鸡犬市中认家第,古今世态总相仍。

写于 2011 年 12 月。新丰镇在临潼区,秦代名骊邑,鸿门宴故址在其所辖鸿门堡村。

谒香积寺

朱甍静倚旧山河。尘外幽栖冷薜萝。
紧锁心猿对弥勒,牢擒意马礼维摩。
郊原风过浮新丽,祖塔鸢喧守故窠。

随喜伽蓝求慧剑，劫余心性未消磨。

写于2011年12月。香积寺乃佛教净土宗祖庭之一（另一祖庭为庐山东林寺），位于西安长安区南，原经屡毁屡建。随喜：谓欢喜之意随瞻拜佛像而生，因用以称游谒寺院。

次韵魏义友大作并祝新婚之庆

风霜何计自频年。六十光阴去不旋。
未叹身随时共老，只忧道与世相捐。
瓜期迟至诗方好，蔗境徐来味更鲜。
喜有新风吹旧雨，曲江幽草沐天怜。

写于2011年12月。

水调歌头
西历平安夜有赋用宋人崔与之《题剑阁》韵

岭路尚荒梗，匹马驻秦关。恍然今夕何夕，大梦醒槐安。举目琼楼花雨，侧耳朱门歌舞，客久已记还。劲骨凌霜色，枫老树流丹。

对朔风，搔蓬鬓，笛吹残。向来烟雨萧瑟，回首未应闲。何计百年契阔，犹剩拿云心事，此际朗吟闲。灯火平安夜，把盏望平安。

写于2011年12月24日。

薄暮有作

薄暮临窗倦眼开，朔风忽起洗氛埃。

人间车马仓徨过，天上龙虬散漫来。

兀兀寄形无浪喜，茫茫阅世有余哀。

一城灯火笼群动，明日阴晴不足猜。

写于2011年12月28日。西安机场偶成，29日晨北京飘雪。

都门节日

未愧无才可补天。断云飞雪又经年。

喧繁台省皆冠盖，乐易闾阎亦管弦。

浮世久牵身外役，漫游只解梦中缘。

蓟门灯彩真纠结，触忤愁人到酒边。

写于2012年1月。结句用杜诗。

浣溪沙

咏梅之一

雪压枝柯白未匀。檀心几点似含颦。冷风剩与诉殷勤。

零落亭边随我影，孤栖篱角与谁邻？怃然归去梦来频。

写于2012年1月。

咏梅之二

粲粲芳姿寄倩魂。婆娑雪里独含春。只应姑射是前身。
淡蕊有心邀皓月,疏枝无意舞黄昏。漫收欢怨入清樽。

写于 2012 年 1 月。

瑞鹧鸪

冬日探梅之一

雪中寂历只孤芳。乱我乡愁意易伤。
自去何郎无好咏,未邀逋老少佳章。
美人如是浓浓态,素约欣其淡淡妆。
拾梦归来犹兀坐,小窗横幅散幽香。

写于 2012 年 1 月。第三句用明代高启句。

冬日探梅之二

琼英粉蕊不胜簪。玉笛谁拈已弄三。
映水依稀桡欸乃,含春已见燕呢喃。
孤山残月香难忆,庾岭清风梦可谙。
捎带灞桥驴背雪,一枝聊复寄江南。

写于 2012 年 1 月。

水龙吟
长安隆冬

　　晓暾初透云痕，已闻木叶鸣霜砌。群书孤枕，蒲牢敲碎，南柯故事。羽翯希夷，旗飘城郭，扑襟清气。叹仲宣去国，壮怀冷落，萧散处、空凝睇。

　　依旧重山复水，指迷茫、玉关犹闭。思萦雪野，苍生白屋，沾衣涕泗。历尽炎凉，拍栏羞作，菟裘归计。借梁园旧馆，一倾楚醴，乐升平世。

　　写于2012年1月。菟裘：地名。在今山东省泗水县。《左传·隐公十一年》："羽父请杀桓公，以求大宰。公曰：为其少故也，吾将授之矣。使营菟裘，吾将老焉。"后因以称告老退隐的居处。

过杜曲镇

　　楼阁参差矗厚坤。近天不见五侯门。
　　樊川耆旧人何在，杜曲桑麻圃尚存。
　　家国深愁骚客梦，文章小技苦吟魂。
　　街前市肆怀工部，潏水长流没旧痕。

　　写于2012年1月。杜曲镇在长安区东南，是杜甫当年故里。"城南韦杜，去天尺五"，乃官司宦聚居之地，但此杜非彼杜。

采桑子
京华 寒夜

九天荒月云遮尽,灯曜谯门。舞咏朱门。冷烛寒光照别魂。
沉沉钟鼓今何夕,心上啼痕。脚下冰痕。谁识清宵梦璧人?

写于2012年1月。莼鲈思:《晋书·张翰传》:"翰因见秋风起,乃思吴中菰菜、莼羹、鲈鱼脍。",比喻怀念故乡的心情。

摸鱼儿
辛卯岁暮

正霜风、摧枯拉朽,呼号荒野重岭。天涯芳信知何处,只剩庭梅孤影。寒夜永。正叠鼓、彩霓闪烁灯清耿。漫寻熙景。对御柳残条,长亭积雪,鸦噪又相警。

鹿蕉梦,已过千闾万井。临歧莫叹萍梗。朝期暮约浑无据,世事只容心领。愁难醒。怯杯满、可怜张绪华鬓冷。诗思幽迥。落座忆江湖,吟边似见,冷月照孤艇。

写于2012年1月。鹿蕉梦:据《列子·周穆王》载,春秋时,郑国樵夫打死一只鹿,怕被别人看见,就把它藏在坑中,盖上蕉叶,后来他去取鹿时,忘了所藏的地方,于是就以为是一场梦。后以"鹿蕉梦"比喻得失荣辱如梦幻。张绪:字思曼。南朝齐吴郡人。长于周易,玄精理奥。为人精简寡欲,忘情荣禄,《南史·张裕传》载:武帝曾赏柳咨嗟,因绿柳风流,枝条甚长,状若丝缕,貌如当年张绪鬓发,故曰:"此杨柳风流可爱,似张绪当年时。"

新年感事

雨楫风轮逐逝波。青阳无奈鬓霜何。

倦途马系渭城柳，补屋丝牵沣峪萝。

一梦前尘空缱绻，百年逆旅付蹉跎。

浩茫诗思何能遣，不是苏门亦啸歌。

写于2012年1月。牵萝：出处唐杜甫《佳人》诗："侍婢卖珠回，牵萝补茅屋。"苏门啸：《晋书·阮籍传》："籍尝于苏门山遇孙登，与商略终古及栖神导气之术。登皆不应，籍因长啸而退。至半岭，闻有声若鸾凤之音，响乎岩谷，乃登之啸也。"后以"苏门啸"指啸咏。亦比喻高士的情趣。

龙年小咏

新岁无端咏旧题，只凭兔腿迓龙蹄。

两忘适莫从心惯，一种清虚与梦宜。

运命难寻柯易烂，溟瀛未济晷频移。

空惭马齿因循进，长铗鸣鞘亦自携。

写于2012年1月。晷：日影。长铗：《战国策·齐策四》载：齐人冯谖贫苦不能自存，寄居孟尝君门下。因食无鱼、出无车，无以为家，三弹其剑铗，歌曰："长铗归来乎！"

声声慢
壬辰春节

玉楼飞峻，花榭冲寒，相宜淡抹浓妆。日暖云开，者般豹蔚龙骧。桃符悄然换却，送轻飞、迅羽韶光。扶残醉、正笙箫无那，乐未渠央。

静悟浮生悲喜，忆寂寥风月，荏苒星霜。独意绸缪，深缝万缕缣缃。梅酬径招蝶影，梦漆园、自笑蒙庄。春已近，谅东风、已到故乡。

写于2012年1月。

遵嘱次王锋先生韵

暖阁闲尝雪水茶，虹桥烟树酒旗斜。
百年粗粝悲风木，一夕团栾念棣华。
休诧天街龙尾犬，岂惊海角虎皮鲨。
击壶未已长吟断，侧耳城头起暮笳。

写于2012年1月。风木：比喻父母亡故，不及奉养。典出《韩诗外传》。宋刘宰《分送王去非之官山阴得再字》"桃李春正华，风木养不待"。棣华：《诗·小雅常棣》"常棣之华，鄂不韡韡。凡今之人，莫如兄弟"。后因以"棣华"喻兄弟。

元宵节

不忍登高望，异乡圆月娇。
鱼龙舞灯市，儿女闹元宵。
幽兴裁诗遣，春晖折简招。
只祁众祥集，何叹一身遥。

写于 2012 年 2 月。众祥：各种吉利的征象或预兆。

壬辰元夜

依稀坊陌鼓停挝，灯火重城浸月华。
新岁桃符涂郁垒，故园梅信阻褒斜。
营生久负陶潜米，悟道常思陆羽茶。
行遍天涯身尚健，今宵忘却在天涯！

写于 2012 年 2 月。

壬辰岁初过渭滨

又挟寒风过渭滨，赖逢古水洗愁辛。
此亭有待堪投钓，彼岸无媒莫问津。
蓬转苍原廛郭远，葭吹玉管岁华新。
年来历梦恒沙数，信与秦川有宿因。

写于 2012 年 2 月。

什刹海早春

重楼新领旧乾坤,摹写诗痕意向真。
浪静漫融连岸雪,风清难净化衣尘。
近瞻北阙台尤迥,空眷南云柳不春。
试数行年惊石火,江湖未愧劫余身。

写于2012年2月。化衣尘:指所蒙受的使衣着变色的尘土。多形容仕途奔波之苦。语出晋·陆机 唐赵嘏《寄归》诗:"三年踏尽化衣尘,只见长安不见春。"石火:石头撞击时发出的一闪即逝的火花,多用来比喻时光的短暂。第二句用黄庭坚句。

过坑儒谷

斜口风清柳尚髡,碑前无觅故年痕。
烟销竹帛唯存谷,麦秀园田尚有村。
仙梦自焚祖龙炬,鬼灯常祀竖儒魂。
车书万国通文轨,千古伤心勿复论!

写于2012年2月。秦坑儒谷遗址位于临潼区斜口洪庆功堡村,现立有"秦坑儒谷"石碑。鬼灯:磷火。文轨:文字和车轨。古代以同文轨为国家统一的标志。语本《礼记·中庸》:今天下车同轨,书同文。

次韵奉和刘玉霖先生《七十初度》

古稀今独守陶家。坐拥书城气自华。
翦雪新诗金掷地，落梅旧梦笔生花。
秦淮河畔迎初霁，孙楚楼头醉晚霞。
何日维舟桃叶渡？联吟坡底品真茶。

写于2012年2月。

次韵奉和廖国华先生《自题〈无妄斋吟稿〉续集》

忘年知困不知休。客散闲吟郢水头。
掌上乾坤日临户，梦中帷幄月当勾。
浮云变幻皆神马，飞絮升沉笑棘猴。
未售屠龙些小术，贪渔百怪杂泥鳅。

写于2012年2月。神马：网络热词：神马（什么）都是浮云。棘猴：战国宋有人请为燕王在棘刺的尖端刻猴，企图骗取优厚的俸禄，燕王发觉其虚妄，乃杀之。事见《韩非子·外储说左上》。后以"棘猴"喻徒费心力或欺诈诞妄。

次韵奉和廖国华先生《自题〈无妄斋吟稿〉续集之二》

衣带渐宽冠未峨。浮生无量苦娑婆。
种瓜曾听钧天乐，凿井难赓击壤歌。
吴市吹篪狂客老，楚腰舞柳丽人多。

诗吟自得闲中句，摹写黄庭不换鹅。

写于2012年2月。娑婆：娑婆，梵语音译，意为"堪忍"。"娑婆世界"又名"忍土"，系释迦牟尼所教化的三千大千世界的总称。唐窥基《法华经玄赞》二："乃是三千大千世界，号为娑婆世界也。"

生查子
初春暮雪

其一

市廛弥望中，玉屑生云罅。
析析振条风，顿感轻寒乍。
荣枯入咏题，慵慢西窗下。
吟兴已融通，对酒焉能罢。

其二

漠漠气清泠，何处钟频打。
灯海亦迷茫，万绪凭飘瓦。
草木润其滋，信乐蚩蚩者。
此际独醒难，拂枕怜长夜。

写于20112年2月。蚩蚩者：指平民百姓。

春　意

嫩寒轻暖复交加。谁遣终南著薄纱？

风送诗材桑海幻，雨添酒兴市朝赊。
尺笺秋雁催年鬓，寸草春晖系梦华。
由蘖已萌自寻看，缥囊村笠是生涯。

写于2012年2月。由蘖：树木砍去后从残存茎根上长出的新芽。缥囊：用淡青色的丝绸制成的书囊。亦借指书卷。南朝梁萧统《〈文选〉序》："词人才子，则名溢於缥囊。"吕向注："缥，青白色；囊，有底袋也，用以盛书。"

与友小聚农家乐

对山赏新霁，当户品清茶。
彼此三秦客，寻常百姓家。
燕声何许远？柳色未应赊。
休唱渭城曲，云程望不遮。

写于2012年3月。

春　日

春风送暖燕来初。何叹门稀长者车。
性惯耽幽缘志广，诗难脱俗愧才疏。
望中紫塞劳鞅掌，客里青禽畏简书。
行箧不供写愁句，凌云拟赋学相如。

写于2012年3月。长者车：亦作"长者辙"，指显贵者所乘车辆。

之行迹。语本《史记·陈丞相世家》："（陈平）家乃负郭穷巷，以弊席为门，然门外多有长者车辙。"后常用为称颂来访者之典实。

过郑州黄河大桥北上

遥看烟水逐中州。一发青山忆旧游。
王霸纵横如泡幻，乾坤成坏感浮休。
识韩耻就终南径，学杜平添直北愁。
官渡孟津不知处，春怀已作大河流。

写于2012年3月。

高阳台
春　分

日暖蓝田，波喧绿岸，蓬丘却隔青禽。酒畔寒余，倩谁料理幽襟？东风迤逗催花雨，渐阑珊、漫递芳音。自销凝，烟销桃源，雾隐檀林。

萋萋草色王孙路，念高天远翰，大野沉吟。冷暖由天，任他垢蚀尘侵。劳身已惯云舒卷，指关河、旧垒重寻。最堪珍，过尽冰霜，犹剩春心。

写于2012年3月。

鹧鸪天
京华偶感

老柳微青稚萼红。皇州佳气正葱葱。
一觚浊酒清风里，几缕新愁古巷中。
春易逝，梦常空。城南旧事渺无踪。
笛吹一曲长亭外，知在云山第几重！

写于2012年3月。过访南柳巷40号晋江会馆旧址，台湾女作家林海音少年曾居此院，著有小说《城南旧事》，后被改编成同名电影。

秦岭子午峪植树

幽寻水曲又山隈。古道云崖作啸台。
妍日信从新霁出，好风疑自故乡来。
未登仙观求丹服，只向农家乞翠栽。
脱略喜闻松韵切，世情留与大夫哀。

写于2012年3月。峪内有金仙观。

卜算子
秦岭春情

岸柳绿参差，村柳开青眼。一路清溪挟梦来，应识春深浅。
峭岭岁寒枝，还任云裁剪。试向愁烟策杖寻，咫尺如天远。

写于 2012 年 3 月。

春 夕

黄昏又作雨纤纤，暖律催春气转恬。
嫩绿招摇草铺飚，娇红饾饤燕穿帘。
十年冰蘗怀清苦，一霎茶烟付黑甜。
梦觉华胥愁鬓改，客窗孤案读楞严。

写于 2012 年 3 月。

点绛唇
清 明

乍暖轻寒，清明又在他乡暮。啼红怨绿。尽是销魂处。
几许新愁，旧梦浑无据。空凝伫。年年客路。咏我皋鱼句。

写于 2012 年 4 月。皋鱼：人名。《韩诗外传》卷九载：孔子行，见皋鱼哭于道旁，辟车与之言。皋鱼曰："吾失之三矣：少而学，游诸侯以后吾亲，失之一也；高尚吾志，闲吾事君，失之二也；与友厚而小绝之，失之三也。树欲静而风不止，子欲养而亲不待也。"后因用作人子不及养亲的典故。

蝶恋花
陶然亭小憩

暖暖湖光风满座。叠秀年芳，红白桃心破。遥望燕台歌楚些。苍穹无语云纷堕。

缥缈虹桥和梦过。锦鲤难寻，曩劫知因果。静对新莺思故我。一樽竟藉清波卧。

写于 2012 年 4 月。楚些（读 suo）：指楚地的乐调或《楚辞》。

京郊小汤山小驻

未许忧忡稷契身，开襟披豁养吾真。
凄其雨落他乡梦，乐此花开故国春。
平楚苍烟龙脉远，幽燕彩幕鸟巢新。
解鞍高卧斜阳里，白石清泉浣旧尘。

写于 2012 年 4 月。稷契：稷和契的并称。唐虞时代的贤臣。杜甫《自京赴奉先县咏怀五百字》："许身一何愚，窃比稷与契。"平楚：谓从高处远望，丛林树梢齐平。楚，丛木也。

赠钱惠芬女士

板桥尽处是侬家，潋滟清波映妙华。
二竖尘难染松叶，百年鬓易入菱花。
诗吟泉暖锡山雾，墨泼鱼肥笠泽霞。
闲院携孙何所乐，鹧鸪声里自煎茶。

写于2012年4月。妙华：日月之光。二竖：常称病魔。菱花：指菱花镜，亦泛指镜。钱女士，江苏无锡人，住滨湖区太湖镇雪浪板桥村，3月底寄赠诗画作品集《坡底逢春》于我。

鹧鸪天
参观宋庆龄故居

精舍芳园罨画中。濠梁已聚早归鸿。
芸帷寂静霞飘竹，岁律峥嵘风入松。
春霭霭，水溶溶。柏舟清韵系深忡。
海棠未见和烟老，一院婵娟带雨红。

写于2012年4月。故居位于北京后海北沿。住所中院两株海棠的树龄已有三百年。濠梁：故居前厅一景为"濠梁乐趣"。柏舟：本为《诗·鄘风》篇名。《诗·鄘风·柏舟序》："柏舟，共姜自誓也。"后因以谓丧夫矢志不嫁。

京西门头沟看望少年同学
欲折花枝作酒筹，何堪共倚仲宣楼。
风吹杨柳如新沐，云隐招提是旧游。

鸿鹄志，稻粱谋。等闲白了少年头。
凭栏几许沧桑意，山自青青水自流。

写于2012年4月。仲宣楼：即当阳县城楼，在今湖北省。汉王粲（字仲宣）于此楼作《登楼赋》，故称。后遂用为典故，借指诗人登临抒怀之处。

与友小坐老舍茶馆

大碗斟茶比酒浓。前门呼应旧相逢。
幕开粉墨人间事，花簇丝簧帝里风。
闻哭笑，感穷通。悲欢只在有无中。
浪投四海为家日，又负垂杨绾转蓬。

写于2012年4月。位于北京前门。

春　游

已换沧桑到槛前，春深老树弄新妍，
天长目尽荣枯迹，路远情随去往缘。
登柏梁台浑是客，沽椒叶酒不论钱。
一怀冰炭何从扫，负郭栖迟难买田。

写于2012年4月。柏梁台遗址在汉长安城故址内。

过净业寺

行看重岭自参潭。冷暖情怀已饱谙。
南去浓云成淡霭，东来疏雨带晴岚。
长亭草木歌三叠，古道龙蛇剑一函。
近谒崇祠亦心惕，愧将尘面对瞿昙。

写于 2012 年 4 月。净业寺在秦岭沣峪中内凤凰山腰，乃佛教律宗之祖庭。

过邯郸抵京

灯影轻飞带薄寒。临窗诗兴渐阑珊。
未归栗里腰常折，每过邯郸枕不安。
梦岂能真行色远，月如此好旅怀宽。
笛鸣已报尧天曙，莫向凌烟阁上看。

写于 2012 年 4 月。

京西杂诗

其一

春风枝上鸟关关，天道乘除去复还。
滞迹周南人未老，倚栏蓟北又青山。

其二

未惊世事溺颓波,却叹上方云树多。
如此春山碧如洗,何虑尘惑与风讹。

其三

一样春风别样情,参差绿水钓舟轻。
青龙湖上烟波净,鸥鹭何当不我盟?

其三

人声鸟语各喧啾,呗诵禅房叠更幽。
潭柘寺里花似雪,萱苏未藉亦忘忧。

写于2012年4月。萱苏:魏王朗《与魏太子书》"萱草忘忧,皋苏释劳,无以加也"。后因以"萱苏"为忘忧释劳之典。

春兴漫写

春兴盈怀只自持,多应造化是吾师。
鸠穿竹坞相呼快,凫度荷塘每下迟。
南郭遥看摩诘画,北楼独咏少陵诗。
石溪梦醒三生约,花市香飘九陌时。
岭上断鸿堪入韵,天涯芳草更驰思。
松孤漫作吞云态,梅瘦犹呈喷雪姿。
曲岸凋兰徒有馥,长堤暮柳不成丝。
风声急促莺簧觉,雨色昏幽蝶羽知。

荏苒春光真已矣，裴回世路竟何之？

寻芳空写朦胧意，拾翠可堪憔悴枝。

总为伤春濡涩笔，但因念远费吟髭。

东君管领寻常事，笑我颠狂笑我痴！

写于 2012 年 5 月。

忆旧游
华清池感旧

聚藏烟绿柳，带雨红樱，出水青莲。花事因循过，问熙来攘往，谁解缠绵？焕然羽衣仙袂，新谱唱梨园。纵锦幄重温，蓬壶望断，鸳梦难圆。

留连。旧游地，剩泉暖琼池，鹊唤星筵。玉砌围金屋，忆魂惊马舞，肠断龟年。良辰换尽今古，人事总堪怜。遣几许诗愁，风和日丽云自闲。

写于 2012 年 5 月。星筵：传说七夕相会之筵。龟年：指唐代宫中艺人李龟年。

春暮杂诗

桃 花

心醉云间垄上行。桃花万朵舞轻盈。

哪堪丽质随风陨，浮世犹多未了情。

金海湖

碧峰金海一壶天。远足重临亦夙缘。
不问此身何处老，春波镜里慰华颠。

蓟　县

河山从不管兴亡。一路春光引梦长。
自笑长安远游客，渔阳城里说三郎。

黄崖关

绿净春深雁未来。黄岸紫塞势雄哉。
蓟门王气犹盘郁，留得风云点将台。

写于2012年5月。渔阳：战国燕置渔阳郡，秦汉治所在渔阳（今北京市密云县西南），唐玄宗天宝元年改蓟州为渔阳郡，治所在渔阳（今天津市蓟县）。三郎：指唐玄宗李隆基。

重游独乐寺

疲马驱驰羡祖鞭，披图清兴绕幽燕。
空桑旧识曾三宿，绀宇重瞻已十年。
百衲羁怀愁浩浩，一春吟事意拳拳。
从今许我忘尘虑，相物身心学乐天。

写于2012年5月。独乐寺在天津蓟县，是现存三大辽代寺院之一。相物身心：化用苏轼《刘景文家藏乐天身心问答三首戏书一绝其后》"渊明形神自我，乐天身心相物"。

游盘山

入胜鸣禽集野扉，风驱云卷一身微。
安期海上似能见，曼倩天涯犹未归。
百斛澄泉飞瀑远，数声清磬落花稀。
芒鞋踏遍三盘境，且上松亭挽落晖。

写于2012年5月。盘山风景区位于天津市蓟途县西北。第四句用小山词词句。安期：亦称"安其生"，仙人名，秦、汉间齐人，一说琅琊阜乡人。传说他曾从河上丈人习黄帝、老子之说，卖药东海边。第四句用小山词词句。

游楼观台

青牛解轭卧云根，秀毓终南浅黛痕。
道德经铭新旧碣，清虚境阅古今论。
松筠簇拥还丹路，楼观颠连卖酒村。
众妙玄生香绕处，熙熙雅俗满山门。

写于2012年5月。楼观台是道教圣地，相传是老子讲授《道德经》的地方。位于终南山麓（周至县），其建筑形制如青牛卧状。

鹧鸪天
客舍偶成

客里幽怀与世殊。忧身运甓惜居诸。
晨观陇海兼程雁,夜读匡山几箧书。

花淡淡,柳疏疏。人间歌哭每喧呼。
白云有意堪为友,时向芸窗自卷舒。

写于2012年5月。运甓:典出《晋书·陶侃传》:"侃在州无事,辄朝运百甓于斋外,暮运于斋内。人问其故,答曰:'吾方致力中原,过尔优逸,恐不堪事。'其励志勤力,皆此类也。"后以"运甓"比喻刻苦自励。居诸:语出《诗·邶风·柏舟》"日居月诸,胡迭而微"。孔颖达疏:"居、诸者,语助也。"后用以借指日月、光阴。

初 夏

乾坤何处不蘧庐。雍隙著身宽有余。
绿绮飘霞乡曲远,青灯听雨庙堂疏。
寻幽岂必邀鱼钓,涉世无妨访狗屠。
解得熏风些许乐,曲肱梦蝶自恬如。

写于2012年6月。雍隙:《史记·货殖列传》注③集解徐广曰"隙者,闲孔也。地居陇蜀之闲要路,故曰隙"。索隐徐氏云隙,闲孔也。隙者,陇雍之闲闲隙之地,故云"雍隙"。绿绮:古琴,代指琴。

车驰中原

千里中原路，东驰逐九阳。
新城讯今古，旧迹吊兴亡。
岳耸松涛绿，河流麦浪黄。
此心迢递里，大块任梯航。

写于2012年6月。九阳：古代传说的日出处，天地边沿。亦指太阳。

游灞桥生态湿地公园

一路怀烟抱雾行。逍遥灞岸订鸥盟。
舟摇晓月思元亮，节近端阳吊屈平。
兰浦持竿诗骨瘦，柳园把盏酒肠清。
旧京几载缁尘染，只借沧浪试濯缨。

写于2012年6月。公园位于西安市灞桥区东部，2012年新辟，有湖心鸢尾岛、廊桥、柳园等景观。元亮：东晋诗人陶潜的字。

浣溪沙
宝鸡小驻

才过岐山又凤翔。绿塍已没郁金黄。英雄遍地麦收忙。
野宴寻常添酒债，薄醺取次助诗狂。何妨陇笛奏伊凉。

写于2012年6月。

浣溪沙
访凤县

凤岭云深花落迟。桃园不合世人知。南岐作客咏豳诗。
古道松荫新雨后，孤城柳色夕阳时。江风吹动故园思。

写于 2012 年 6 月。南岐：凤县在秦岭深处，宝成铁路穿境而过，北魏时置南岐州，是嘉陵江的发源地。豳诗：指《诗·豳风·七月》，今陕西西北部周朝时为豳地，豳诗是这一代的诗歌，是国风中最早的诗。

蓦山溪
嘉陵江源头驰思

穿崖破嶂，皎皎真清澈。岭阪自多情，满壑谷、野花山蕨。凤鸣林莽，正石鏻流涓，潭泛叶，瀑叠雪，云水长欢悦。

冥冥夙契，此去成暌别。万里不辞劳，呼啸里、千回百折。陟峰遥见，一线赴重涯，巴蜀梦，吴楚月，相与归辽阔。

写于 2012 年 6 月。嘉陵江源头位于陕西省宝鸡凤县秦岭深处代王山。

壬辰端午寄故乡亲友

客中节序未心惊，触绪万端振翼翎。
俎豆楚祠千缕素，菖蒲汨岸一痕青。

多情已逐兰膏烬，渐老难回黍梦醒。
匪石有怀仍炯炯，南窗痛饮读骚经。

写于2012年6月。兰膏：古代用泽兰子炼制的油脂。可以点灯。《楚辞·招魂》："兰膏明烛，华容备些。"匪石：形容坚定不移。《诗·邶风·柏舟》："我心匪石，不可转也。"

仲夏小饮雷雨有作

又向终南把酒杯。百年已觉物华催。
疏襟朗照冰壶玉，往事残存蜡炬灰。
粘柳蝉声风振厉，破云雁阵雨裴回。
临虚无限苍茫色，隐隐遥峰走迅雷。

写于2012年6月。

登贵阳甲秀楼

无妨游屐出尘嚣。浪打鳌矶耸丽谯。
闾里楼台瞰鳞次，黔中风物忆龙标。
日浮筑国金初碎，柱立岩疆铁未销。
轩槛小凭认行处，四厢花影怒于潮。

写于2012年6月。柱：楼前原有清代二根铭功（平边乱）铁柱，现已移至贵州省博物馆。结句用龚定庵句。龙标：指唐代诗人王昌龄，王曾左迁龙标，为龙标尉，因称。

水调歌头
观黄果树瀑布

隐隐怒雷吼,霓袖远相招。一帘珠落琼碎,碧岫挂银涛。尽浥人间氛滓,激荡沧波万顷,空翠际天高。四合画屏里,彩羽过青霄。

沐酥雨,穿薄雾,对凉飚。漫凭飞阁行栈,逸兴越蘅皋。久渴清音山水,谁道乾坤老我,心净六尘销。块垒成何碍,不必觅三蕉。

写于2012年7月。三蕉:指代酒杯或酒。陆游《幽事》注:"东坡生能饮食三蕉叶。"

登黔灵山

仰慕黔灵眉黛浓,友风子雨路相从。
麒麟洞已铭青壁,菡萏香犹绕赤松。
岭上不期噪猿鹤,人间是处泣沙虫。
凭危极目钧天远,一片幽情散九重。

写于2012年7月。麒麟洞曾为张学良、杨虎城所住。弘福寺又称赤松道场。山上多猴。

贵州行吟

都 匀

山水云城是乐邦。浓阴艳日满舷窗。

幽寻不惮穿秦洞,始觉桃源在剑江。

都匀是黔南州首府。

天河潭

漂泊盟鸥只二三。洞天幽瀑卷层岚。

清风似递汪伦曲,苗女歌声荡碧潭。

天星桥

鹤涧鳌峰手可拈。携虹梦雨自廉纤。

樵途分得幽人趣,点缀山花上帽檐。

天星桥系水上石林景区。

陡坡塘

陡坡悬瀑扫蛮烟。入境遥思李谪仙。

画里溪山疑隔世,夜郎国里诵遗篇。

电视剧《西游记》片头取景于陡坡塘。

青岩古镇

漫行石板路如归。煻炙卖垆香四飞。

唤醒童心逾卅载,一城老树沐新晖。

写于 2012 年 7 月

鹊踏枝
贵阳花溪

十里河滩鳞浪卷。曲水平桥，未觉牂牁远。白鹭迎舟犹腼腆。梳翎翠岛频回盼。

一洗人天清净眼。雨色连峰，蘘梦不曾敛。渐识云深沙濑浅。湿风吹散愁千点。

写于2012年7月。牂牁：系船缆木桩，贵州省的古称。

雨中过细柳镇

炎天凉旷雨如酥。野色山形两不殊。
旧岸难寻凫鹭迹，新郊漫忆虎狼都。
雄藩七旅诛晁错，细柳千营祸亚夫。
独对荒村思往事，一筚圭荜路边孤。

写于2012年7月。细柳镇在长安区西南，存亚夫庙（樊家庄）。圭荜：筚，筚门，即柴门；圭，圭窦，即墙洞，形容穷陋。

送子返英伦负笈感赋

离愁分付蓟门烟。咛嘱鸡窗问字年。
送客重廊犹窈窕，怜人缺月正婵娟。
江湖巾褐容吾老，宇宙风鹏望汝贤。

彼岸夏歌如在耳，凭窗默诵白云篇。

写于2012年7月。白云篇：谢朓《拜中军记室辞随王笺》诗中有"白云在天，龙门不见"之句，后因以"白云篇"喻思念亲人之作。

过姚广孝墓塔

身外勋名阃外才。旧碑古塔枕荒苔。
纶巾一扇劳诸葛，骏骨千金礼郭隗。
龙虎旗从秣陵返，莼鲈翰向范阳来。
逃虚庆寿终虚化，几卷诗遗般若台。

写于2012年6-7月。诗僧姚广孝助朱棣靖难夺嫡，成就大业，其墓在今北京房山区青龙湖水库常乐寺村。姚乃苏州人，号逃虚子。

鹧鸪天
访郭沫若故居

依旧雕栏护软红。摩挲甲骨吊遗踪。
喧喧海畔荷花市，澹澹庭前银杏风。
狂阮籍，老扬雄。涅槃火凤憩池笼。
诗魂未逐兰台去，应向青衣系转蓬。

写于2012年8月。故居在北京前海西街。青衣：青衣江即若水，柳亚子诗句"美新已见扬雄颂，劝进还传阮籍词"。

登南五台

度壑疏钟感不胜。中年有兴小轩腾。
林幽常遇江湖客，路隘偶逢瓢笠僧。
绝顶烟霞仍冷落，下方城郭正炎蒸。
清凉台畔樵柯烂，亭上残棋了未曾。

写于 2012 年 8 月。南五台位于终南山中段，多佛寺和隐者居所，清凉台是五台之一。

西安重逢深圳故人

城堙何处说桑田？但续南溟一醉缘。
月兔牵忧临杞国，阳乌散梦落虞渊。
相惊白发风情老，未改青衫客意悬。
共看繁灯逐星动，忘言兀坐绿樽前。

写于 2012 年 8 月。

滞于华山北峰远望

对景行何适，纤云管送迎。
牵萝浮剑影，抚链答钟声。
带砺三秦晓，苍黄二陕晴。
龙崖踵芳躅，迟滞叹劳生。

写于2012年8月。剑影：北峰石崖上刻有金庸"华山论剑"的题字。

驻足黄河风陵渡

晋壤新桥畔，秦关古渡头。
云涛互明晦，鱼鸟自夷犹。
迹寄逍遥境，心期汗漫游。
川涂分野色，静坐对沉浮。

写于2012年8月。

祝周郢先生《岱砚余墨》付梓

西风客路兴难禁。又向瑶编证古今。
白雪久残传郢曲，朱弦未绝鼓嵇琴。
宽舒海岱乾坤眼，渊粹江湖耆旧心。
相约相期临绝顶，共吟黄卷一披襟。

写于2012年8月。周郢先生乃山东泰山学院副研究员。嵇琴：嵇康所抚之琴。《晋书·阮籍嵇康等传论》："临锻灶而不回，登广武而长叹，则嵇琴绝响，阮气徒存"。

凄凉犯
访梅兰芳故居，用白石韵

　　车驰九陌。人喧处，重来一慰疏索。海棠未老，幽篁无语，柳侵阑角。炎风肆恶。望闾里云轻雾薄。更怜他、红尘扑面，市景正迷漠。

　　追念西涯畔，画栋珠帘，几经哀乐。畹华似梦，想英姿、嵚畸历落。燕去堂空，怅庭芜清愁漫著。立檐阶，烟外净月渐隐约。

写于 2012 年 8 月。故居在北京护国寺东街。

清平乐
秋　雨

　　危楼听雨。此夕销残暑。欲作新词羞刻楮，瞩目秋容清楚。遥思冀北云骖。何惭寄迹周南。为觅凉宵好梦，击壶酒兴方酣。

写于 2012 年 8 月 31 日。

秦岭翠华山地质公园纪游

　　翠华何郁郁，野次系客骖。
　　苍壁抱云影，异景初久耽。
　　盘路迎宾至，闺秀出层岚。

共工触天柱，遍地撒碧簪。
山崩九天瀑，山陷十里潭。
龙移天池动，照影弄毵毵。
玄镜映石剑，锦鳞翔郁蓝。
太乙真人啸，螺髻久寂甘。
静看双龟悟，拄杖欲同参。
岩挺孤鹤骨，树掩老君庵。
仙洞尽其旷，四季已浑含。
玉案耸千仞，藤缠旧石龛。
峰遥递雾鬟，鸿高只二三。
飘渺仙侣趣，遵涂处处谙。
造化钟神秀，天倪有终南！

写于2012年8月。翠华山在终南山中段，现已建成由山崩形成的特殊地貌、湖泊、洞穴等组成的天然地质公园。

与湖北故人及在陕同乡小聚

百壶浊酒许同倾。岂但境清人亦清。
欲借仙台观雁阵，竟言尘世耻蝇营。
久经裘葛炎凉变，何计朝昏宠辱惊。
四海飘蓬多契阔，消磨不尽是诗情。

写于2012年9月。拔仙台是太白山主峰。

赠故人之一

新凉旧雨落秦关。醉里诗篇待细删。
负米何悲分薄俸，著书岂计入名山！
故乡月露迷茫远，壮岁星霜荏苒斑。
感世有言共君说，飘萍只羡鸟知还。

写于 2012 年 9 月。

又赠故人

一川秋色释停云。觅句灞桥聊送君。
湖海鲸波方显迹，关山鹤梦未离群。
柔肠待贮黄龙饮，辣手能书白练裙。
脉脉幽衷多恻怛，新诗且作野人芹。

写于 2012 年 9 月。黄龙饮：也称"黄龙痛饮"。宋金交战，岳飞曾说要直捣黄龙府，与人痛饮。后遂以"黄龙痛饮"指彻底击败敌人，欢庆胜利。白练裙：白绢制的裙。南朝宋羊欣年十二作隶书，为王献之所爱重。欣夏月着新绢裙昼寝，献之见之，书裙数幅而去。欣加临摹，书法益工。见《南史·羊欣传》。后用为典故。

赠故人之三

君驻楚津吾驻秦。橹声笛韵往来频。
持身各许直钩钓，阅世同忧曲突薪。

邂逅清欢舒阮啸，盘桓浊酒洒陶巾。

江湖秋水连天阔，鸥席相忘意更亲。

> 写于2012年9月。

函谷关写望

拥道夤缘绿，浮关紫气浓。

千崖犹踞虎，一谷自盘龙。

投笔何由去，弃繻谁与从？

当楼聊写望，不拟愧疏慵。

写于2012年9月。弃繻：《汉书·终军传》："初，军从济南当诣博士，步入关，关吏予军繻。军问：以此何为？'吏曰：'为复传，还当以合符。'军曰：'大丈夫西游，终不复传还。'弃繻而去。"繻，帛边。书帛裂而分之，合为符信，作为出入关卡的凭证。"弃繻"，表示决心在关中创立事业。后因用为年少立大志之典。

过鸿沟

广武登临踏莽榛。鸿沟千载已成陈。

披襟废垒观穷达，袖手残垣识屈伸。

巨野接天新井邑，大河贯日旧烟尘。

一枰楚汉蛮攻触，竖子浮名记不真！

写于2012年9月。鸿沟位于河南省荥阳县黄河南岸广武山，原是古代运河，现仅存很短一部分。

临江仙
壬辰中秋

憩泊都门秋正好，杯盘惯似陶家。盈眸不是旧烟霞，晚风舒艳曳，疏柳自欹斜。

天地深恩凝鬓雪，何悲鲁叟匏瓜！傍檠懒更问生涯。卷帘人影瘦，璧月正清华。

写于2012年9月。鲁叟瓠瓜：鲁叟匏瓜："鲁叟"谓孔子。"匏瓜"，有两种解释，一说为葫芦中的一种，味苦不能食用，秋熟干后一剖为二，古时可为炊具或食具；一说为星名。诗中之"匏瓜"应为星名，即天上的匏瓜星。《论语·阳货》："吾岂匏瓜也哉！焉能系而不食。"以讲作星名为合；李白诗《早秋赠裴十七仲堪》："鲁叟悲匏瓜"，意为李白是时如同悬之高天之上"天子果园"中的匏瓜星，不得为之用食也。

鹧鸪天
电影《白鹿原》观感

麦浪牌坊卷夕烟。镜头欲击五千年。
春风蔓草黄牛垄，野火枯桑白鹿原。

哀黑劫，悯黎玄。漫从孽海说人天。
销魂未必悲欢泪，知是秦腔杂管弦。

写于2012年10月。

秋　兴

河山依旧画楼新。诗笔年年著苦辛。
蝉蜕三秋风渐疾，鹳鸣万壑雨尤频。
縶维古道奔无骏，网罟平湖戏有鳞。
樵斧烂柯观已熟，忘怀只作葛天民。

写于 2012 年 10 月。縶维：语出《诗·小雅·白驹》"皎皎白驹，食我场苗，縶之维之，以永今朝"。谓绊马足、系马缰，示留客之意。

承德小驻得句

苍崖红树自纡萦。一路西风作楚声。
云绕漠南心共净，人来塞北境同清。
宣忧吟咏惭工部，解道壶觞愧步兵。
钟鼓随缘堪洗耳，高秋远槛不胜情！

写于 2012 年 10 月。

承德避暑山庄有作

故苑离离韵已残。骈阗百族有余欢。
郭延崖际丹枫暖，草接廊前白露寒。
富贵只归身外累，幽奇暂作梦中看。
平生几许烟波兴，尽付热河长倚栏。

写于 2012 年 10 月。

定风波
承德镜湖

漫棹烟舟逐嫩凉。豁然蝉蜕水云乡。半老芰荷香未敛,清远。波鸿掠桨正高翔。

日落汀痕秋更白,脉脉。人间何处著疏狂。不尽江湖牢落意,谁寄？浩歌伴我濯沧浪。

写于 2012 年 10 月。

承德郊游印象

缆车欲触磬锤尖。极目空山日渐潜。
塞上彤云卷黄瓦,水涯白雁唳苍蒹。
秋深宋玉情难赋,心远渊明意自恬。
徙倚清风惜欢赏,莫名忧念到闾阎。

写于 2012 年 10 月。

壬辰九日

世味谙尝苦与甘。菊花蓬鬓作华簪。
人逢佳节俄重九,笛弄清秋莫再三。
老骥伏辕秦岭北,冥鸿避弋汉江南。
登高何限牛山感,落帽风流我甚惭。

写于 2012 年 10 月。

蓝关镇小饮

系马蓝关镇，儒流不异门。
文章宜覆瓿，吟啸好开樽。
摩诘还山愿，昌黎去国魂。
无谋惭肉食，九碗劝加飧。

写于2012年10月。九碗：蓝田"九大碗"风味饮食。第二句用杜诗。

塞翁吟
木兰围场游骋

猎猎旌旗卷，平楚四野围场。驱塞马，射天狼。抖擞看冯郎。疏怀但觉初阳暖，天阔草色飘黄。双鬓雪，满衣霜。剑影带云凉。

徜徉。凝望处，残碑断碣，书不尽、千秋梦长。又何觅、英图霸迹，漫嗟叹、雁海龙丘，兔走狐藏。清樽似水，古道西风，一酹苍茫！

写于2012年10月。木兰围场乃清代帝王猎苑。在今承德围场县。景区包括塞罕坝森林公园和乌兰布统草原（亦为古战场）。

深秋杂感

秋风吹动鬓丝皤。一笑世上春梦婆。
试挈欢哀融紫气，尽将荣辱付沧波。

叶鸣裴野松犹劲，霜被陶篱菊未莎。
已半百年耳频热，慨然欲唱五噫歌。

写于2012年11月。春梦婆：相传苏轼贬官昌化，遇一老妇，谓苏轼曰："内翰昔日富贵，一场春梦！"里人因呼此妇为"春梦婆"，后因用为感叹变幻无定的富贵荣华的典实。裴野：原指唐代裴度所筑草堂，代指庭园。

立冬前一日曲江聚饮

千林丹合沓，一水碧周遭。
风过思鲈脍，人喧把蟹螯。
旧弦伤老大，新谱付儿曹。
迢递临江阁，寒侵范叔袍。

写于2012年11月。

雨后凭眺

雨过天尤净，风平树不缄。
遥峰隐莘野，远浪隔商岩。
但顾荣萸眷，何忧薏苡谗。
旧城倚危立，残日又西衔。

写于2012年11月。

鹧鸪天
访老舍北京故居

丹柿辞枝菊满丛。虔心尽在瓣香中。
一庭井灶经千劫，四海灯檠送五穷。

蛮泣露，鹤鸣风。舍予文翰自雍容。
明窗烨烨遗编在，浮世荣枯万古同。

写于2012年11月。故居在灯世口西街。老舍原名舒庆春，字舍予。

鹧鸪天
访鲁迅北京故居

一束生刍吊迅翁。拳拳磬折动深衷。
休惊环堵中庭仄，须信人间直道穷。

讥狗彘，悯鸡虫。如磐风雨立畸躬。
丁香已老枝犹健，霜叶如花作火红。

写于2012年11月。故居位于阜城门内西三条鲁博毗邻。

霜叶飞
过古北口

山林清瘦。关河冷,朔风狂扑襟袖。望中虎卧接龙蟠,倚岭蜿蜒走。更飒飒、祠前老柳。荒烟衰草遮烽候。谅倦羽伶俜,阅不尽、骎骎铁马,郁郁苍狗。

触目故国斜阳,凄凉兴况,坏壁遗镞颓朽。霓裳未彻堕胡尘,万感空回首。叹泪浥、渐渐麦秀。沧桑一霎沉吟久。霜叶飞、残霞散,匣里青萍,已然雷吼!

写于 2012 年 11 月。古北口一线由卧虎山、蟠龙山和司马台等长城组成。古北口镇现属北京市密云县,镇内存杨业祠。

庆祝十八大召开

欢歌笑语颂新猷。纬丽经奇导九州。
万里江山初日暖,锤镰作笔写春秋!

写于 2012 年 11 月。为某女士代作。

初冬印象

指点关河旧莽苍。新寒又拟促归装。
黄花晚节香浮雾,青女芳龄梦浥霜。
魑魅扰人空剑铗,凤鸾过眼只奚囊。

静安虑定缘知止,何用蓍龟问否桑!

　　　　　　　　　　　　写于 2012 年 11 月。

冬夜茗饮

一途诗眼不供愁。懒唤平原老督邮。
郭外寒轩无雅颂,世间高枕有王侯。
素瓯荈绿同斟酌,青史铅黄孰校雠?
灯火通衢花雨落,太平垂兆最高楼。

　　　　　　　　　　　　写于 2012 年 11 月。

怀　友

世缘聊复尔,之子近如何。
易忆伊吾读,难为尔汝歌。
星霜惊晼晚,车笠感蹉跎。
情动湘累问,弥天楚思多!

写于2012年12月。车笠:《太平御览》卷四六引晋周处《风土记》:越俗性率朴,祝曰:"卿虽乘车我戴笠,后日相逢下车揖;我虽步行卿乘马,后日相逢卿当下。"以"车笠"喻贵贱贫富不移的深厚友谊。

台城路
冬日谒北京法源寺

市尘萦绕维摩界，清疏几声钟打。兰若风喧，青林叶落，霜泫鳞鳞檐瓦。鸦鸣厥下。正人拥烟氛，碣穿云罅。载虔重来，宣南已蠹万间厦。

百年多少剩赏，宝坊何处是，骚客蜗舍。卧榻茶烟，书斋芸草，寒暑两当轩榭。诗思漫写。怅旧迹无寻，但凭愁惹。落日迷茫，又黄昏到也。

写于2012年12月。据记载清代黄仲则曾寄寓法源寺养某病三年。

京华赋别

街树黄初落，庭莎绿尽芟。
短亭心共语，长路手相搀。
雪静频回首，风盲自振衫。
水涯集寒雁，知有未归帆。

写于2012年12月。

过洛阳

新城旖旎足幽探。旧浦冬暄尚可贪。
千古坤灵聚伊洛，九朝王气贯崤函。

香尘鹤庙轮三界，色相龙门佛万龛。
欲问午桥吹笛处，吟鞭遽落驻征骖。

写于2012年12月。

三门峡水库远眺

茫茫禹迹杳三门。九曲琉璃一峡吞。
凌水风烟迷古渡，倚山楼阁拥新村。
虹梁影带鱼龙气，砥柱岩留斧凿痕。
石壁苍寒连二陕，甘棠蔽芾孰堪论？

写于2012年12月。三门峡属古陕州地。

减字木兰花

华灯影动。远目宜从空际送。
欲倩疏星。只寄平安万缕情。

天宽梦窄。镜里不辞双鬓白。
觅句持觞。郁怒清深两擅场。

写于2012年12月24日。结句用龚定庵诗句。

北京寒夕

朔吹凄其雪满阶。无边清思绕虚斋。
他乡白发千愁集，旧国青山廿载乖。
水底玄珠迷象罔，人间昼锦老形骸。
朗吟不出燕台句，绝塞寒云入壮怀。

写于2012年12月29日。象罔：《庄子》寓言中的人物。含无心、无形迹之意。《庄子·天地》："黄帝游乎赤水之北，登乎昆仑之丘而南望，还归，遗其玄珠。使知索之而不得，使离朱索之而不得，使喫诟索之而不得也。乃使象罔，象罔得之。"一本作"罔象"。王先谦集解引宣颖曰："似有象而实无，盖无心之谓。"后用为典故。

元旦期间小憩京华峭寒有作

暂借红炉抚倦翎。此身已是一长亭。
残宵梦远随蝴蝶，野树原高念鹡鸰。
匝地雪霜收醉目，浮天竽籁付闲听。
破寒点染三冬景，疏影吟窗有素馨。

写于2013年1月。第二句用苏东坡句。鹡鸰：《诗·小雅·常棣》"鹡鸰在原，兄弟急难"。后以"鹡鸰"比喻兄弟。

过平陆

冬寒作健驱征毂。涉水跋山访平陆。

平陆原是圣人里，夹道歌谣听淳俗。
鸣条犹存故国尊，傅说据此操版筑。
黄土深涧有遗秸，长铭霖雨浴万木。
崇冈追怀百里奚，击角饭牛守茅屋。
古虞国里千金身，大贤五羖能自鬻。
不缘伯乐识骐骥，虞坂遂遗千里足。
茅津古渡通四海，嘶风牵盐自蹐跼。
炎凉昏晓恒推迁，世事如梦幻蕉鹿。
南来北去人熙攘，由来悲欢还相逐。
山河未改钟灵秀，可怜千载遗高躅。
吁嗟呼！浪卷流凌融古今，一枰纹楸看新局。

写于2012年12月-2013年1月。平陆县在黄河三门峡北岸，属山西省运城市。据说是傅说版筑、伯乐相马和百里奚的故乡。

冬日过南郊环山路感兴

清时在野满窗风。节彼南山耸昊穹。
何日桑弧亲射虎，几年铁砚只雕虫。
纵横垄亩心怀远，舒卷云霞眼豁蒙。
大道廓然直如发，未须阮籍叹途穷。

写于2013年1月。节彼南山：语出《诗经·小雅·节南山》"节彼南山，维石岩岩"。

宁夏冬行

朔野寒光白,胡天老眼青。
车追千里马,日耀一湖星。
北海清樽酒,西风古驿亭。
受降城啮雪,旧梦似曾经。

写于 2013 年 1 月。灵武市境内现存据传是唐代受降城之遗址。

银川郊野

雪明落霞岭,风啸夕阳楼。
满望家尤远,偏怜岁已遒。
衣单轻组绶,头白想兜鍪。
郊薮闻狼窜,何矜仗剑游。

写于 2013 年 1 月。

雪霁

携壶残酌冷,拂玉腊梅香。
裘敝伤苏季,台高感子昂。
千山斜径日,一瞬满头霜。
霁色怜无任,端忧问彼苍。

写于 2013 年 1 月。结句用杜诗。彼苍:天的代称。《诗·秦风·黄鸟》:"彼苍者天。"

宁夏冬行杂咏

其一
五原又见六花飘。卷地风寒草木凋。
借问萧关何处是，长驱方识朔天遥。

其二
风转征轮路不迷，苍穹北指冻云低。
沙湖白璧围黄苇，旧岸重来认雪泥。

其三
岩凿阳乌与月槎，贺兰山缺接流沙。
先民描画人天景，何处青山不是家。

其四
马嘶落日向居延，白草黄云际远天。
树聚沙坡幽渺影，大河北去锁愁烟。

其五
欲向沙场吊劫灰，郊原几点土成堆。
英图已矣魂何在，风过魁陵卷怒雷。

其六

玉垒银川白日寒,迎风看雪忆袁安。
未惊广厦遮闾巷,长恨难承菽水欢。

五原:关塞名。即汉五原郡之榆柳塞,在今内蒙古自治区五原县。一说在今宁夏境内。两地邻近。唐骆宾王《早秋出塞寄东台详正学士》诗:"促驾逾三水,长驱望五原。"居延:居延城是中国汉唐以来西北地区的军事重镇,故址在今内蒙古自治区额济纳旗东南。菽水:豆与水。指所食唯豆和水,形容生活清苦。语出《礼记·檀弓下》:"子路曰:'伤哉!贫也!生无以为养,死无以为礼也。'孔子曰:'啜菽饮水尽其欢,斯之谓孝。'"后常以"菽水"指晚辈对长辈的供养。

写于 2013 年 1 月

探春慢
冬日重访宁夏

马踏长河,雕盘大野,耸肩裘满盐絮。节序常新,天涯又晚,目极贺兰烟树。休念征途远,只难把、醉乡常驻。久疏碛里冰霜,恍疑身在琼宇。

欲诉初心不改,对西北浮云,渺莽如许。瀚海红桑,关山玉笛,堪慰刘郎迟暮。瑟瑟塞垣草,未应识、闲愁无据。柳线低回,春风似已争度。

写于 2013 年 1 月

玉楼春
冬 暮

烟霾渐散层城暮。灯火楼台赊一顾。
迷茫谁识独醒愁，呵壁深悲天不语。

征蓬久阻杨朱路。自笑风情余几许。
题襟难与素心期，梦魇纷随霜蝶去。

写于2013年2月1日。杨朱路：杨朱哭衢途曰："'此夫过举跬步而觉跌千里者夫！'哀哭之。"谓在十字路口错走半步，到觉悟后就已经差之千里了，杨朱为此而哭泣。后常引作典故，用来表达对世道崎岖，担心误入歧途的感伤忧虑，或在歧路的离情别绪。

立春前一日（周日）书室偶成

玉琯葭灰拂素屏。忘忧已久不忘形。
难期秦塞真投笔，何愧燕然未勒铭。
对雨开怀倾白堕，挟风挥墨写黄庭。
生怜市上新丰客，寂寂栖心入杳冥。

写于2013年2月4日。玉琯葭灰：葭莩之灰。古人烧苇膜成灰，置于律管中，放密室内，以占气候。某一节候到，某律管中葭灰即飞出，示该节候已到。杜甫《小至》诗："刺绣五纹添弱线，吹葭六琯动寒灰。"琯通管。

壬辰除夕即兴

六合同风著眼宽。兴怀试奠五辛盘。
今宵残腊连春暖，此夕新年接岁寒。
咫尺河山长契阔，寻常巷陌又团栾。
龙蛇出没应思奋，寄语天涯共一欢。

写于2013年2月9日。五辛盘：用葱、蒜、韭、蓼蒿、芥五种辛物做成的菜肴。明李时珍《本草纲目·菜一·五辛菜》："五辛菜，乃元日立春，以葱、蒜、韭、蓼蒿、芥辛嫩之菜，杂和食之，取迎新之意，谓之五辛盘。"寻常：寻、常，皆古代长度单位。八尺为寻；一丈六尺为常。通常意为平常、普通。

癸巳春节

瀰瀫卿云蔼上京。频揩醉眼认梅英。
九衢风合新阳契，千里书传旧雨情。
击壤斯民喧有待，赓歌吾辈淡无营。
一隅未尽平居思，爆竹何妨别样鸣！

写于2013年2月9日。击壤：《艺文类聚》卷十一引晋·皇甫谧《帝王世纪》："（帝尧之世）天下大和，百姓无事，有五十老人击壤於道。"后因以"击壤"为颂太平盛世的典故。

长亭怨慢
谒袁督师庙

过寒碧，惟怜幽境。雪覆颓檐，叶堆荒径。庙畔低徊，劫灰飞尽雁池冷。百年遗恨，俱载入、龙津艇。极视正茫茫，仿佛是、辽东烟景。

寂静。对萧疏竹柏，往事只堪重省。齐门鼓瑟，未应悔、马度梅岭。叹尘世、几换沧桑，黑甜梦、何时能醒！把一片清愁，留与冰澌千顷。

写于2013年2月。袁督师庙在北京龙潭湖西北隅，为清末建筑。袁崇焕乃广东东莞人，其诗有"瑟岂齐门惯"句。

癸巳元夜

他乡元夕醉黄滕。古郭新晴玉宇澄。
琪树玲珑迎一月，心台清净对千灯。
半生遣性轻穷达，万事随缘泯爱憎。
自笑蓬萍湖海客，拍栏长啸学孙登。

写于2013年2月24日。黄滕：酒名，即黄封酒，宋陆游《钗头凤》词："红酥手。黄滕酒，满城春色宫墙柳。"夏承焘注："黄滕酒，即黄封酒，一种官酿的酒。"亦省称黄滕。孙登：《晋书·阮籍传》："籍尝于苏门山遇孙登，与商略终古及栖神导气之术，登皆不应，籍因长啸而退。至半岭，闻有声若鸾凤之音，响乎岩谷，乃登之啸也。"后用为游逸山林、长啸放情的典故。

玉楼春
春　意

郊原未见王孙草。世路常新人渐老。
庾愁似梦醒何时，弹指韶华虚过了。

诗悭不写断肠稿。带雨东风偏弄巧。
疏枝淡蕊晚香寒，但觉樽前春意早。

写于 2013 年 3 月。

鹧鸪天
春　夕

向晚晴光泼眼明。条风初暖自盈庭。
芳菲屈指当浮白，稷契许身难愤青。

春片段，梦零星。江湖旧落忆柴荆。
虚斋坚坐浑无语，笛里梅花空复情。

写于 2013 年 3 月。

北京得遇旧友正值沙尘天气

绿蚁浮残盍，红旌报早春。
脱冠新雪鬓。倾盖旧风尘。
翰墨拿云手，江湖健饭身。
百年如逆旅，俱是未归人。

写于 2013 年 3 月。

陪北京客人游大唐芙蓉苑

远岭半尖叠，平湖一镜澄。
喧阗其景又，淡泊此心仍。
华发粘红雪，春风动紫藤。
旗亭捐世累，轩冕梦何曾！

写于 2013 年 3 月。

春回感事

荏苒光阴不我闲。忧忘嫠纬感时坚。
人生俯仰今犹昔，天道乘除去复还。
但惬清风兼翠叶，何惭华发与苍颜。
推窗一片余霞净，欲向春鸿问故山。

写于 2013 年 3 月。

汉宫春
兴庆宫感春，次稼轩词《会稽蓬莱阁观雨》韵

日淡风和，正娇红炫树，嫩绿浮湖。停车观鱼岂赋，长铗归乎？雍熙兴庆，叹流光、今古须臾。邀旧侣、疏帘自卷，素琴浊酒相呼。

倚槛沉香亭北，念炎凉代谢，冷暖樵苏。休论伤心往事，是欤非欤。微躯渐老，又何庸、频奏齐竽。春已至、相思迢递，浩歌惊起城乌。

写于 2013 年 3 月。唐兴庆宫（南内）现已辟为公园。

遵嘱次韵和郑志刚先生

乍暖添春小放刁。吟边淡月漫相撩。
风铃檐语声偏婉，电视儿歌韵最娇。
三爵是非销沉瀣，四时寒热迭钧陶。
桃花影里君须记，桀犬人间每吠尧。

写于 2013 年 3 月。陶字可依二韵（萧、豪）。

春日赴富平县

淑气生原隰，晴云度渭泾。
凝眸花瓣白，接踵柳梢青。

陶铸翻新格，摩挲认旧铭。

五陵为客处，芳意慰坤灵。

写于2013年3月31日。富平县是习仲勋之故乡，其墓亦在县郊，邻陶艺村。该县存五座唐代皇陵。

癸巳清明

咫尺关河梦有涯。已忘忧世未忘家。

萧萧漫忆松楸影，炜炜常思棠棣华。

风卷离怀过鸠雨，云开行色渺龙沙。

清明嘹唳苍穹里，恍见南来雁字斜。

写于2013年4月4日。

清明后三日陪湖北客人游曲江

云楼江阁两相望。渺渺予怀兴未央。

水浅闲愁销祓禊，酒残壮略入壶觞。

采芝岂易成商隐，歌凤应难效楚狂。

无复奇诗醉题壁，倚栏杆处是沧桑。

写于2013年4月7日。云楼：指明大唐芙蓉园的紫云楼。江阁：指明曲江池的阅江楼。结句用陈散原句。

过大明宫遗址公园

翠烟缥缈染城隍。觅句新园学盛唐。
万国衣冠一今古，九天阊阖几兴亡。
芳菲似梦融诗国，富贵如云散帝乡。
丹凤楼前春色远，召南树影接维桑。

写于2013年3月。大明宫乃唐时皇宫，遗址现已重建公园。阊阖：天门即宫门，亦代指宫殿和都城。维桑：《诗·小雅·小弁》："维桑与梓，必恭敬止。"毛传："父之所树，己尚不敢不恭敬。"后以"维桑"指代故乡。

京华春行杂咏

先农坛

观耕台上气清恬。一亩三分球哨严。
惟盼神坛升瑞霭，纷飘四海护苍黔。

先农坛部分已成球场。

国家大剧院

银湖玉阁景分明。雅乐欢歌漾九城。
月浅灯深天不夜，劫痕销尽看承平。

龙潭湖

红犹清瘦绿尤肥。十载重临叹逝骓。
烟敛龙津鹃语细，盍簪旧约已多违。

盍簪：亦作"盍戠"。《易·豫》："勿疑，朋盍簪。"后以指士人聚会。唐杜甫《杜位宅守岁》诗："盍簪喧枥马，列炬散林鸦。"

夕照寺

不闻钟磬不悬幡。古寺夕阳春未阑。
曲径香茵多浪迹，禅房花木隐幽欢。

国子监

辟雍轩豁旧成均。犹见衔泥紫燕群。
有秩斯文鸿绪远，丰碑立处荫祥云。

存有十三经碑林。

卢沟桥

侧耳东风接海潮。太行山色望非遥。
可怜千古桑干水，正伴闲鸥过此桥。

北京孔庙

盈门朱绂与青衿。佳气常薰入泮林。
未作逝川尼父叹，大成殿里想韵音。

孔庙毗邻国子监。

宛平城

春风先入古城池。旧雉碑前吊健儿。
门引长桥路如砥，人头攒动看醒狮。

写于 2013 年 3-4 月。

与湖北故人（画师）小聚

毫端梅雪恰争妍。卮酒相倾擘彘肩。
翘首樵风吹楚泽，舒心谷雨润秦田。
趋新时态穷王粲，依旧人情老郑虔。
莫问天涯张俭事，缥囊只贮买山钱。

写于 2013 年 4 月 20 日时值谷雨。彘肩：即肘子。作为食物的猪腿的最上部分。《史记·樊郦滕灌列传》："赐之卮酒彘肩。哙既饮酒，拔剑切肉食，尽之。"

鹧鸪天
郊原送别

何处骊驹叠未休？长亭芳草接遐陬。
惜分且待囊锥出，忧世无妨弹铗游。

凭慷慨，抱绸缪。车尘云影两悠悠。
行装剩有文通笔，难写临歧一段愁！

写于 2013 年 4 月。江淹字文通。

茗坐偶成

检束临秦壁，寻幽忆楚咻。
绿归山北畔，青染海西头。
渴对文君酒，空余季子裘。
扪心移茗碗，不作醉乡侯！

写于2013年4月。

浣溪沙
郊原送别

老树飞绵出谢家。欲将素面荐流霞。依依添我鬓边华。
岂是世缘皆幻翳，由来尘梦尽空花。愁心如絮渺无涯。

写于2013年5月。

京郊大兴庞各庄感事

赤县承新渥，苍垠识旧游。
陡生燕赵气，漫遣畔牢愁。
狐兔营三窟，烟霞梦一丘。
忘机皋壤乐，无客继羊求。

写于2013年5月。羊求：汉高士羊仲、求仲的并称。

暮 春

吟游应不负残春。已认秦川是故人。
忘象情怀红药美,悦刍意趣白鸥真。
幽林径访维摩室,闹市回惊庾亮尘。
哀乐中年敦素尚,篱边只遣据梧身。

写于 2013 年 5 月。据梧:操琴。《庄子·齐物论》:"惠子之据梧也。"陆德明释文:"司马云:'梧,琴也。'崔云:'琴瑟也。'"

浣溪沙
浐灞湿地

掇杜搴兰试一探。伊人倩影隔烟岚。诗心水国漫相涵。
枉渚舟归惊羽白,空潭浪静映衫蓝。何悲华发滞周南。

写于 2013 年 5 月。浐灞湿地公园于 2013 年 5 月初开放。

百字令
入 夏

辋川清夏,问芳春、归路恁留踪迹?陵谷依然人倦矣,仿佛天涯乡国。竹坞禽声,椒园日影,好写归田策。松风一枕,萧闲题柱诗客。

空翠腾扑云巢,思驰千古,小试东山屐。世事都随流水去,吟赏山光凝碧。蕉鹿玄虚，木鸡差近，俯仰无今昔。登皋舒啸，快哉瓯满浮白！

写于2013年5月。木鸡：《庄子·达生》："纪渻子为王养斗鸡，十日而问曰：'鸡已乎？'曰：'未也，方虚骄而恃气。'……十日又问，曰：'几矣，鸡虽有鸣者，已无变矣。望之似木鸡矣，其德全矣，异鸡无敢应者，反走矣。'"成玄英疏："神识安闲，形容审定……其犹木鸡不动不惊，其德全具，他人之鸡，见之反走。"后因以"木鸡"喻指修养深淳以镇定取胜者。

回武汉

鄂渚风烟洗雁翎。旧林正对两山青。
楼遮大埠吴歈桨，柳拥高台楚望亭。
新茗瀹尘心耿耿，故人呼友鬓星星。
江关叹咏兰成赋，挥泪如闻黍饭馨。

写于2013年5月。

返乡小记

故里谷风淳，盈眸皆绿润。
照影对清波，白侵游子鬓。
闲闲桑者思，千时托鱼信。
心伤蓼蓼莪，无以报忠荩。
惊逢呼乳名，伙伴疑相认。

昔日同艰虞，时运天所吝。
识字忧患始，郁怀每相印。
坐看泥燕飞，荣辱俱已摈。
百年苦易满，把盏无喜愠。
天地孰主宾，一醉何须问！

写于2013年5月。蓼莪：《诗·小雅》篇名。此诗表达了子女追慕双亲抚养之德的情思。后因以"蓼莪"指对亡亲的悼念。

鹧鸪天
故乡小驻

拨雾踏莎景最幽。瀹心自汲楚江头。
熟寻乡曲并三乐，醉唱劳歌散四愁。

斯柳菀，彼桑柔。此身只合一沙鸥。
纫兰应约期非远，片舸将维何处舟！

写于2013年5月。菀：茂盛的样子。"菀彼桑柔"（《诗·大雅·桑柔》）。传："菀，茂貌。"

登临武昌辛亥首义起义门

松竹萦新雉，云雷过旧门。
登临俯江汉，兴废应乾坤。

欲沥千钟酒,还招九死魂。

栏危殊爽致,未愧作黎元。

写于2013年5月。起义门即原武昌城中和门,城墙、门楼系重建,门部分重建。

重游武昌首义广场

淡霭蛇山树,熙阳阅马场。

四围新市井,一幅小沧桑。

鼎革红楼里,舣传黄鹤旁。

江声撩客意,故土已他乡。

写于2013年5月。红楼即当年起义军政府所在地。

渡江云
武昌江滩晚步

客舲维夏浦,夕阳影里,移步欲魂销。望凄凄芳草,绿遍长滩,雁字接云桥。堤翻柳浪,挟风情、满贮诗瓢。凭石阶、江声自击,逝水逐萍飘。

迢遥。汉皋遗佩,楚泽寒梅,系浮生怀抱。犹未忘、涉江津涘,访隐苏桡。垂天剩有当年月,夺彩灯、百媚千娇。偕旧侣,何妨濯足吹箫!

写于2013年5月。汉皋遗佩:咏仙,或喻情人间馈赠信物。后因以为男女爱慕赠答的典实唐白居易《代书诗一百韵寄微之》："心摇汉皋佩，泪堕岘亭碑。"

西江月
读《滴泉居词稿》题赠余廷林先生

雨后牂牁水色，秋前毕节山容。
碧云翠稻忆柴翁。咫尺仙源役梦。

争渡凌波鸭绿，落枝啼血鹃红。
滴泉传漏烛花融。一卷临风吟弄。

写于2013年6月6日。柴翁：清季黔中大儒、诗人郑珍之号。

鹧鸪天
谒文丞相祠

枣叶虬枝簇绿阴。苍生气类古犹今。
崖门浪远瞻难及，柴市烟深感不禁。

垂简册，冠儒林。祠前重爇少年心。
遥闻千里江南路，杜宇年年啼血音。

写于2013年6月。文丞相祠位于北京府学胡同63号。上片第二句用龚定庵句。文天祥21岁状元及第。

癸巳端午

更于何处寄幽悰。角黍蒲觞未阙供。
燕市萦心怜菜鸟,楚江回首舞鱼龙。
愿储医国三年艾,懒拄寻仙九节筇。
画舫笙歌穿月影。行吟海畔自从容。

写于2013年6月12日。第五句用东坡句。

南歌子
访纳兰性德史迹陈列馆并游翠湖

渌水荷亭静,疏烟篱陌长。何来新蝶绕枯桑。细听村翁指点、说兴亡。

抚碣思前劫,拈花觅故香。野塘零落有鸳鸯。一舸夷犹九折、是回肠。

写于2013年6月。陈列馆位于北京海淀上庄翠湖景区。附近的永泰庄和皂荚屯是纳兰家族祠墓所在地。

鹧鸪天
访朱彝尊故居

难绾炎风殒素英。尘浮坏壁黯朱明。
乱飞梁燕争盟影，偶过冥鸿唤侣声。

惊岁序，惜芳馨。暮霞残照曝书亭。
弥天新丽纷供眼，老柳垂垂滋旧青。

写于2013年6月。故居位于北京海柏胡同16号原顺德会馆，残存一木亭（曝书亭，朱彝尊书斋名），现已开始拆迁。

满庭芳
游北京园博园

锦谷生凉，芗林分润，翠径深窈笼烟。清华开霁，似续永和年。凝望盆山贮水，频叨领、竹笛松弦。幽寻处，衣冠万国，犹费买花钱。

流连。如许好、风吹旅褐，霞映华颠。洗朝市红尘，沽酒垆前。漫赏华堂净舍，思旧落、甘老三椽。荷漪畔，微吟浅醉，一梦觉钧天。

写于2013年6月。北京园博园位于丰台区长辛店永定河畔。

对 联
姚平先生千古

韦编三绝，风追鹤梦相如赋，
玉屑千秋，泪洒梅亭和靖诗。

写于 2013 年 6 月。姚平先生字梅亭，生前是空军通信学院（西安）教授，雅好诗词和辞赋写作。

秦岭滦镇农家小醉

白屋烹泉试品茶。青山忽被乱云遮。
凉生犹记肱三折，兴至无妨手八叉。
空说巢居庄氏蝶，侧闻猎户永州蛇。
何期风雨乾坤里，潦倒孤村卖酒家。

写于 2013 年 6 月。

眉县太白山红河谷小驻

回溪清有石，曲陌净无尘。
投分红河谷，寻盟白社人。
幽哦惊世幻，野望乐天真。
翠雾驱烦暑，翛然走马身。

写于 2013 年 7 月。红河谷原称赤峪，位于眉县太白山北麓，现已建成宾馆疗养院若干，成为避暑之地。

重谒张载祠并访横渠书院

祠前老柏郁嶙峋。经济文章夺目新。
清供芳樽常潋滟，太虚元气永轮囷。
未期方罫能同社，唯愿横渠可卜邻。
扪碣古今炫名在，何谁耿耿念生民？

　　写于2013年7月。张载祠位于眉县横渠镇。张载是北宋理学家、关学代表人物。其名言："为天地立心，为生民立命，为往圣继绝学，为万世开太平。"认为太虚即气，主张实行井田。方罫：本指棋盘上的方格，亦指整齐的方格形，李斗在《扬州画舫录·草河录上》引清马曰琯《毕园词》"废池吹縠，野田方罫，著眼都如画"。

夏日赴眉县宝鸡得句

溪涧浮青霭，縠纹映白头。
钓鳌何用饵，射虎岂须侯！
石鼓文清拙，金台梦自由。
吴山原有待，灵境足淹留。

　　写于2013年7月。钓鳌：《唐语林·李白谒相》载：李白宰相问："先生临沧海，钓巨鳌，以何物为钓线？"李白答道："风波逸其情，乾坤纵其志，以虹霓为线，明月为钩。"宰相又问："何物为饵？"

李白说："以天下无义丈夫为饵。"射虎：《史记·李将军列传》："广 所居郡，闻有虎，尝自射之。"李终生未封。石鼓：宝鸡石鼓园有石鼓仿制品。金台：指金台观。位于宝鸡金台区北坡森林公园，创建于元朝末年，为明代道士张三丰修道处。吴山又称岳山，是古代"五镇"之西镇。在现陈仓区西北。

扬州慢
过大散关故址

云护储胥，岚升圻堠，信哉入画山川。纵高烽列嶂，亦封塞泥丸。数遗镞、腥痕未褪，劫灰飞处，犹有烧瘢。沐斜阳、木末旗飘，金鼓阑珊。

倚栏远目，漫吟哦、夜雪楼船。驭诸葛车辕，放翁驴背，身老秦关。过耳暮禽鸣噪，浑难遣、颉洞忧端。念清姜河水，至今呜咽生寒。

写于2013年7月。散关故址位于宝鸡市南17公里处大散岭上，扼古陈仓道和今宝成铁路之咽喉。

访李鸿章故居，次李氏临终遗诗韵

汗马良劳终卸鞍。抚今亦识济时难。
生前定力鹳鹅肃，身后浮言香火残。
北阙常钳三尺喙，东风罕至七星坛。
长街故邸低回处，玉帛冠裳未细看。

写于 2013 年 7 月。李鸿章故居位于合肥市淮河路步行街，其享堂在郊外。鹳鹅：《左传·昭公二十一年》："丙戌，与华氏战于赭丘。郑翩愿为鹳，其御愿为鹅。" 杜预注："鹳、鹅皆阵名。后遂以'鹳鹅'泛指军阵 。七星坛：孔明祭风所设坛。

李氏临终遗诗：

劳劳车马未离鞍。临事方知一死难。

三百年来伤国破，八千里外吊民残。

秋风宝剑孤臣泪，落日旌旗大将坛。

海外尘氛犹未息，诸君莫作等闲看。

谒包孝肃公祠

水映樊楼影，祠笼柳浦烟。

充虚读贞碣，致爽饮廉泉。

冯铗任他抚，赵囊仍我搴。

有情寄红藕，无剑倚青天。

写于 2013 年 7 月。包公祠位于合肥市芜湖路包河香花墩。附近有廉泉井等遗迹。赵囊：汉赵壹《刺世疾邪赋》有"文籍虽满腹，不如一囊钱"之句，后遂以"赵囊"指空乏的钱袋。

阮郎归
雨中合肥

暮云低户雨潇潇。浮庄影动摇。
吴弦楚调一团娇。歌台翠袖招。

青锦伞,赤栏桥。烟津泊客舠。
江淮两望去程遥。鹭涛响沉寥。

写于2013年7月。赤栏桥遗址在现桐城路桥附近。

重读《散宜生诗》有感歌以记之

文章自古引命憎,诗卷今读散宜生。
劫火灰飞余一叟,歌哭真堪续《北征》。
寒风漫卷北荒草,健句纵横沥腹稿。
清侧转磨捣杵鸣,冷眼热肠亦弄巧。
牛旁马上牧夫家,却怜苏武滞天涯。
九头鸟终成病虎,一落平阳委尘沙。
尘染鬓丝满头雪,诗情似火火不灭。
脸刻金印只噱头,心在寥廓窗在铁。
人间事非风马牛,鹤归华表古城秋。
曾经沧海难为泪,曼倩三千牍已留。
哀莫大于心不死,乾坤腐儒聂夫子。
长吟休作断肠声,苍苍者天茫茫水!

写于2013年7月。几处引用或改用聂诗原句。曼倩三千：《史记·滑稽列传》："朔（东方朔）初入长安，至公车上书，凡用三千奏牍。"后用以指向皇帝进呈的长篇奏疏。三千，极言其多。宋苏轼《次韵子由送千之侄》："闭门试草三千牍，仄席求人少似今。" 金元好问《帝城》诗之一："悠悠未了三千牍，碌碌翻随十九人。"

与武汉故人及在陕朋友饮于西安

兴来呼酒未颠狂。且幸微身入海藏。
翠管有情驻萧史，蓝桥无意认裴航。
静观稷下多谈士，闲说桑间几漫郎。
此夕酌觥期共醉，已忘何世是羲皇。

写于2013年7月。谈士：游说之士；辩士。晋陶潜《拟古》诗之六："稷下多谈士，指彼决吾疑。" 鲁迅《伪自由书·文学上的折扣》："战国时谈士蜂起。"

夏日遣怀

宿醉无何解，浮生任所如。
诗成轻毁誉，世变识乘除。
短褐双蓬鬓，长楸一纸书。
炎烟迷鄠杜，何处有龙屠！

写于2013年8月。长楸：高大的楸树，古代常种于道旁。《离骚·九章·哀郢》："望长楸而太息兮，涕淫淫其若霰。" 王逸注："长楸，大梓。言己顾望楚都，见其大道长树，悲而太息。"鄂杜：鄂县与杜陵，杜陵，汉宣帝陵墓。靠近长安，为胜地。

浣溪沙
观赵熊乔玉川书画小品展有作

纸上烟霞似可餐。临轩百轴旧琅玕。冲和真气正漫漫。
欲继黄庭书勃窣，更悬青简写檀栾。痴情人未老秦川。

写于 2013 年 8 月。赵熊先生是陕西省书法家协会副主席、名誉主席，书法家、篆刻家。乔玉川，河南宜阳县人氏，著名画家。

过圆明园遗址

一炬烟销剩草莱。百年遗恨涩难开。
上林瓦碎青磷幻，福海波喧白雨来。
哀郢徒存廊庙具，画淮何愧栋梁材！
人间兴废殆天数，莫向郊墟问劫灰。

写于 2013 年 8 月。画淮：宋人以淮河为界割土于金。

鹧鸪天
谒谢公祠

旧巷深深暮色残。遗祠触景已千端。
词吟壮调陈同甫，酒酹英灵谢叠山。

瞻北斗，仰南冠。沉哀不共乱鸦还。
兴亡无恙宣南路，灯火翩连月一弯。

写于2013年8月。谢枋得：谢枋得（1226—1289年），江西弋阳人，字君直，号叠山，别号依斋。聪明过人，文章奇绝；学通"六经"，淹贯百家，曾编《千家诗》。南宋末年被俘绝食死于北京法源寺。明初建祠于法源寺后街，现将初拆迁。

出　都

飙轮出都门，行行风摇木。
广宇雨初收，大野禾半熟。
雨收天地净，禾熟苍生福。
畏景又炎蒸，赤鸟追轨躅。
一发远山青，万类犹逐鹿。
正报过邯郸，已无梦可续。
境远川原异，眩晃新耳目。
高楼林立处，青云遮白屋。
舒卷任穷通。疏怀忘荣辱。
长叹走尘劳，何日效颜歜！

写于2013年8月。颜歜：战国齐人颜斶隐居不仕。尝说齐宣王礼贤下士，宣王悦服，请致弟子之礼，许以富贵。斶辞去，愿得晚食以当肉，安步以当车，无罪以当贵。清静贞正以自虞。见《战国策·齐策四》。颜歜即颜斶。后用以指隐逸生涯。

应邀赴户县一农家果园小憩

廓尔清怀日落初。栖迟衡泌等蘧庐。
池边如守严滩钓，垄上能挥栗里锄。
云断南天山嵽嵲，楼遮北郭树扶疏。
凉棚细说齐民术，小隐丘樊信有诸。

写于2013年8月。衡泌：谓隐居之地。语本《诗·陈风·衡门》："衡门之下，可以栖迟，泌之洋洋，可以乐饥。" 朱熹集传："此隐居自乐而无求者之词。言衡门虽浅陋，然亦可以游息；泌水虽不可饱，然亦可以玩乐而忘饥也。"

木兰花慢
听　蝉

岭云初破暑，正蝉嘒、发清歌。趁绤绤风疏，尘埃马快，飞度巢窠。依稀旧林入梦，梦回时、未觉是南柯。传舍孤灯成晕，缀星潘鬓婆娑。

吟哦。更奈愁何。儿女泪、已无多。幻濯砚青琴，落梅江笛，揽辔霜珂。渭城可堪叠唱，卷疏帘、忧乐两相摩。袅袅余音未尽，恍然心骛槃阿。

写于2013年8月。槃阿：《诗·卫风·考槃》："考槃在涧，硕人之宽。考槃在阿，硕人之薖。"朱熹集传："考，成也；槃，盘桓之意。言成其隐处之室也。"后因以"盘阿"称避世隐居之处。

初秋清晨

晴窗艳日米家屏。一枕希夷只半醒。
摇曳梦痕天地白，逡巡诗眼古今青。
情牵尺素望西极，形判寸波思北溟。
独念当年鸡黍约，朱弦自拂许谁听！

写于2013年8月。鸡黍约：东汉范式在他乡与其至友张劭约定，两年后当赴劭家相会。劭归告其母，请届时设酒食候之。母曰："二年之别，千里结言，尔何相信之审邪？"劭谓式信士，必不乖违。至其日，式果至。二人对饮，尽欢而别。事见《后汉书·独行传·范式》。后以"鸡黍约"为友谊深长、聚会守信之典。

过终南山

出尘历块一车驰。烟洞云桥隔路歧。
暂驻断崖瞻窣堵，更劳悬瀑贮军持。
孤村若值王维画，幽谷堪吟杜甫诗。
分野诸峰色依旧，惭难青上鬓边丝。

写于2013年9月。终南山公路隧道单洞长18.02公里。军持：源于梵语。澡罐或净瓶。僧人游方时携带之，贮水以备饮用及净手。后亦指形略扁，双耳可穿绳，能挂在身上的陶瓷水瓶。唐贾岛《访鉴玄师侄》诗："我有军持凭弟子，岳阳溪里汲寒流。"

访三沈故居和纪念馆

汉阴风物自清淳。咫尺仙乡不远人。
南北诸生三素望，乾坤百劫一微尘。
淋漓翰墨追秦相，突奥文章吊楚臣。
大雅鸿猷俱往矣，寥寥旧室久凝神。

写于2013年9月。安康汉阴县县城有沈士远、沈尹默、沈兼士昆仲故居和纪念馆，三沈在文史、书法、语言诸领域均为大家。

安康道上

汉水逶迤展画屏。披襟御气濯清泠。
村头野酿醺黎赤，岭上闲云接帝青。
企咏维桑犹可望，欹歌折柳亦堪听。
灌园心事今谁识，小立龙岗抱瓮亭。

写于2013年9月。安康市地域与湖北接壤。汉阴县龙岗公园有抱瓮丈人灌园塑像。抱瓮灌园：传说孔子的学生子贡，在游楚返晋过汉阴时，见一位老人一次又一次地抱着瓮去浇菜，"搰搰然用力甚多而见功寡"，就建议他用机械汲水。老人不愿意，并且说：这样做，为人就会有机心，"吾非不知，羞而不为也。"见《庄子·天地》。后以"抱瓮灌园"喻安于拙陋的淳朴生活。

咏新闻人物

薛蛮子

未经三宿鬓空斑,濮上桑间屡不还。
博客大威成恩客,呆霸王今是薛蛮。

秦火火

胆大谁知艺不高,弄潮网海欲称豪。
帖经秦火讹难读,阿堵原来惑尔曹。

薄谷开来

卿卿原唤谷开来,盼顾多情更爱才。
宿孽三生一宵尽,铁窗不见薄熙来。

薄,光也。

丁书苗

丁家有女字书苗,说项依刘鹭锦标。
辣手羽心罗桎梏,枉教万贯乱缠腰。

丁书苗又名羽心。

薄熙来

强争龙虎一狂人,欲遣西风布庚尘。

命薄只缘德非厚，荣枯自古转如轮。

刘志军

出自农家号志军。口称富贵似浮云。
甫成高铁窗成铁，缧绁余生思不群。

任志强

指点江山说买房。每中鹄的逞高强。
年行耳顺仍如炮，三近差堪颇近狂。

三近：子曰：好学近乎知，力行近乎仁，知耻近乎勇。

潘石屹

竞逐搜猴凤苑东。新硎已送五家穷。
逢源左右欣欣尔，石屹横流不倒翁。

搜猴：SOHO 者也。欣欣尔：其妻名欣。

王功权

私奔负作画眉人。警笛又闻羁季伦。
检读词笺庶之句，可怜谋富拙谋身。

石崇字季伦，功权字庶之。

冯 伦

哲学家曾领缙绅。冯言冯语每殊伦。
著书自讲陶朱事，骨感峥嵘未拜尘。

骨感：冯一书中有"理想很丰满，现实很骨感"句。

奥巴马

谁言逢掖不知兵。剑气秋高恨莫平。

戎马未安奥巴马，谈谐息鼓待鸡鸣。

逢掖：指儒生，书生。鸡鸣：雄鸡夜鸣是战争先兆。

普 京

红场寥落晚霞明。爱作长街踽踽行。

粉墨台前二人转，锣敲硬汉普京名。

以上十二首写于 2013 年 9 月。

癸巳中秋

一任清风鼓素琴。客身犹未倦登临。

穿云短信新秋月，过雁长杨故苑心。

酒尽有意题白苎，赋成无意换黄金。

萍踪能适无南北，抱膝何妨放旷吟。

写于 2013 年 9 月 19 日京郊。

清平乐
六盘山

苍浓翠淡。倦影随阳雁。

一片胡天连远汉。略慨陶甄吹万。

六盘直上高峰。抢榆莫羡抟风。

伫立碑前纵目，虞廷希见夔龙。

写于2013年9月。六盘山长征纪念碑、馆及广场在今宁夏固原市境内。陶甄：比喻造化，自然界。宋苏轼《寄题刁景纯藏春坞》诗："年抛造物陶甄外，春在先生杖履中。" 吹万：《庄子·齐物论》"夫吹万不同，而使其自己也"。成玄英疏："风唯一体，窍则万殊。"吹，指风而言；万，万窍。谓风吹万窍，发出各种音响。抢榆：语本《庄子·逍遥游》"蜩与学鸠笑之曰：'我决起而飞，抢榆枋。'"后以"抢榆"借指仅能短程飞掠的小鸟。亦以喻胸无大志或胸无大志者。

过六盘山

陇山何崔嵬，矫首浮云紫。

六盘接颠连，拔天势未已。

草掩蜿蜒存，依稀认残垒。

八月萧关道，丛莽犹奔豕。

野水出龙潭，一路恣行止。

轩逸瞻新碑，古今几成毁。

鞭指日西驰，峰前徒抚髀。

疲马入胡天，大块真一眯！

写于2013年9月。六盘山部亦称陇山，在战国时期秦长城遗存。

青岛小驻

频吹螺号汇泉湾。一穗轻烟宿鸟还。
原自胸中贮琴海,故应目际耸鱼山。
深闺未识三平岛,故第重临八大关。
浩荡沧溟送萧爽,尘劳妄念已全删。

写于 2013 年 10 月。三平岛在即墨岛田横岛东。

洞仙歌
青岛海滨

栈桥漫步,伴瑶琴闲弄。去舫回澜自迎送。正缁尘未净,吟兴初浓,凭阁槛、目尽烟波颎洞。

萧疏秋渐老,蝶影天涯,海客瀛洲信鸥动。此际亦销魂,日挂征帆,湿风把、柔情亲奉。独舒啸、湛凉袚清愁,奈水眼山眉,又牵离梦。

写于 2013 年 10 月。

朝中措
青岛崂山

杖藜石径倚斜阳。鹤影破苍茫。
试步三清胜景,朗吟秋水蒙庄。

元龙栏楯，胸间块垒，海上仙方。
且借云台玉薤，壶中忘却行藏。

写于2013年10月。栏楯：栏杆。纵为栏，横曰楯。云台：指道观，即太清宫和上清宫。

奉和刘玉霖先生并祝《坡底春秋》付梓

坡底诗声出陇头。多情相约五湖游。
人间风雨濡椽笔，陶写江南一雁秋。

写于2013年10月。

鹧鸪天
癸巳九日

桀雉参差浴暮霞。今宵逸梦属谁家。
三千里外身将老，重九樽前菊又华。

思海枣，慨瓠瓜。关山指顾雁行斜。
高歌知逊秋风客，只说张骞犯斗槎。

写于2013年10月。海枣：传说中的仙果名。《史记·封禅书》："臣尝游海上，见安期生，安期生食巨枣大如瓜。"后因有"安期枣"之称。清人王颂蔚在《袁碌秋主政枉诗见赠次韵答之并效其体》："正赖使图订方国，漫将海枣斥安期。"瓠瓜：《论语·阳货》："子曰：

吾岂匏瓜也哉！焉能系而不食。"比喻不得出仕或久任微职不得升迁。此语足证孔子从政之心甚切。秋风客：指汉武帝，武帝曾作《秋风辞》，故称。

秋　夜

茱萸秋半掬，麈闲月千家。
雾薄雁程远，风迟鸥境赊。
浮尘销劫石，清兴等恒沙。
未减青灯味，凉窗念赖耶。

　　写于2013年10月。劫石：亦作"刼石"。《大智度论》卷五："佛以譬喻说劫义。四十里石山，有长寿人，每百岁一来，以细软衣拂拭此大石尽，而劫未尽。"后因以"劫石"指时间之久远。赖耶：佛教语。"阿赖耶识"的略称。意译为"藏识"。大乘唯识宗把内心活动分为八类，阿赖耶识是第八识。佛教认为这第八识是世界一切的精神本原。

祝英台近
哈尔滨太阳岛

　　白桦林，黄苇渡，系缆太阳岛。炫紫流丹，水阁素烟袅。漫寻鹿苑人喧，鹅湖舸静，画栏外、寒芜谁扫？

　　履霜早。疏钟又惹闲愁，觞歌恁分了。三径参差，沮溺可投老。哪堪北渚难圆，江湖旧梦，但留取、印泥鸿爪。

　　写于2013年10月。沮溺：《论语·微子》："长沮、桀溺耦而耕，孔子过之，使子路问津焉。"钱穆新解："（长沮、桀溺）两隐者，姓名不传。沮，沮洳。溺，淖溺。以其在水边，故取以名之。"后诗文中常以"沮溺"借指避世隐士。

次韵奉和周晓陆教授《燕京》诗

已将郑谷作秦楼。落叶飘萧故国秋。
搔首待机寻木马，抚膺入海杳泥牛。
难当浊世华簪累，未解佳人锦瑟愁。
游子莱衣今尚在，浮云南起蔚油油。

写于2013年10月20日。郑谷：汉郑子真隐居谷口。见《汉书·王贡两龚鲍传序》。后以"郑谷"泛指隐居地。唐杜甫《郑驸马宅宴洞中》诗："自是秦楼压郑谷，时闻杂佩声珊珊。"

访萧红故居

柳下新霜白，堂前旧照黄。
幽愁写彤管，倩魄寄檀妆。
易变炎凉境，无涯生死场。
清风穿绣户，瑟瑟搅回肠。

写于2013年10月。萧红故居位于哈市呼兰区。其代表作有《生死场》《呼兰河传》等。彤管：杆身漆朱的笔。古代女史记事用。《诗·邶风·静女》："静女其娈，贻我彤管。" 毛传："古者后夫人必有女史彤管之法，史不记过，其罪杀之。" 郑玄笺："彤管，笔赤管也。"

电影《萧红》观感，叠韵前诗《访萧红故居》

避地寒烟白，围城野水黄。
大圜犹醉梦，小阁独啼妆。
易逝兴亡迹，难逃生死场。
冥冥光影外，百感迫中肠。

写于2013年10月。电影《萧红》由霍建起导演，宋佳主演，获得2013年度金鸡奖最佳女主角大奖和多项提名。

与故人小聚于西安

鬓毛随世白，菊蕊向人黄。
结客怜屠狗，传杯说攘羊。
又酣前度饮，重理旧时狂。
无准云萍迹，招要不可忘。

写于2013年10月。招要：同招邀。

疏　影
秋　声

清商似咽。带苍然暮色，归雁啼月。芦老东郊，草萎南坡，征尘漫惹骚屑。离魂自逐凉飙动，正叠绕、楚台燕阙。怎禁他、鼓断严城，别馆砌蛩凄切。

独剪西窗蜡炬，忆槐市买醉，影事飘瞥。水远山遥，玉笛何家，底事无情吹裂！千林芳意悲摇落，伴客袂、乱飞如叶。更哪堪、风露中宵，惊响月台轮铁。

写于 2013 年 11 月。

过泾阳县怀吴宓先生，次吴《自题诗集》诗之韵

泾水新凉拂旧波。遥怜遗躅隔烟螺。
黄金百镒名犹重，文锦千端字未磨。
贾傅当年陈痛哭，湘累异代起悲歌。
由来天阔抟鹏翼，斥鷃蓬间妄诋诃！

写于 2013 年 11 月。吴宓先生是陕西省泾阳县人，据称其故居已破败。

百字令
渭滨深秋

关河冷落，对空明渭浦，剑头微映。露蕊霜丛聊踯躅，匹练重岚明灭。覆垄金销，遮城翠减，总是关情切。临流自照，湛然彼我澄澈。

忽忆荆棘夷门，临行珍重，未老侯生血。跃马卧龙多少事，唱彻阳关三叠。客舍犹新，津梁久惫，空抚铜华缺。秋深野阔，樽前重认华发。

写于 2013 年 11 月。

京华感遇

莼鲈不梦又西风。未就杨岐泣断蓬。
四海因循容自适,百年惆怅与谁同!
齑盐老我头先白,草木怡人叶尽红。
侧耳清商韵疏越,燕云楚思共无穷。

写于2013年11月。因循:此处引申指飘泊。 宋柳永《浪淘沙慢》词:"嗟因循久作天涯客,负佳人几许盟言。" 宋陆游《宴西楼》诗:"万里因循成久客,一年容易又秋风。"

从平谷到香河

东去车成队,南下雁著行。
愧无夸父足,悲有杞人肠。
潮白连芜旷,空青带叶凉。
市喧杂桴鼓,回首望渔阳。

写于2013年11月。潮白指潮白河。

鹧鸪天
过北运河郊野公园

碧水苍虬画不如。潞河景色未全疏。
漫行红蓼新津涘,重过黄公旧酒垆。

中泽雁，首丘狐。生涯自可伍田渔。
何当买舸成归计，料理虚名好著书。

写于2013年11月。中泽：诗·小雅·鸿雁》："鸿雁于飞，集于中泽。"毛传："中泽，泽中也。首丘：亦作"首邱"。《礼记·檀弓上》："古之人有言曰：'狐死正丘首'，仁也。"郑玄注："正丘首，正首丘也。"后以"首丘"比喻故乡。宋苏轼《到惠州谢表》："衰疾交攻，无复首丘之望。"

与魏新河、田茂吟兄，吕小妮女史及诸友西安小聚

雅集欣投辖，余欢任吐茵。
难逢孤愤客，未作独醒人。
咏物才无敌，持身德有邻。
自应多好句，短信莫辞频。

写于2013年11月。

鹧鸪天
访塘沽

倚徙栏杆百感侵。津沽水驿话蹄涔。
苍黄枉用风霜力，丹紫偏矜草木心。

思驾艇，欲投簪。潮生渤澥洗尘襟。

飘然襆被之何处，迢递蓬山只梦寻。

写于 2013 年 11 月。

初 冬

经年薪胆与谁论。木叶惊风动客魂。
衣薄新寒聊塞向，枰枯旧契即开樽。
三生幽梦兼云渺，一壁殷忧接雨浑。
老大只怀仁智乐，屠沽闹里望青门。

写于 2013 年 11 月。塞向：语出《诗·豳风·七月》："穹窒熏鼠，塞向墐户。"毛亨传："向，北出牖也。"塞向墐户其意是把朝北的窗户堵上，把门抹上泥巴。

鹧鸪天
冬 夜

月色清兼半郭烟。寒花已老带霜妍。
素丝有着三千丈，锦瑟无端五十弦。

求玉杵，卜金钱。人生离合是天缘。
题襟醉笔浑狼藉，梦里梁园又一年。

写于 2013 年 11 月。结句用元遗山句。玉杵：传说月中有白兔持杵捣药，因以玉杵指月亮。明汤显祖《牡丹亭·闹殇》："玉杵秋空，凭谁窃药把嫦娥奉"。金钱：指铜钱。

赠吴嘉先生

感君隽句有佳思。愧我卮言未合时。
行咏冰蟾曾邂逅，坐看雪雁任栖迟。
穷边浊浪萦心痛，丽则清文入骨痴。
叶落长安浮渭水，联鞍犹记阆仙诗。

写于2013年11月。卮言：自然随意之言。另一说为支离破碎之言。语出《庄子·寓言》："卮言日出，和以天倪。"成玄英疏："卮，酒器也。日出，犹日新也。天倪，自然之分也。又解：卮，支也。支离其言，言无的当，故谓之卮言耳。"后人亦常用为对自己著作的谦词。浊劫：亦作"浊劫"。佛教语，指尘世。阆仙：贾岛字阆仙，"秋风吹渭水，落叶满长安"是其名句，渭水长安是吴嘉先生的网名。

临潼傍晚

临潼曲槛倚黄昏。鸦噪还家自认村。
别苑华清风有韵，闲庭芜冷月无痕。
行追旧烈心常肃，旅爨新丰梦可温。
满目古今余一慨，万家灯火亦销魂。

写于2013年12月。华清池、新丰镇皆临潼历史文化积淀深厚之处。

游骊山

骊山木落阵云收。烽火台高未散忧。
孰记千金酬一笑,何惊万里戏诸侯。
蓬庐甘品藜羹味,魏阙难为肉食谋。
懒作临风阮生叹,仙居清寂许重游。

写于2013年12月。藜羹:用藜菜作的羹。泛指粗劣的食物。《庄子·让王》:"孔子穷于陈、蔡之间,七日不火食,藜羹不糁。"

鹧鸪天
访谭嗣同北京故居

独对尘氛忆踽凉。些些陈迹已微茫。
玲珑何去银花榜,偃蹇难寻铁脊梁。

寒凛凛,莽苍苍。劫灰聚散血玄黄。
百年巷陌重回首,落日枯槐亦断肠。

写于2013年12月。北京谭嗣同故居位于北半截胡同。谭氏书斋名"莽苍苍斋"。

悼曼德拉

其一
九秩椿灵心尚童。何期雨落挟天风。
居仁由义慈兼勇，万国屏前一悼翁。

其二
驾虹归去自从容。悲悯人天夙所宗。
蔗境晚来心甚坦，岁寒方识后凋松。

写于2013年12月11日。前南非领导人曼德拉的追悼会于此日举行。南非亦称彩虹之国。据报载，南非习俗认为下雨是上帝向逝者敞开大门。

赴京郊王四营乡图书文化市场

越陌诣仁里，凭桥望帝乡。
黔黎犹汲汲，白日自堂堂。
林木生寒素，风尘叹老苍。
诗心复摇曳，细嗅简编香。

写于2013年12月。

冬月十五夜读得句

一月苍穹作镜悬。万嚣自静茗瓯前。
燃藜俯仰参摩诘，呵墨推敲步阆仙。
酒伴南邻非抱璞，履痕东郭只求田。
等闲赢得繁霜鬓，坚白修持忘岁年。

写于2013年12月17日。燃藜：晋·王嘉《拾遗记·后汉》："刘向於成帝之末，校书天禄阁，专精覃思。夜，有老人着黄衣，植青藜杖，登阁而进，见向暗中独坐诵书。老父乃吹杖端，烟然，因以见向，说开辟已前。向因受《洪范五行》之文，恐辞说繁广忘之，乃裂裳及绅，以记其言。"后因以"燃藜"指夜读或勤学。

太常引
西历平安夜

幽栖容膝有余宽。弄疏韵，祝平安。新月旧关山。夜又寂、屏围梦寒。

青灯布被，素缣铁砚，把卷是无端。休叹鬓凋残。怕忆起、前人务观。

写于2013年12月24日。陆游字务观。

冬至感事有作

风寒何计客衣单。廛闹高低着意看。

尚有今愁侵短鬓，能无古泪洒长安！
心牵彭泽杯当把，身寄田家铗谩弹。
溢耳街谈浮世味，诗肠清峭酒肠宽。

写于2013年12月22日。彭泽：县名。汉代始设。在今江西省北部。陶潜曾为彭泽令，因以"彭泽"借指陶潜。 唐王勃《滕王阁诗序》："睢园绿竹，气凌彭泽之樽，邺水朱华，光照临川之笔。"结句用南宋王迈句。

连日雾霾始散有感

重楼笼暝色，叠雉暗尘霾。
雀冻新园槿，鸦昏旧陌槐。
埋天谁可诉，怨地自难排。
渴见璇机转，清风惬素怀。

写于2013年12月27日。埋天的"埋"字应读man音阳平。

新年感赋

樽前莫惜醉颜酡。暑运推移葆发多。
千岭风喧新柿叶，一隅梦觉旧槐柯。
笼鹅书罢诚无悔，倚马诗成懒不磨。
欲向乖崖修剑术，壮心未已老关河。

写于2013年12月31日。笼鹅：以笼置鹅。《晋书·王羲之传》："

山阴有一道士，养好鹅，羲之往观焉，意甚悦，固求市之。道士云：'为写《道德经》，当举群相赠耳。'羲之欣然写毕，笼鹅而归，甚以为乐。"后以"笼鹅"指王羲之以字换鹅事。

鹧鸪天
访谭鑫培北京故居

门巷萧寒岁已赊。飘蓬应亦异京华。
笙歌旧曲王孙老，弦诵新声公子佳。

施月斧，送星槎。十分修炼属谭家。
峥嵘粉墨闲添泪，犹湿宣南梦里花。

写于 2014 年 1 月 4 日。故居位于北京大外廊营胡同 1 号。谭鑫培是湖北武汉江夏人，是京剧成熟时髦的代表人物。谭派家传已传至第七代（谭正岩）。月斧：比喻尽文章能事。宋苏轼《王文玉挽词》："才名谁似广文寒，月斧云斤琢肺肝。"

京郊来广营与同学小聚

楼台风凛冽，灯火影交加。
鹤帐开诗席，貂裘付酒家。
崚嶒犹傲骨，粗粝正馋牙。
笑语前村苑，寒梅欲放花。

写于 2014 年 1 月。

采桑子
访上林仙馆

阶前空忆鸣珂巷,古木寒烟。零落花钿。一卷兵书绣榻前。
芳尘易逝天难老,玉軫无弦。试读蛮笺。仙馆清幽酒幔悬。

写于2014年1月。上林仙馆位于北京陕西巷。据说是蔡锷与小凤仙邂逅之地。曾称陕西巷宾馆,现号阿来客栈。

负 暄

榾柮烧残午梦归。负暄吟思入玄微。
未惊冻柳明生白,先喜寒梅暗着绯。
万户帘帷藏否泰,五陵裘马竞轻肥。
任教两鬓渐如雪,著眼风光不我违。

写于2014年1月。

癸巳岁暮

盘桓岁暮意何如。世事无劳咄咄书。
慰眼半壶新自得,当头一月旧相於。
雪深郢路鸥盟冷,霜阔秦川雁影疏。
莫叹浮生常屑屑,短檠有乐付居诸。

写于2014年1月。自得:自己感到得意或舒适。《史记·管晏列传》:

"其夫为相御，拥大盖，策驷马，意气扬扬，甚自得也。"相於：相厚，相亲近。汉焦赣《易林·蒙之巽》："患解忧除，皇母相於，与喜俱来，使我安居。"居诸：《诗·邶风·柏舟》："日居月诸，胡迭而微。"孔颖达疏："居、诸者，语助也。"后用以借指日月、光阴。

琐窗寒
长安隆冬

竹苑飞霜，松轩过雨，九衢雾敛。屏清梦冷，脉脉绮怀悠缅。怅无端、自书锦笺，化工未与并州剪。想金河缺月，玉关孤堠，堪舒心眼。

帘卷。江湖远。念草户更寒，柴车路蹇。相期汗漫，不见蓬莱清浅。望翻飞、暮云排阵，山围故国泾渭演。趁黄昏、吹笛梅边，一散愁千点。

写于2014年1月。

感　事

风尘客路类邹游。半旧裁诗半白头。
素手搴囊收赵璧，清宵秉烛看吴钩。
闻筝亦起舞雩兴，对弈未怀争劫愁。
手抚庭边带霜竹，一生常耻为身谋。

写于2014年1月　结句用放翁句。舞雩：语出《论语·先进》："浴乎沂，风乎舞雩，咏而归。"后指乐道遂志，不求仕进。

咏 马

渥洼龙媒种，翩翩出冰碛。
长途走崎岖，万城未能隔。
非经伯乐眼，难解盐车轭。
燕台闻市骨，千金频招客。
湍激檀溪水，的卢胜高赉。
问程向天竺，百难任鞭策。
指鹿岂无辞，忧患常郁积。
汗血沾尘缨，因循日月迫。
伏枥惭齿增，关山牵梦役。
壮心不肯已，还叹乾坤窄。

写于 2014 年 1 月 31 日癸巳除夕。

甲午春节

爆竹声中岁又除。卿云衍苒蔼神都。
满城冠盖握蛇士，拥阙旌旗奔马图。
故苑迎春闻佛偈，闲窗送腊办诗逋。
帝乡亦作穷乡忆，时共芳邻乐赐酺。

写于 2014 年 2 月 4 日正月初五。

春节记感

老眼瞻丹阙,劳身憩玉京。
兰香随袂暖,梅影入帘清。
徂岁箕裘念,余粮畎亩情。
拥书累茵坐,无语泪如倾。

写于2014年2月。累茵:《孔子家语·致思》:"昔者由也事二亲之时,常食藜藿之实,为亲负米百里之外。亲殁之后,南游于楚,从车百乘,积粟万钟,累茵而坐,列鼎而食,愿欲食藜藿,为亲负米不可复得也。"累茵,多层垫褥。后因以"累茵之悲"为悲念已故父母的典故。

高铁雪程从北京到西安

曼舞琼瑶掩俗尘。旅程又是别离身。
乾坤修广融今古,巽坎严凝迭主宾。
一夕寸眸真欲曙,六花千里不关春。
丰穰可卜新年瑞,更喜清光解照人。

写于2014年2月6-7日。此夕大雪弥漫,高铁限速,至7日凌晨2时始到站。

鹧鸪天
雪 后

瑞降长安玉缀枝。浊醪瓦盏叹重持。
临衢市肆春灯早，负郭人家暮柝迟。

张旭帖，孟郊诗。吟窗清兴砚浮澌。
唏嘘怅对寒光白，犹记江湖有"屌丝"。

写于 2014 年 2 月。屌丝：中国大陆地区网络文化兴盛后产生的讽刺和自嘲用语，开始通常用作称呼"矮穷矬"（与"高富帅"相对）的人，其中屌丝最显著的特征是穷，房子、车子对于屌丝来说是遥不可及的梦。

立春记感

贺岁难疏盏，流年似掷梭。
剖珉无卞泣，击筑有荆歌。
徒羡漆园吏，稍惊春梦婆。
寒苍遥望处，意兴向谁多！

写于 2014 年 2 月。春梦婆：相传苏轼贬官昌化，遇一老妇，谓苏轼曰："内翰昔日富贵，一场春梦！"里人因呼此妇为"春梦婆"。苏轼《被酒独行遍至子云威徽先觉四黎之舍》诗之三："投梭每困东邻女，换扇惟逢春梦婆。"后用为感叹变幻无定的富贵荣华的典实。

元夕即兴

彩灯明桂殿,皎月映梅窗。
绕郭龙相对,归梁燕自双。
樽空吟楚赋,鼓竞带秦腔。
险韵难寻句,诗心不肯降!

写于2014年2月14日。正值甲午元宵节之夜。

元夜望月

一月青宵丽,千灯紫陌明。
照颜承玉润。濯魄对冰清。
夜永休群动,春宽沃众情。
倚轩弥望处,递瑞到寰瀛。

写于2014年2月14日。正值甲午元宵节之夜。

浣溪沙
春 雪

银砾鸣窗乱舞空。琼楼烟景画图工。欲骑驴背灞桥东。
重耀清威梅蕊白,但资逸兴烛花红。拥裘寻梦步春风。

写于2014年2月17日。

绛都春
甲午上元

吟游故苑。又彩笔题新，黄縢清宴。绮陌香车，笑语盈盈还携怨。琼枝火树花如霰。望画阁、腾烟如练。凤箫声里，冰轮光转，素心一片。

深念。良辰美景，但忆征衣慈线。痴腹贮愁，十二阑干都凭遍。长安道上人知倦。甚愧疚、风尘满面。怕教灯火荧煌，氾人瞥见。

写于2014年2月。氾人：唐沉亚之《湘中怨解》载，垂拱中，驾在上阳宫。太学进士郑生 晨发铜驼里，乘晓月渡洛桥，遇艳女，自言养于兄，因嫂恶，欲投水。生载归，与之同居，号曰氾人。氾人能诵善吟，其词艳丽不凡。数年后，氾人自述本系蛟宫之婢，贬谪而从生，今已期满。遂啼泣离去。宋范致明《岳阳风土记》："郑子况为岳阳太守，因上巳日携家登岳阳楼，下望鄂渚。郑追想氾人，俄有所见，闻氾人歌曰：'泝青山兮江之湄，泳湖波兮褰绿裾，意拳拳兮心莫舒。'"后诗词中用作钟情艳女之典。

鹧鸪天
访马致远故居

古道苍崖天净沙。小桥流水绕村鸦。
欲凭春思追秋思，不叩山家访马家。

疑地角，望天涯。百年左计负桑麻。

东篱有梦无肠断，树老云荒日又斜。

  写于2014年2月。马致远故居位于北京市门头沟区王平镇西落坡村。马致远，号东篱，据记载是元大都人。

游走京西古道

  石磴斑驳布蹄窝，衰草荒榛岭嵯峨。
  畏途坎坷淹岁月，代马明驼饱经过。
  青旗沽酒宿茅店，雨鹳鸣兮霜鸿渐。
  满目关山涕自濡，驿路梅花孤偏艳。
  劳歌野哭杂怨笳，跋履执箸也餐霞。
  帝里乌金美人玉，俱自驮负走风沙。
  片云出岫过残堞，树老崖门坚如铁。
  古道绵延新村秀，虚亭携杖望燕阙。

  写于2014年2月。古道遗存及博物馆位于今北京门头沟区妙峰山镇水峪嘴村。乌金：指煤，京西产煤。

鹧鸪天
过石头胡同

  一例连甍漾彩霞。难忘八骏拥番牙。
  董逃尘恶风摧柳，罗唝声凄雨打花。

飞蛰燕，噪昏鸦，寻常巷陌自欢哗。
昔年哀艳浑无据，只向颓墙说馆娃！

写于2014年3月。石头胡同位于北京铁树斜街南，历史悠久。据说赛金花（傅彩云）曾居昆巷某女闾，现已无存。馆娃：馆娃故宫，春秋时吴王夫差为西施建造。吴人呼美女为娃，馆娃宫为美女所居之宫。后借指西施。唐·李绅《回望馆娃故宫》诗："因问馆娃何所恨，破吴红脸尚开莲。"泛指美女。

好事近
春　雨

渺漫廉纤舞，老柳趁萌由蘖。
牵惹缠绵诗思，似梦痕层叠。

一街花伞动烟霏，拭目见春靥。
拍翅苍乌啼唤，正满听清越。

写于2014年3月6日惊蛰连日小雨。

过汉城湖

湖楼溢彩鸟翩翩。一水萦回起暮烟。
壮志此时能击楫，空言何处可投鞭。
沧波吟咏怜庄舄，白发侵淫想郑玄。

唯有汉城春浦月，照人依旧自婵娟。

写于 2014 年 3 月。汉城湖位于西安市西北部，是依托汉长安城护城河遗址而建的水域生态公园。

咸阳漫成

百二秦关一穗烽。千秋俯仰霸图空。
淡烟野渡连新筑，衰草荒台掩故宫。
驰道无寻归燕雨，焚坑有祀放鸢风。
推迁世事悲欢异，人愿天从今古同！

写于 2014 年 3 月。驰道是古代君王行驶车马之道，秦直道是驰道之一，起于咸阳。

会湖北故人

春庭渐暖燕泥融。相对苍颜各素衷。
三百篇诗论旧雅，十千斗酒累新丰。
自量射虎身犹健，谁道屠龙事已空。
怀昔感今多啸咏，独无赋献大明宫。

写于 2014 年 3 月。

与刘炜评、王锋、吴嘉诸吟兄小聚

只应劝盏换吟搜。弹铗宾朋鬓易秋。
三十功名期后俊，百年人物愧前修。
有心养拙谈庄梦，无腹藏愚散杞忧。
同解浊醪涵妙理，阮生熟醉亦身谋。

写于 2014 年 3 月。

谒兴教寺

日暖樊川春意酣。琅琅钟磬旧伽蓝。
缁衣累世寒连暑，白马兼程苦与甘。
数偈莲花传般若，一瓯竹叶说毗昙。
峥嵘窣堵逾千载，犹带风声耸翠岚。

写于 2014 年 3 月。兴教寺位于长安区樊川杜曲镇西，寺内存玄奘灵骨塔，建于唐代，为长安八大寺院之首。毗昙指阿毗昙，即阿毗达摩（论），与毗奈耶（律）、素呾缆（经），合称三藏（经、律、论）。玄奘又称三藏法师。般若：梵语的译音。或译为"波若"，意译"智慧"。般应读入声。

浣溪沙
南山访不还隐士

春到山深未见花。东风袅娜赤松家。近看草色系青芽。
养气影从悬剑树，怡情声倚浣溪沙。一篙何日共浮槎。

写于 2014 年 3 月。

南山回望

独立高崖自咏诗。寻春芒屦未曾迟。
心期靡悔窥禅处，世相无稽出蛰时。
草绿杜陵浮北阙，叶青秦苑秀南枝。
难图摩诘山居静，只倩清波照鬓丝。

写于 2014 年 3 月。

已 忘

已忘后乐并先忧。解释春光不可收。
肯契初心调绿绮，雅持本色豁青眸。
阅经未必称居士，束带何曾愧督邮。
一壑一丘眼前是，无须咄咄与休休。

写于 2014 年 4 月。督邮：官名，汉置，郡的重要属吏，代表太守督察县乡，宣达教令，兼司狱讼捕亡。唐以后废。《宋书》卷九十三《隐逸列传·陶潜》记载：郡遣督邮至，县吏白应束带见之，潜叹曰："我不能为五斗米折腰向乡里小人。"即日解印绶去职。赋归去来。

清明节五绝句

其一
他乡燕树绿，故国楚山青。
乍觉清明至，俄惊泪已零。

其二
跻伫东风里，花枝异故乡。
清明遥酹处，素蕊落澄觞。

其三
王孙泣南陌，晴翠焕清明。
寸草终难报，春晖万里情。

其四
遗芳萦子舍，梦挂雁云边。
犹作清明望，松楸郁故阡。

其五
烟火清明日，苍凉意欲迷。
应知忧可掇，真乐问菩提。

写于2014年4月。

水调歌头
登刘公岛

春色满环翠,鸥雁集樯竿。回首百年旧事,怒发亦冲冠。岛立沧溟万顷,岁纪烽烟甲午,遗恨卷惊湍。衣带浮天际,列舰肃屏藩。

读贞碣,寻故垒,倚危栏。劫灰犹存残础,把酒酹清滩。精卫偿冤衔木,夸父凌虚逐日,冷眼视瀛寰。白鹿青崖畔,父老享平安。

写于 2014 年 04 月。

访丁汝昌纪念馆

潮汐犹朝暮,鱼龙自古今。
风喧催柳色,馆静步松阴。
北海旌旗血,南冠社稷心。
庭前遗像肃,注仰久沉吟。

写于 2014 年 04 月。

京郊大兴青云店感兴

游踪寂寞草初肥。苍宇云飞接翠微。
健饭廉颇难觉老,疲形蘧瑗已知非。

登龙寡兴逢元礼,化鹤深愁感令威。
直北高楼还入望,何妨买醉典春衣!

写于2014年4月。蘧瑗知非:春秋时卫国大夫蘧瑗年五十而知四十九年非。后因以"蘧瑗知非"为不断迁善改过之典,亦代指五十岁。元礼:李膺(110年—169年),字元礼,颍川郡襄城县(今属河南襄城县)人。东汉时期名士、官员。

鹧鸪天
访龚自珍北京故居

老树庭前也落红。沧桑叹抚迹成空。
秋心楚佩箫吹月,春貌燕台剑映风。

人海外,道山中。黄尘蒿目九州同。
可怜帝里忧天梦,遥系南屏几杵钟。

写于2014年4月。故居位于宣武门外上斜街50号原番禺会馆。现仅存二间北房,旧迹无寻。

踏莎行
春　行

白袷风清,青鞋草软。溪云岭霭从舒卷。春行何处著相思,闲愁只赖吟题遣。

杜曲桑麻,武陵鸡犬。登皋空望天涯远。桃林有泪欲轻弹,自宽亦具怜花眼。

写于 2014 年 4 月。

瑞鹤仙
樊川春日

凯风催杖屦。望神禾翠草,少陵碧树。清和惬幽步。正光祥紫阁,华严玄宇。晴埃花雾。怅韶光、又成轻负。忆重门、尺五离天,不见当年韦杜。

延伫。栖迟折柳,邂逅班荆,牧之曾驻。南山射虎。身犹健,梦无据。叹粲然何去,桃花人面,旧迹凄清如许。伴谁吟,瑶琴锦瑟,玉溪秀句!

写于 2014 年 4 月。樊川杜曲是杜甫故里。李商隐号樊南生,又号玉溪生。崔护咏桃花在樊川桃溪堡。杜牧号樊川居士。

鹧鸪天
春 野

最是心宽地自偏。春光烂熳草芊芊。新桃落俗全开蕊。老柳投闲慢放绵。

陶令酒,沈郎钱。何妨林下枕书眠。

半生荣辱皆成梦,一霎酣甜又少年。

写于 2014 年 4 月。

感　事

又值蛰雷频起时。花开花落两由之。
旧诗遣累工余得,新案惊奇网上知。
谁信陶朱称富晚,自甘原宪脱贫迟。
无常世事纷何已,酒碗茶铛足解颐。

写于 2014 年 4 月。

高阳台
重到曲江

蝶舞疏篱,鸥鸣浅渚,哪堪惆怅东栏。柳径荷漪,重迎征雁孤还。空濛漫理沙棠棹,钓沧波、辜负渔竿。更凄然,遮日停云,万叠屏山。

担簦谁识新丰旅,叹樵风和畅,谷雨清孱。池畔裴回,正宜细品诗禅。昨宵未掩华胥梦,认依稀、蹙损蛾弯。最无端,锦字回文,难写冰纨。

写于 2014 年 4 月。

春 暮

炎凉催众绿，喧寂委残红。
芒角罗胸久，烟痕过眼空。
春酣难梦鹿，酒困懒雕虫。
轩豁舒遐瞩，行藏任转蓬。

写于2014年5月。

鹧鸪天
访程砚秋故居

小院幽花散旧香。篆烟袅处忆霓裳。
砚田厮守秋禾熟，眉谱重描春燕忙。

红拂传，锁麟囊。荒山泪里幻兴亡。
兰亭梓泽都休问，一笛穿云入袖凉。

写于2014年5月。位于北京西四北三条。程砚秋：满族，京剧四大名旦之一，擅演悲剧。《红拂传》《锁麟囊》《荒山泪》皆程派名剧。

参观宣南文化博物馆

东风吹絮满重城。古寺新廊画里行。
鹊噪绛纱寻酒社，鸿衔青绶结诗盟。

造哀文字撑肠大，留恨芳菲入眼明。
不觉皮黄清唱起，绕梁余韵最关情。

写于2014年5月。博物馆位于北京市长椿街长椿寺内。清代旗民分治，汉人只能聚居南城。宣武南城云集各省试子、游宦、商贾、艺人诸众，亦包括曾、李、康、梁等人。皮黄（京剧由"西皮"和"二黄"两种基本腔调组成）中西皮调来自汉调。

鹧鸪天
访林则徐北京故居

绮户青灯迹已销。当年花下坐吹箫。
破愁酒盏俱零落，寄志诗钟已寂寥。

龙碛雪，虎门潮。二分梁甫一分骚。
空将老眼神州泪，遥向燕都湿褐袍。

写于2014年5月。故居位于南横东街贾家胡同31号原莆阳会馆（周围已拆迁）。林进士后选庶吉士，任职翰林院在此院居住数年，其间曾组宣南诗社。下片第三句用龚定庵诗句。

老槐诗社成立九周年志庆，次郑志刚诗原韵

中州艳日映疏花。一树婆娑望不赊。
深巷蝉声挥酒赏，古篱蛩响作诗夸。
漫披澍雨添清癖，遥借和风抚冻痂。

虬劲还期无限态，老槐耸翠吐新葩。

写于 2014 年 5 月。

西（安）禹（门口）路上

扑面熏风倦眼醒。野芳袭路散微馨。
鸿蒙直北千云白，鹘没终南一发青。
渴吻难倾燕市酒，浮踪易忆楚江萍。
怊惆只有秦腔觉，何处骊驹不忍听！

写于 2014 年 5 月。楚江萍：《孔子家语·致思》载，楚王渡江，见物大如斗，圆而赤，取之，使人往鲁问孔子。孔子曰："此所谓萍实者也，可剖而食之，吉祥也，唯霸者能获焉。"后因以"楚江萍"喻吉祥而罕见难得之物。骊驹：逸《诗》篇名。古代告别时所赋的歌词。

鹧鸪天
电影《归来》观感

一幕声光久怆怀。弥天雨雪洗长街。
峥嵘黑脸黄金印，板荡苍黎红舞鞋。

琴柱断，剑尘埋。倩魂犹在望归来。
满巾白发西风里，肠断空阶旧站台。

写于 2014 年 5 月。《归来》由张艺谋导演，陈道明、巩俐、张慧雯主演。讲述了知识分子陆焉识与妻子冯婉瑜的在大时代际遇下的悲惨故事。红舞鞋：安徒生童话《红舞鞋》讲述了女孩与一双具有魔力的红舞鞋的故事，穿上红舞鞋的人都将永远舞蹈下去。

为李绪正二幅摄影作品题诗
棕颈噪鹛

临风偏爱一枝斜。啼老春红兴未涯。
我欲其间参妙谛，噪鹛声里绽心花。

黄臀鹎
偎叶依枝锦翅斑。忘情鹎鸠两关关。
殷勤未尽相思语，又对春风话故山。

写于 2014 年 5 月。心花：佛教语。喻慧心，亦喻开朗的心情。

望禹门口

龙门浚泻起殷雷。遥向沧溟去不回。
一线水黄成禹渎，八荒土黑掩秦灰。
云崖迢递铁桥卧，风岸葳蕤银鬓摧。
大化滔滔陵与谷，津亭坐见日车颓。

写于 2014 年 5 月。禹门口亦称龙门。是黄河晋陕峡谷之南出口，位于韩城和河津之间。禹渎：夏禹开凿的水道。北魏郦道元《水经注·河水五》："河之入海，旧在碣石，今川流所导，非禹渎也。"禹门口相传是大禹开凿。

重谒司马祠墓

　　白日佳山水，青枝古桧杉。
　　坠心归拱北，危涕继周南。
　　路从龙门始，书从禹穴探。
　　汗青垂琬琰，万化与同参。

　　写于2014年5月。司马迁祠墓在韩城市芝川镇黄河西岸梁山上，司马迁生于龙门。

游韩城文庙

　　静待垺篪竭，徐傍松柏行。
　　落花传鼎味，啼鸟带经声。
　　宛尔忘忧地，居然遗世情。
　　云飞高阁处，无复旧题名。

　　写于2014年6月。韩城是陕西省历史文化名城，文庙为元代建筑。清代陕甘地区唯一状元王杰即韩城人氏。

甲午五日

殊方重五豁吟眸。未逐湘累醒醉愁。
旗拥墙红喧凤吹，鼓擂潮白竞龙舟。
菜肠难赴苍梧野，霜鬓羞登黄鹤楼。
清晓梦凉诗思远，何惭五月尚披裘！

写于2014年6月。披裘：汉王充《论衡·书虚》："传言延陵季子出游，见路有遗金。当夏五月，有披裘而薪者。季子呼薪者曰：'取彼地金来！'薪者投镰于地，瞋目拂手而言曰：'何子居之高，视之下，仪貌之壮，语言之野也？吾当夏五月，披裘而薪，岂取金者哉！'"后遂以"披裘负薪"为高士孤高清廉，隐逸贫居之典。

夏日郊野

日斜林掩映，风满麦参差。
始悔归田晚，终惭卜筑迟。
羡陶无俗韵，悲屈有清姿。
短褐南山下，行歌咏紫芝。

写于2014年6月。

鹧鸪天
端午即兴

紫阁青峰接五云。天涯何处吊灵均。
吟哦绿苑花俱落,脍炙玄谭酒半醺。

新甲午,旧庚寅。未妨击壤学尧民。
任他弦管宫商误,欲起长歌送鹤群。

写于 2014 年 6 月。屈原生于庚寅年。宫商:五音中的宫音与商音。《毛诗序》"声成文" 汉郑玄笺:"声成文者,宫商上下相应。"唐吴兢《乐府古题要解》卷下:"我情与君,亦犹形影宫商之不离也。"《老残游记》第十回:"你们所弹的皆是一人之曲,如两人同弹此曲,则彼此宫商皆合而为一。"

鹧鸪天
访张伯驹潘素纪念馆

松竹深围欲接邻。人潮海岸忆湔裙。
揪心风雨忘安富,覆梦烟霞乐贱贫。

移鼎旧,劫灰新。词笺画卷老遗民。
幽居自与红尘隔,只有烟波不解颦。

写于 2014 年 6 月。位于北京后海南沿 26 号,原为故居,近年为其女张传彩捐出辟为纪念馆。

过清华大学

一径晴晖信步行。青衿歌吹和书声。
花围桂庑风难净，柳拂荷塘水自清。
芸阁呼谁高第客，柴门叹我上庠情。
梦回却有园中燕，还泥华颠故故鸣。

写于 2014 年 6 月。少年时我对清华大学只能空慕，诚然未必能考上。朱自清散文《荷塘月色》即写清华园中荷塘。

夏夜观世界杯足球赛

三更灯火五更鸡。浮白青山月影低。
风起绿茵连渭北，梦惊黑哨到巴西。
已忘阙下听钟漏，欲向屏前弄鼓鼙。
坐阅输赢疑有命，且当贳酒扮球迷。

写于 2014 年 6 月。

遵景北记吟兄之嘱咏山西洪洞县大槐树

浮雾凝岚翠作堆。苍黄风雨老无衰。
牂柯四海花俱发，筚辂千山柳遍栽。
改火情牵怀国泪，授衣目断望乡台。
鸣鸿语燕寻根处，汾水槐园有梦回。

写于 2014 年 6 月。

卜算子
胡　杨

云起作交游，沙过舒怀抱。
两岸胡杨锁暮烟，野水连衰草。

伟干立新曦，贞叶舞残照。
一曲阳关踏地来，寂寞关水道。

写于2014年6月。遵陕西省诗词学会李耀儒副主席嘱，题胡杨摄影作品。

灞岸赠行

柳老亦赠行。犹堪慰别情。
耽忧同子美，发光羡渊明。
有象山兼水，无心雨与晴。
风烟迷灞岸，亭畔独屏营。

写于2014年7月。屏营：彷徨。《国语·吴语》："王亲独行，屏营仿徨于山林之中。"

鹧鸪天
过灞桥

灞水沧波系古愁。阿谁柳岸唱伊州。
喁喁鱼贯摇赪尾，落落鹰飞见白头。

新箬笠，旧莬裘。欲回天地入扁舟。
过桥此去长安道，挟策还为上国游。

写于 2014 年 7 月。赪尾：《诗·周南·汝坟》："鲂鱼赪尾，王室如毁。"毛传："赪，赤也，鱼劳则尾赤。"后以"赪尾"指忧劳，劳苦。挟策：持鞭，扬鞭；亦以喻奔走，行动。

蝶恋花
周至水街

酒帏摇开烟水路。楚梦惊残，顷忘刻忘时序。凫鹭相迎群里聚。经行下蔡迷花雾。
曲榭多情容小伫。无限消凝，不见凌波步。一曲劳歌谁顾误。夕阳又在鸦归处。

写于 2014 年 6 月。周至水街位于周至县城南沙河畔。

奉寄梅墨生先生

已觉蹄涔诧北溟。翠鸾梦舞五云屏。
天中明月悬梅魄，室内清风散桂馨。
墨淡闲书诗隽发，茶浓净水酒催醒。
长安此夕钟偏晚，明日山川放眼青。

写于 2014 年 6 月 13 日。梅墨生：中国国家画院一级美术师，文化部文化市场发展中心艺术品评估委员会委员、理论研究部副主任，中国文物学会特聘专家，荣宝斋画院特聘专家，国际书法家协会常务理事。昨晚面聆梅先生謦咳，作此篇寄赠梅先生。梅先生席间谈到其在台湾看到传说中的凤凰，故有第二句。

游仙游寺

苍翠仙游寺，只堪静者赏。
金盆盛玉水，情兼万润广。
秦岭春未尽，幽篁偕云长。
弄玉飞天处，清磬接遗响。
白傅名不灭，长恨无声淌。
埋轮效古贤，安步以怡养。
炎光隔林麓，风动生萧爽。
岩花落深涧，亭畔畅遐想。
古塔出烟霄，泠然心宇朗！

写于 2014 年 6 月。仙游寺位于周至县南黑水峪口，仙游寺因建金盆水库从原谷底迁于其畔。还包括博物馆和法王寺两个景区。相传是弄玉飞天和白居易写作《长恨歌》之地。

古城南门修葺后城楼漫步得句

袖手城头著眼高。红尘紫陌竞喧嚣。
汉唐先哲留麟趾，韦杜玄孙拾凤毛。
为客未怀毛遂颖，结朋岂慕吕虔刀。
异乡住久归心懒，欲脱青衫典白醪。

写于2014年6月。韦杜：唐代韦氏、杜氏的并称。韦氏居韦曲，杜氏居杜曲，皆在长安城南，世为望族。时称"韦杜"。宋·程大昌《雍录》卷七："杜县与五代都城谨相并附，故古事著迹此地者多也。语谓'城南韦杜，天五天'以其迫近帝都也。"

鹧鸪天
访北京抱冰堂

荷岸人喧迹不孤。抱冰堂畔树扶疏。
百年倏忽朝鸡梦，一案依稀招鹤书。

蒲涧水，武昌鱼。甘棠名迹在江湖。
萧斋静听南窗雨，此地偏宜咏卜居。

写于2014年6月。抱冰堂位于北京陶然亭公园湖畔（未开放）。原为张之洞居室后成为其纪念堂。蒲涧在广州。武昌蛇山上亦建有抱冰堂。朝鸡：早晨报晓的雄鸡。宋袁文《瓮牖闲评》卷五："朝鸡者，鸣得绝早,盖以警入朝之人,故谓之朝鸡。"卜居:《卜居》是《楚辞》中的一篇。"卜居"的意思是占卜自己该怎么处世。相传为屈原所作。

谒李卓吾先生之墓

今日飘蓬过此坟。只将凝思带愁论。
芙蓉香绕楚狂骨,薜荔风招燕侠魂。
九宇鸿声天有迹,千江帆影水无痕。
亭前吊古忧时客,起为先生酹一樽。

写于2014年7月。李卓吾即李贽,明代特立独行的思想家。其墓位于北京通州区西海子公园,大运河畔。

浣溪沙
七 夕

十二阑干未觉长。仙槎咫尺隔天潢。年年七夕玉樽凉。
梁邸鹊鸣犹往日,秦楼人语只他乡。总于闲处怕思量。

写于2014年8月2日甲午七夕。闲处:僻静的处所。

与义友、晓陆、田茂诸吟兄和马飞骧小聚，席间突降喜雨

炎天此际避骄阳。满座清风逸兴长，
沽酒朋来云促暝，饮冰暑去雨生凉。
箪瓢陋巷言长乐，钟鼎豪门笑永康。
起眺城坊灯火夕，不知何处是他乡！

写于2014年8月6日立秋前夕。永康：指近日公布之"大老虎"周永康。

与诸吟友小聚拈得"故"字，衍成一律

吟侣聚清欢，凉飙驱溽暑。
已遮问卜程，莫辩回乡路。
余韵继秦风，遗声传楚赋。
新秋到酒边，把盏难忘故。

写于2014年8月7日。今日立秋。

过大运河文化广场

树色楼群外，依稀认潞河。
危亭新水槛，野渡旧渔蓑。
空击济川楫，聊追蹈海波。

未违山简兴，慷慨唱燕歌。

写于2014年8月2日。广场位于北京市通州区。济川：犹渡河。语出《书·说命上》："爰立作相，王置诸其左右。命之曰：'朝夕纳诲，以辅台德。若金，用汝作砺；若济巨川，用汝作舟楫。'"后多以"济川"比喻辅佐帝王。山简兴：指嬉游豪饮的雅兴。唐李益《送襄阳李尚书》诗："时追山简兴，本自习家流。"

初秋凉夕

　　一雨催凉早，幽居远市炎。
　　茗烟妆月牖，书叶展风帘。
　　心净仍希静，思闲更养恬。
　　遥瞻城阙迥，灯幌拥重檐。

写于2014年8月。

齐天乐
西安唐苑

　　征蓬未别长安远，萋萋绿阳芳草。竹径苔深，松门阴郁，试入谢家池沼。落英待扫。问翠盖笼烟，田田多少。涤浣清波，故人同向异乡老。

　　只耽此处养晦，更盆栽菡萏，馆隐筼筜。梦雨秦楼，灵风唐韵，犹叹湘皋杳渺。旧愁难了。唱白发黄鸡，素弦凄调。

矫首南山，乱云遮去鸟。

写于 2014 年 8 月。西安唐苑以盆景艺术享誉海内外，位于陕西省西安市曲江新区林带路，坐落在古城西安东南处汉代苑林遗址——杜陵塬上，是"西安万亩都市森林生态园"的重要组成部分。

鹧鸪天
访徐悲鸿纪念馆

小院南枝倚晚晴。花光画彩溢窗明。
少陵吟咏穷愈健，庾信文章老更成。

描蝶梦，唤鸡鸣。九州无处哭田横！
都门回首繁灯处，展室依稀啸马声。

写于 2014 年 8 月。纪念馆位于北京新街口北大街。

过北京团结湖与马飞骧先生饮聚

信马逍遥路，宾鸿酩酊天。
群楼常隔雾，一渚不成烟。
旧韵承耆老，新声寄少年。
京尘犹满目，冠盖正翩翩！

写于 2014 年 8 月。

鹧鸪天
访齐白石故居纪念馆

门巷金风锦绣浮。虾踪鱼迹漾清流。
芙蓉国幻千家月，薜荔窗惊一叶秋。
新翰染，旧风流。砚田墨雨未曾收。
纵横满纸青霞意，难写殊方白发愁。

写于 2014 年 8 月。齐白石先生系湖南湘潭人氏。纪念馆位于北京南锣鼓巷雨儿胡同。

鹧鸪天
访茅盾北京故居

小院遗踪敛衽行。半窗竹影弄新晴。
丁年郢调秋砧急，子夜吴歌里拆清。
陪蜡屐，践鸥盟。葛巾藜杖自关情。
芸香净室青毡在，举目天南一雁鸣。

写于 2014 年 8 月。茅盾原名沈德鸿，字雁冰，浙江嘉兴桐乡人。其故居位于北京南锣鼓巷后圆恩寺胡同。

甲午中秋即兴

澄空秋气爽，宾雁又南行。
幽境思弥积，喧寰夜自明。
暑残风得意，宵永月含情。
佳节芸窗畔，长吟对短檠。

写于 2014 年 9 月。

到重庆

凭栏未诧烂樵柯。五载重临讶更多。
白鹤铭沉浮绿藻，黄粱梦薄竭红歌。
征帆挂满巴山月，渔笛吹残楚水波。
乘兴何当驻行履，海棠溪畔买青蓑。

写于 2014 年 9 月。海棠溪是重庆长江南岸的一条小溪，海棠烟雨是重庆的十景之一。

到广安

渠江远去雾漫漫。绕屋扶疏竹万竿。
功过从来青简定，是非岂据白麻看。
论猫紫阁遗千古，伏虎乌台博一安。
注仰牌坊想今往，兴亡触绪总无端。

写于2014年9月。邓小平故居位于广安市协会兴场镇牌坊村。白麻：指明诏书。

重庆拜会向喜英先生

鬓影茶烟漫不收。逸兴遄飞向天游。
济时策里吟哦乐，忧国泪边天地秋。
雨夕倾眸巴子国，风晨回首仲宣楼。
南滨灯岸聆清话，黄葛红枫系客舟。

写于2014年9月。

成渝路上

襟袖萧萧蜀道行。旧村新厂野烟生。
绿篱露泫黄槐古，紫槿风迷白鸟明。
醒酒惯迟寻夕照，裁诗未稳借秋声。
铁龙犹费关山笛，撩动天涯楚客情。

写于2014年9月。

谒成都杜甫草堂

万里桥西一草堂。迎宾自有菊英黄。

柴门沐雾清尘目，竹径临波涤俗肠。

姓字已同愁共远，文章终与命相妨。

南邻酒伴应须唤，持盏碑亭荐瓣香。

写于 2014 年 9 月。

浣溪沙
参观成都望江及薛涛井

濯锦楼前万画屏。倩魂千载入幽冥。无波古井忆娉婷。

圆囿芳菲人易老，蓬莱清浅梦难醒。西风北客两飘零。

写于 2014 年 9 月。

成都拜会杨启宇先生

爱吟桔颂念苍生。万户封侯一例轻。

持志玢璘樗栎社，寄情山水鹭鸥盟。

腑明不改埋轮节，肠热偏矜请剑名。

邀乐成都聆謦咳，共斟美酒品莼羹。

写于 2014 年 9 月。埋轮：东汉顺帝时，大将军梁冀专权，朝政腐败。汉安元年（公元 142 年）选派张纲等八人巡视全国，纠察吏治，馀人皆受命之部，而纲独埋其车轮于洛阳都亭，曰："豺狼当路，安问狐狸！"遂上书弹劾梁冀，揭露其罪恶，京都为之震动。事见《后汉书·张纲传》。后以"埋轮"为不畏权贵，直言正谏之典。

重庆朝天门傍晚

爽气凝情迥，群楼一望收。
雾开千陌夕，叶落两江秋。
浪涌随灯动，帆垂倩月钩。
朝天有真意，寄与渚边鸥。

写于 2014 年 9 月。

三苏祠

眉山瞻故宅，驻马复迟迟。
千古一门著，三苏四海知。
高标桢干质，妙辑蕙兰枝，
酹酒竹轩外，临风未尽思。

写于 2014 年 9 月。位于四川处眉山市三苏故里，原为故宅，明代改为祠。

鹧鸪天
访郭沫若故居

沫水沙湾别有乡。家风言继郭汾阳。
书林翰墨江淹老，铃阁功名杜牧狂。

山莽莽,水泱泱。汗青岂可任雌黄。

未惊小镇华灯夜,把盏游人陋鼎堂。

写于2014年9月。故居位于四川省乐山市沙湾镇(区)郭氏故里,郭字鼎堂,据介绍,"汾阳世第"其远祖系唐代郭子仪。

蜀中行吟绝句

都江堰

浪分鸟嘴赴离堆。岷水遥从云际回。

岁岁绿飘天府国,宝瓶口处走惊雷。

青城山

万山踏遍一枝筇。云迹仙踪路几重。

碧落暂栖慵问道,寻幽无处不从容。

崇州街子古镇

萦烟秋柳亦深矍。遥见晴峰接雨云。

身寄仙源何所望,当垆仍是卓文君。

成都琴台路

日落旧街灯火昏。临轩百感集清樽。

长门新赋虽初就,欲觅相如犊鼻裈。

犊鼻裈:汉文学家司马相如琴挑富家卓王孙新寡的女儿卓文君,文君私奔,与相如在临邛卖酒。"文君当垆,相如身自著犊鼻裈,与庸保杂作，涤器于市中。"见《史记·司马相如列传》。后用为卖酒的典故。

成都百花潭

翠筱红蕖锦水头。不分缁素意相投。
酒销块垒茶销累，麻将声中浪漫游。

写于 2014 年 9 月

谒成都武侯祠后在锦里古街头小坐吟诗欲墨未成

晴明万象入秋澄。竹径萧森感慨增。
松籁千年随凤吹，茅庐三顾起龙腾。
花溪水静倾蕉叶，锦时风清展剡藤。
百感交触情未已，古祠回望自崚嶒。

写于 2014 年 9 月。剡藤：剡溪出产的藤可以造纸，负有盛名。后因称名纸为剡藤。

重庆行吟绝句

缙云山

正是风尘扰扰间。乾坤私我一身闲。
赤城迓客霞舫满，青卉朱羲映鬓颜。

磁器口
曲街旧阜舞晴烟。胜概何妨近市廛。
吊脚楼前人语沸,茶边呼渡约归船。

洪崖洞
街前行色尽匆匆。沧白相融二水通。
日照千门呈绮绣,洪崖滴翠落征蓬。

曾家岩
遗踪细觅影廉纤。老柳成阴护旧檐。
雨过山城卷帘望,霞标舞处是红岩。

歌乐山
苍松翠竹记曾游。宿雨晴时已是秋。
故国青山长极目,壮怀易感又登楼。

写于2014年9月

金菊对芙蓉
登峨嵋

白发催人,黄花笑客,日开玉宇新晴。正逶迤山绕,摇曳云行。林梢一抹成心叶,自暄妍点染离情。寓形凉宇,伽蓝吊影,断磬流声。

绝顶如对蓬瀛。望峨嵋叠翠,佛眼垂青。借松涛洗腑,滞虑孤清。奚囊谢屐知音少，怅暝烟不见瑶京。崖台凭遍，磨砻心事，又倩谁听！

写于 2014 年 9 月。

念奴娇
钓鱼城怀古

钓鱼城上，对三江吞吐，水流风快。老木千章，目极处、日落茫茫大块。佛寺烟青，客船帆白，雁阵斜飞界。堞残垣圮，吟成梁甫深慨。

更向忠义祠前，寻踪吊古，只觉蓬心隘。年年秋来兼夏去，胸际春风不改。蚁聚槐柯，珠迷象罔，尽付浮云外。高台久伫，一竿还钓澎湃。

写于 2014 年 9 月。钓鱼城位于重庆市合川区，嘉陵江左岸钓鱼山上，钓城峭壁、古城门、城墙雄伟坚固，嘉陵江、涪江、渠江三面环绕，俨然兵家雄关。是宋元时期著名的古战场。南宋淳二年（1242 年），四川安抚制置史兼重庆知府余始筑钓鱼城。1258 年，蒙哥大汗挟西征欧亚非 40 余国的威势，分兵三路伐宋。蒙哥亲率的一路军马进犯四川，于次年 2 月兵临合川钓鱼城。蒙哥铁骑东征西讨，所向披靡，然而在钓鱼城主将王坚与副将张珏的顽强抗击下，却不能越雷池半步。7 月，蒙哥被城上火炮击伤，后逝于温泉寺。钓鱼城保卫战长逾 36 年，写下了中外战争史上罕见的以弱胜强的战例，钓鱼城因此被欧洲人誉为"东方麦加城""上帝折鞭处"。

鹧鸪天
访慧园兼怀巴金先生

锦里秋光曲径深。小园松竹蔽清阴。
浮苍淡荡风云气,泻碧欣偕山水音。
犹在耳,自推襟。晴窗诲语每南金。
人生觉慧何嫌晚,百卷芸编一寸心。

写于2014年9月。慧园位于成都百花潭公园内。其景观和布局以巴金小说《家》中的高家花园为蓝本建造。巴金,成都人,室内陈列其著作和手稿,院前有其雕像。巴金晚年以《随想录》名世。

访梁实秋雅舍

北碚山水佳, 异景飨访者。
前贤有遗踪, 卜居自幽雅。
四壁筑书城, 清气盈旧舍。
昔时西南旅, 积雨常飘瓦。
斗室廓天地, 烟云郁桑柘。
文章本小技。 珠玑惊湍泻。
才笔挟风雷, 高论参造化。
流光不暂停。 人去残灯灺。
寥寥游客稀, 故宅邻广厦。
松竹扶户吟, 风流追屈贾。
庭前观往来, 佳茗品嘉话。

写于2014年9月。20世纪40年代梁实秋先生卜居重庆北碚，故居雅舍位于北碚临街半山，现已辟为纪念馆。

卜算子
成都薛涛纪念馆

锦浦起惊鸿，暮色溶清景。
悄递幽禽百啭声，竹护薛涛井。

彩笔写芳笺，往事何堪省。
久倚栏杆沐晚凉，露净秋思永。

写于2014年9月。

甲午九日

落帽风前对杞天。分明忧患见华颠。
案头素札难酬价，鬓上黄花不值钱。
前席有虞如贾谊，后堂无地宴彭宣。
幽情只系莼鲈美，击节长吟宝剑篇。

写于2014年10月2日。正值重阳节。

节日蛰居京华

日高才始启轩扉。秋色撩人不忍违。
吟际幽蛩扶砌响,望中宾雁掠楼飞。
黄花留得春兼夏,白堕倾销事与非。
漫道劳身常独远,缁尘亦已染征衣。

写于 2014 年 10 月。

秋日登京郊鹫峰阳台山风景区

向晚金乌背我驰。阳台风景养才思。
采薇空忆夷齐辈,携酒重回管鲍时。
吟类凉蝉陶宅树,发如秋草谢家池。
仰看峰顶流云泛,应笑缘轻已自迟。

写于 2014 年 10 月。

鹧鸪天
访李大钊故居

叶落槐柯白露秋。仰瞻遗躅久凝眸。
穷游地角难销恨,壮别天涯未许愁。

嘶冀马,淬吴钩。书生身许大同谋。

堪悲志士当年血，只化清馨俗世留！

写于2014年10月2日。故居位于北京文华胡同24号。

秋日登京郊百望山

何堪又倚夕阳楼，晞发天风豁远眸。
秋水伊人犹有恨，玄都客子岂无愁。
漫看红叶暄重岭，好把黄花插满头。
已愧折腰营五斗，颜瓢曾瑟复何求！

写于2014年10月。

鹧鸪天
访太乙祠戏楼

风过门楹已飒焉。一台粉墨界三千。
戏回燕岁莺年际，人歌鸾歌凤舞前。

弹楚瑟，抚秦弦。江南老尽李龟年。
梨园旧谱知谁续？此夕灯辉别样妍！

写于2014年10月。戏楼位于北京和平门外西河沿街，建于清代康熙年间，是全国最老的保存完好的纯木结构戏楼。

鹧鸪天
访裘盛戎故居

贯耳铜锤响到今。梨园往事化苔芩。
凄其秋雨赤桑镇，渺矣斜阳贤竹林。

鄑剑气，爨桐音。试从雾里菊边寻。
群英盛会何嗟及，只有蛛丝网画琴。

写于 2014 年 10 月。故居位于北京和平门外西河沿街太乙祠戏楼对面。裘是著名京剧铜锤花脸表表演艺术家。故居现为某协会办公处。《赤桑镇》《群英会》是裘派剧目。

秋 夜

晚风初月怅悠悠。一叶飘残万象秋。
空阔乾坤开砚格，萧凉时序到帘头。
青灯蠹简涵今古，素壁鱼肠焕斗牛。
暑去已无河朔饮，梦魂难入醉乡游。

写于 2014 年 10 月。

秋日南郊农家乐

晚菊驰芳伴咏陶。予怀渺渺寄参寥。

风邀旧雨摇团扇,树沐新凉动剪刀。
古道迎宾无白社,明时老我有青袍。
载诗何用久惆怅,对酒惟勘擘蟹螯。

写于 2014 年 11 月。

冬日有感

落叶飘摇辞故柯。只应孤梦绕关河。
无家举案悲弹铗,有路归田笑走珂。
霜冷绨袍知已少,风寒纨绔少年多。
可怜昔日青衿子,对酒如今鬓已皤。

写于 2014 年 11 月。

曲江冬日

旧苑新池思无穷。初冬仍有舞雩风。
阳回阴谷穷崖际,人在光天化日中。
鸿逦九霄避矰缴,鹰腾万象觅牢笼。
寻常游处皆陈迹,把盏贪看菊与枫。

写于 2014 年 11 月。

初冬偶成

把盏何惭醉晚霞。自将幽远作生涯。
乡心只忆舻为脍，世味勘尝菊作茶。
发向樽前加旧白，霜从树上发新花。
江湖我已羁栖久，何计芒鞋带塞沙。

写于 2014 年 11 月。

琵琶仙
秦川岁暮

云帔风裳，漫随我，远驭殊乡仙驾。幽渺蓼渚苹洲，南行雁低亚。芳意尽，袭衣霜冷，纵横起，叶飞堆榭。倦倚雕栏，波明阁影，日暮村野。

更难赋，弹指沧桑，浩茫里，云痕密无罅。强遣楚台遗梦，伴芦花飘洒。行咏处，填膺百感，未肯忘，妙瞬无价。细认苍崖丹树，断碑残画。

写于 2014 年 11 月。

感 事

何妨盛世作黎元。静掩高楼绝众喧。
千里故园思棣萼，十年浅土泣椿萱。

端居常系苍生念，静坐犹思野老言。
鱼美武昌只空羡，鸡虫得失复何论。

写于 2014 年 12 月。

八声甘州
高铁上望华山及潼关

望熔金晓日破荒烟，地阔走苍虬。对危岑铁削，高峰云幻，客梦悠悠。城影剞倾黄水，落叶自飘浮。无限销魂意，聊寄孤舟。

慰我高台望眼，有秦山晋水，笛咽高楼。指南飞雁阵，岁晚莫淹留。舞霞袂，佛伸仙掌，沐清风，萧飒洗沉忧。驾云驭，向中原去，远豁吟眸！

写于 2014 年 12 月。

岁暮感事

公然岁月去难留。检点行囊贮四愁。
宁戚悲歌仍短褐，元龙豪气又高楼。
梦耽绀宇三缘屋，目睨朱门万户侯。
莫道蒯缑零落甚，拂尘亦要郅支头。

写于 2015 年 1 月。

新年感赋

已过知非日,萧疏岁又残。
柳伤徒老大,竹喜向平安。
地迥风声厉,城高日影寒。
遥峰余雪在,柱杖自吟看。

写于 2015 年 1 月。

长安初雪

漫空辉素迓新年。珠蕊琼花忽际天。
自笑出街东郭履,谁呼乘兴剡溪船。
骑驴灞岸情难遣,驱马蓝关愁易牵。
独对寒梅风骨峻,喜舒老眼耸吟肩。

写于 2015 年 1 月。

雪 后

清时有味沐明光。六出飞花滞艳阳。
柳理新妆留粉本,梅传春信拥霓裳。
心由境起窥三昧,谤与名随付两忘。
鹤帐青毡有余暖,主人新酿腊醅香。

写于 2015 年 1 月。

年末感事

黄昏篱落步凌兢。酒入诗肠愁欲凝。
漫惜红梅同我瘦,任教白发与年增。
丛祠僧隐求春雪,古市人嬉试腊灯。
倦懒亦知才思浅,题诗尚旧欠摩登。

写于 2015 年 2 月。

春节闭守穷庐

市喧何自断,一室恍深林。
不出人间世,偏多物外心。
远观空众卉,清听入孤琴。
俯仰浑无事,倏然见独吟。

写于 2015 年 2 月。

春节度假

莫道衰颜借酒红。神仙多出酒杯中。
但期饮量随年长,不怕诗才老更穷。
勒冻柳还归燕子,融春梅已约东风。
比邻欲起秦鸡会,何处柴门唤社翁?

写于 2015 年 3 月。

冬去春来兴歌

西山一夕洒林峦。驿路单车载酒宽。
劫尽乾坤存太素，岁穷人物入高寒。
禁多风雅雾中见，借少方蓬海外看。
老我无才咵白战，醉歌欲起卧袁安。

写于 2015 年 3 月。

清　明

墓门荆棘剩荒凉。觞咏随时且自强。
清溪水嬉还礼乐，老梅花发见文章。
青丘地僻闲飞鸟，绿野堂空下夕阳。
白首来游寒食近，一杯何处觅椒浆？

写于 2015 年 4 月。

春　日

秦中雷雨挹轻尘。开后梅花柳色新。
是处溪山招倦客，如今岁月少闲人。
年光恰恰开愁眼，春日烘烘照懒身。
行尽艰难回斗炳，忘机鱼鸟果相亲。

写于 2015 年 4 月。

庆祝四川省诗学会成立

诗风又起浣花村。扑袖云烟入剑门。
毕竟江津多秀士，从来蜀道出吟魂。
新妆酒肆青樽动，故径琴台绿绮存。
且喜相逢开口笑，骚坛功业不须论！

写于 2015 年 5 月。

咏陕北佳县古枣园

黄河朔雁驻蒹葭。一片丰园灿似霞。
千古风霜勤洒派，万枝果实乐生涯。
养生直觅安期枣，消渴聊烹苦菜茶。
岁月推迁名尚在，葛巾人坐树阴斜。

写于 2015 年 5 月。佳县元明清季称葭州，民国改称葭县，1964 年 9 月改称佳县。苦菜茶是陕北特产，佳县亦产。

雨　后

雨过遥山翠未干。落花飞絮卷帘看。
身如积雪逢春瘦，情寄孤梅入夜寒。
不为逃禅除晚食，每因中酒废朝餐。
疏顽只合无人解，深柳桥边理钓竿。

写于 2015 年 5 月。

依韵和邓世广先生自寿诗

未觉阮生哀道穷，大鹏理翮应翔风。
僧窗老惬闲衾簟，群境长怜扰草虫。
漫阅兴衰槐国梦，细思得失楚人弓。
多情为谢斜阳意，已展晴霞片片红。

写于2015年6月。

江 殇

怀忧怅望楚天长，哀痛何堪赋九章。
清浊未从渔父意，浮沉只替美人伤。
群才终古遗皋泽，众宦于今满庙堂。
滚滚长江无尽水，招魂犹自为民殇。

写于2015年6月。

乙未五日

肠断孤梅发故丛，时逢端午浸溪红。
百年身世悲风里，千古文章白雪中。
惜诵章余思屈子，畔牢愁下吊扬雄。
龙舟回首烟波隔，五月鲜花处处同。

写于2015年6月。

谒耶律楚材祠

饗堂寂寞瓮山青，唤梦吟莺卯酒醒。

湖水溶溶飞雁阵，天风浩浩响驼铃。

一祠有幸云雷动，万籁无言物寝灵。

丞相旧知今在否？慨慷谁与汲中霜！

写于 2015 年 7 月。祠位于北京昆明湖畔。耶是成吉思汗窝阔台时大臣，元朝开国元勋，契丹族，辽皇族子孙。按生前要求葬于瓮山泊畔。

高阳台
重游颐和园

日落天浔，涛生岸渚，断桥野水归船。雨霁芳郊，匆匆换了桑田。乡园鲜有欢娱地，问销魂，人在谁边？但苍茫，一棹清歌，万柳风烟。

浮名早付行云去，爱半泓水碧，万柄荷鲜。闲过长廊，俊游得意留连。东风懒续梅花梦，意阑珊，瘦损吟肩。约灵均，无限湘愁，付与婵娟。

写于 2015 年 7 月。

赠 友

挥杯千古意，脱剑十年心。
暑酷去何处，川途风雨深。
孤灯销客梦，征雁落商音。
敝裘黄金尽，胡沙满素襟。

写于 2015 年 8 月。

津 门

九水奔流绕郭浑，雷霆夜半起津门。
硝烟遍地元无着，烈焰腾空不更论。
海景凄清天镜月，秋风萧瑟石帆村。
还思人境怜芳草，何处狂歌老瓦盆。

写于 2015 年 8 月。

重登香山

远水空林立一丘。极知度外更何求。
精疲力竭人呼累，气住神全鬼见愁。
宦海风涛堪散闷，帝城雷雨可忘忧。
乱云卷过日西尽，眼意心期卒未休。

写于 2015 年 9 月。

鹧鸪天
参观双清别墅

遥望香炉叠远青。短衣孤剑此飘零。
骊歌祖帐长杨苑，画角黄云细柳营。

松一静，水双清。雨余空翠入帘明。
欲将浊酒浇胸臆，醉语豪言颂太平。

写于 2015 年 9 月。双清别墅在香山南麓，毛泽东进北京前曾在此居住五个月。

游张家界

云峦雪瀑丽清秋，不复停车问喘牛。
乍见常亲黄石寨，静看独认赤松游。
迎欢酒醒山当枕，咏古诗成月在楼。
客梦尽将还野水，机心聊自试沙鸥。

写于 2015 年 10 月。

张家界天门山

步至南山下，群峰远骏奔。
扶梯穿地府，栈道进天门。

弄月来丁夜，扪星待合昏。
更寻宣父志，雅意寄崦昆。

写于 2015 年 10 月。

鹧鸪天
参观沈从文故居

井树萧萧生暮凉。旧楼清梦小胡床。
秋风秋雨愁丝翱，江北江南遗恨长。

帷幕冷，烛灯黄。从文禀赋本循良。
欲将此日悲秋泪，洒向苍天哭楚狂。

写于 2015 年 11 月。故居在湘西凤凰县。

北京南海子公园

牌坊觉秋暮，豪思正无穷。
柳影一樽酒，荷香四座风。
野航孤岛外，啼鸟夕阳中。
多与闲相称，求安作钓翁。

写于 2015 年 10 月。

乙未小雪日作

秦川原上日西斜。独倚书琴自煮茶。
征燕破烟常作客，塞鸿穿雾更寻家。
孤城小雪愁中过，满镜新霜鬓上加。
料得流年掷梭处，等闲负米滞天涯。

写于 2015 年 11 月。

鹧鸪天
参观熊希林故居

小阁闲登倚快晴，秋容无迹入窗明。
南园花影笙歌地，西岭岚光鼓角声。

旗曜煜，柳娉婷。街边巷外古今情。
甘棠人咏余阴在，旧室一间安足铭。

写于 2015 年 11 月。故居在湘西凤凰县。

初冬赴商洛

一程木叶落犹新。有意商山幸作邻。
晞发武关还恋楚，采芝洛水竟忘秦。
青衫献赋田中草，白首相侵渚上蘋。

可奈猿声断肠夜，无言应愧自劳薪。

写于 2015 年 11 月。

平安夜有作

客厌秦川冷，人吟蜀道难。
喜情应恺悌，归计且盘桓。
劲竹同襟度，疏梅共岁寒。
至诚嘱毛颖，聊以报平安。

写于 2015 年 12 月。

冬日赴商洛

一夕酬夙愿，径直访商洛。
友人事殷勤，待客惭懦薄。
昔我褪农衣，归志愿巢壑。
寻思邈无极，退命愧官爵。
舍簵二十龄，耿耿记藜藿。
怆怆冷风生，戚戚寒纬作。
雨雾粲草华，日月丽云崿。
屏迹勤耕稼，商山采芝药。
击壤并怀铅，陶然自云乐。

写于 2015 年 12 月。

登商洛市郊金凤山

中岁登山路正宽。兴来今日尽余欢。
人间楼拥千门柳，天上云攒五凤冠。
冥想纷纭浮暖热，尘身俯仰浴清寒。
明年此际立何处，闲抚青松带笑看。

写于 2015 年 12 月。

长安夜雪

天涯作客不成欢。岁杪思家意未阑。
到日音书犹北寄，别时风物自南看。
云迷燕阙千山暮，雪满秦楼一骑寒。
杯酒相期春水绿，且听鸿雁度长安。

写于 2016 年 1 月。

高阳台
岁末感事

倚袖天寒，卷帘人杳，何期梦冷银床。风喧树叶，连窗铺就新霜。书灯读遍离骚卷，奈凄然、勘破沧桑。几多时、云遮雾绕，立尽苍茫。

蓬莱清浅今何许，剩牛蹄远草，马背斜阳。纵目流观，高空雁落长行。红牙漫拍王孙句,算数回、饭熟黄粱。怎禁他、老泪西州,白发他乡。

写于2016年1月。

除 夕

残雪销除夜,乾坤已报春。
孤怀谁共慰?独酌自相亲。
题壁惊诸弟,哦诗动四邻。
翻然忘老去,且待岁华新。

写于2016年2月7日。

春节京华有作

风寒被薄透吴棉。曲巷层冰冻不坚。
残梦者醒鸣鼓后,快晴天趁挂灯前。
欺人白发违歌酒,爱客朱门沸管弦。
却笑闲官差可乐,朝衣典去贺新年。

写于2016年2月。

浣溪沙
元 夕

闹市人场啼倦鸦。沸天歌吹久喧哗。今年元夕未还家。
风暖欲教残雪尽,月明不着片云遮。独寻阒寂在天涯。

写于 2016 年 2 月。

春 回

吹葭玉管动浮灰。观里幽轩选胜开。
鱼跃原无冰上草,鹤飞散作岭头梅。
欲将白雪传姑射,只用黄金筑隗台。
色满皇州佳气至,斗杓东转斡春回。

写于 2016 年 3 月。

乙未九日

河桥轻雾柳毵毵。短笛长亭两不堪。
雁路迢遥秦岭北,鹤程凄冷汉江南。
此时对酒吟重九,他日当歌记再三。
怅望湖湘烟水阔,鸥波犹自梦春潭。

写于 2016 年 3 月。

京华绝句

大观园
清波九曲荡漪涟。望断家山空自怜。
梦里红楼人迹杳,细寻都在大观园。

陶然亭
陶然亭畔草芊芊。红漾经纶野水天。
一棹冷涵杨柳雨,消魂回首芰荷烟。

什刹海
波翻后海撼幽林。渌水亭荒不可寻。
小立拱桥一惆怅,西风凉透白鸥心。

莲花池
辜负莲花开满池。旧堤草色欲何之。
未消薄雨初阳晕,莫怪游人归去迟。

龙潭湖
扪萝拥翠访龙潭。泉石平生性所耽。
屏竹扫花寻鸟道,督师祠下拜神龛。

玉渊潭
留髡送客日初斜。相约春游兴又赊。
记取清明好时节,玉渊潭里看樱花。

写于 2016 年 3 月。

浪淘沙
春　分

　　乱鸟报春分。唤醒芳魂。画罗衫袂有啼痕。一阵落红风过也,流水孤村。

　　聊共引瑶樽。试遣黄昏。轻寒安用酒温存。曾是旧时三五月,斜到重门。

写于 2016 年 3 月。

满江红
清　明

　　古节清明,叹人在、天涯海角。正槛外,年年梅放,故情堪托。锦幄常空文翰侣,绿筠尽负茅茨约。倚危亭、渭水一篙深,孤舟泊。

　　天已晚,东风恶。春亦老,花容薄。漫踌躇在目,旧游如昨。禽鸟偕闻征鼓闹,松篁伴奏笙歌乐。向黄昏、成败共兴亡,都忘却。

写于 2016 年 4 月。

暮春游曲江

郭外曲江胜，风光欲暮春。
池鱼能戏客，篱犬不嫌人。
万柳娇丝密，千莺巧啭频。
秦西酒堪醉，聊作水云身。

写于 2016 年 4 月。

春日晚夕

长亭系马驻吟鞭。山绕平湖绿四边。
败壁丹青悲薄宦，荒庭绅笏想流年。
桃花已放清明后，茶叶新供谷雨前。
应念他乡耽睡梦，销魂最是夕阳天。

写于 2016 年 5 月。

初 夏

细雨清初夏，芳园一径通。
炎凉浮嫩绿，荣辱委残红。
疏响梧桐雨，微薰殿阁风。
蓦然搔白发，心事寄征鸿。

写于 2016 年 5 月。

题李虎赠山照片

万里赴戎机，一山弱水西。
长烟高岸近，积雪远峰低。
涧里鸿相叫，林边猿暗啼。
佳人倚门待，芳草正萋萋。

写于 2016 年 5 月。

贺新郎
端　午

一岸龙船舞。问沙鸥、此日沉湘，异乡重午。泛棹撷芳游冶事，绿满平芜草树。雁信落、家山何处。搔首繁霜凋客鬓，祭灵均、斋酿蒲觞注。休笑我，醉中语。

独醒耿耿空怀楚。记当年、悲歌击楫，关山难度。无限楼前伤远意，只寄菰青角黍。应自疚、倚门凝伫。欸乃渔歌残照里，叹琴心、脉脉谁堪许。清梦断，泪如雨。

写于 2016 年 6 月。

北京月季花洲际大会

花开唯一度，尔独久相持。
青岁有荣日，红颜无老时。

秋争霜菊态,冬斗雪梅姿。
繁植中庭畔,悠然慰我思。

写于 2016 年 6 月。

游北京紫竹苑

陇上归来陋巷空。山房澄碧踏西风。
返身忽至青莲岛,歇足聊凭紫竹筇。
野渡浮舟人竞趁,名园纵酒客能供。
池荷水鹭浮生梦,闲向苍天数塞鸿。

写于 2016 年 6 月。

观法国欧洲杯足球赛

鼓振法兰西海隅。锦标翻日耀江湖。
骄龙战水争先后,雕鹗抟空定有无。
波底鱼虾愁破窟,岸边车马乐盈途。
竞心犹在功名下,闲倚书帷为一呼。

写于 2016 年 7 月。

湖北武汉渍涝挂念有感

暑月恣淋涝，冥冥天地昏。
鸣蝉号永巷，跳蛙窜衡门。
黄水沉云色，青山带雨痕。
乱鸦衔落日，成阵过遥村。

写于 2016 年 7 月。

高铁过邯郸

经眼荣枯几万端，于今无梦过邯郸。
百年勋业归蜗角，半世恩辉笑鼠肝。
陇水鼓声风外听，天山剑影月中看。
征程弥望乡犹隔，碌碌多惭漂母餐。

写于 2016 年 7 月。

入秋感遇

客里忘形亦笑歌。西风吹梦落庭柯。
途逢穷处相知少，年届艰时感慨多。
梧叶凄凉依节序，雁声隐约自关河。
尘销雨敛秋容淡，漫倚青帘醉叵罗。

写于 2016 年 8 月。今日立秋。

里约奥运会

入望潮声动地来。时艰端藉出雄才。
外邦日落旌旗卷，里约风寒画角哀。
簇队金牌喧魏阙，纷营玉磬报燕台。
焦心独我偏多感，深谢群英展丽裁。

写于 2016 年 8 月。

初秋秋兴

一雨收残暑，初秋风自凉。
千峰还黛绿，五稼已芸黄。
转觉羁情薄，方增咏兴长。
濯缨易为水，何必泛沧浪。

写于 2016 年 9 月。

八声甘州
中　秋

对长霄、瑞霭静无尘，玉镜上天东。望层层锦箨，株株丹桂，剪剪西风。漫道水明沙净，可为洗尘容。欲作披裘客，清影溪中。

陵谷何堪变景，对秦川万汇，楚岫千峰。怅当年伙伴，多半已成翁。恨人生、时乎不再，寄骚心、极目送归鸿。烟波渺，向忘言处，酒梦惺忪。

写于 2016 年 9 月。

北京太庙

几间大屋半敧颓。乱世冠裳没草莱。
尚有遗民呼太庙，可堪游客上荒台。
云松已老龙何去，石象空留鹤不来。
卓午都门携锦伞，清风细雨洗尘埃。

写于 2016 年 9 月。

北京北海公园

桥卧长廊出，波流曲岸经。
楼开闲卜雨，车过偶窥星。
葭影连云起，松声俯槛听。
坐来濠濮想，古木暗长汀。

写于 2016 年 10 月。

北京社稷坛

土原分五色，岁律漫侵寻。
社稷根基厚，君臣倚注深。
巍巍开道策，漠漠广田心。
未扫陈年迹，高台自古今。

写于 2016 年 10 月。

北京景山公园

重墙迤逦对凭栏。风物京华醉里看。
上苑淡烟笼野色，闲庭疏雨送秋寒。
地分燕赵关山迥，天尽东南宇宙宽。
绮望楼前故园梦，不知咫尺有金銮。

写于 2016 年 10 月。

北京长城八达岭

骋怀八极避嚣谗。挺立层巅觅傅岩。
幽径野花开旧菊，石梁旅竹倚高杉。
南山任把浮云蔽，西岭犹将落日衔。
秋到自开花烂漫，阁深静听燕呢喃。

写于 2016 年 10 月。

北京昌平明十三陵

残碑古寺暮光凝。回首沧桑感废兴。
薄雾初添幽谷影，微风渐卷翠崖棱。
天低草动蛇寻穴，地冷枝摇鼠窜藤。
携尽群山金碧影，夕阳西下十三陵。

写于 2016 年 11 月。

铜川香山寺

香山登览处，野客兴偏浓。
乔岳红云满，琼台翠霭重。
懒黄三径竹，深碧万株松。
倚仗听泉响，招提枕石峰。

写于 2016 年 11 月。

长安初雪

初雪秦中地，苍茫谢客踪。
孤身五经笥，六出一枝筇。
玉树擎龙势，云衢失蚁封。
寂寥无物虑，我自别情浓。

写于 2016 年 11 月。

北京上方山云水洞

回首神京邈已赊。蓬瀛雾岭霭横斜。
悬空但得无纤路，蓦地何如有缆车。
白曰寻紫雲水洞，绿筠锁宿野山家。
他时再访栖禅侣，一笑相期语劫沙。

写于 2016 年 11 月。

北京青龙湖

花随平岸发，日逐片帆开。
骇浪青龙去，惊涛白马来。
风尘真浪迹，天地独登台。
渺渺江南思，凄凉朔雁哀。

写于 2016 年 12 月。

北京世界花卉大观园

登临足大观，萧艾杂椒兰。
一角吹烟碧，千林落叶丹。
无弦徒抚赏，有铗莫鸣弹。
独倚西风立，闲吟只自宽。

写于 2016 年 12 月。

丙申至日

时序催人老，羁怀意未平。
一年冬夜永，万柝晚风清。
浊酒他乡味，寒梅故国情。
支颐诗思断，天远暮钟鸣。

写于 2016 年 12 月。今日冬至。

迎新年

落叶飘空砌，征鸿唳远天。
今宵犹旧岁，明日是新年。
薄宦堪长叹，无才只自怜。
当歌浑不醉，北牖独高眠。

写于 2016 年 12 月。

冬 夜

素琴孤剑理戎装。委蜡书窗雪夜长。
廿载风尘双白鬓，半生江海一青囊。
移时酒绿相看晚，侵晓灯红独坐凉。
数卷离骚三尺枕，乾坤许大任行藏。

写于 2017 年 1 月。

迎丁酉鸡年

佳节停杯庆，新年秉烛迎。
冬氛恋猴舞，春色候鸡鸣。
冻解池初渌，云开天半晴。
长吟想风驭，在处有蓬瀛。

写于 2017 年 1 月。

临江仙
元　夕

香散梅梢闲屈指，无端过了元宵。沧桑依样惹魂消。素琴时一抚，白发且频搔。

灞水桥东回首处，天边辽鹤空招。逍遥顿减少年豪。还能师颖客，尤厌解风瓢。

写于 2017 年 2 月。

水调歌头
与诸公春游得句

草木自成岁，敷蕊唤春回。诸公谈笑尊俎，灵雨霁氛埃。自怪乡音省识，争说荆山旧事，猿鹤喜同侪。余韵写离绪，飞落翠山隈。

楚台客，江海畔，纵横才。幽愁何限，驰寄潇洒陇头梅。

落日秦原远望，鼓角凭栏悲壮，击壤乐荒台。一饮同呼醉，银瓮有新醅。

写于 2017 年 3 月。

三月西安下雪天寒得句

桃花烂漫杏花稀。春意撩人未忍违。
华发年来真助思，清樽岁去独忘归。
鸿冥峰下红云散，鹊起堂前白雪飞。
莫道天寒无诉处，何妨高枕对闲扉。

写于 2017 年 3 月。

清　明

异乡节物又清明。合适春风养性灵。
草色空濛犹有梦，林花荏苒半无形。
忙中日月来还去，客里壶觞醉复醒。
强课新诗作寒食，秦山相对眼偏青。

写于 2017 年 4 月。

春游北京陶然亭

春来湖水绿如蓝。访旧行吟过翠岚。
蝶舞飚萍生细浪，鱼惊避鹭没深潭。
乱岩寂寞宾唯一，曲径交萦路隔三。
赏目悦心诚约友，听莺桥畔酒同酣。

写于 2017 年 4 月。

鹧鸪天
谒利玛窦墓

遗殿玲珑翠满湖。异乡孤魄委莱芜。
莫愁风月三生石，客梦楼船万国图。
春草浅，社林疏。英雄时势古今殊。
墓前斜日红高下，独倚雕栏一语无。

写于 2017 年 5 月。利玛窦是天主教在中国的开拓者，其在传播天文、数学、地理等科学技术知识方面有重要影响。其墓位于北京官园桥附近的北京行政学院院内。

暮春之际会湖北故人

华堂小集即佳辰。顷忽园林已暮春。
齿发渐凋嗟晚景，田庐将葺作闲人。

我如素朴陶弘景，君属风流贺季真。
东望乡关共挥泪，此生聊作葛天民。

写于 2017 年 5 月。

初夏会故人

澍雨经春润，浮阴入夏清。
梗萍惭独客，冠盖动群英。
勤苦抢樿散，遭逢荷圣明。
难兄相会处，酒熟且同倾。

写于 2017 年 5 月。

满江红
端　午

佳节端阳，争吊屈，龙舟竞放。分明见，旌旗箫鼓，千门烟涨。柳絮凉风惊断续，梨花细雨添惆怅。拥残书，角黍竞时宜，层楼上。

菰青影，杯心荡。乌栖曲，船头唱。看斜晖低照，锦帆无恙。侧帽高张苍卜石，掀髯再倚菖蒲杖。拍阑干，抖擞芰荷裳，犹疏旷。

写于 2017 年 5 月。

心　苦

草色连阶绿满庭。骊驹在路倩谁听。
既将市道蒙幽显，何必仙踪到杳冥。
心苦只应添鬓白，梦酣犹自绕天青。
云居向夕霏烟敛，抚剑徒看处士星。

写于 2017 年 6 月。

心　苦

独对灯花落，空怜月影清。
酒香偏入梦，茶淡又关情。
祗益丹心苦，何堪白发明。
上林无雁到，风雨有鸡鸣。

写于 2017 年 7 月。

酷　暑

日落孤鸿没大荒。天涯羁思正茫茫。
不因鲈脍乡情动，每以松阴客梦长。
今夕无风愁酷暑，明朝有雨试新凉。
桔槔声里心犹渴，领略池莲淡淡香。

写于 2017 年 7 月。连日酷暑，气温摄氏 40 度。

游三峡大坝

远足坝前挥钓竿。烟霞沾袖石矶寒。
夺眸川浪奔三峡，拂耳江声占一滩。
门下冯獾弹铗易，阶前李白识荆难。
夕阳青嶂东流水，枝上䴖鹅尽自安。

写于 2017 年 8 月。

神农架纪游

土酿芳醪满入唇。木鱼寨里度芳辰。
馀霞乱动阴森岭，野菊终开寂寞春。
板壁岩边穿碧涧，神农顶上舞朱轮。
乘闲自是逍遥事，抵羡商山四老人。

写于 2017 年 8 月。

重游宜昌绝句

三游洞

莫叹三游洞里身。清风披拂藓苔新。
来游绝异壶中景，系马江梅礼楚津。

写于 2017 年 8 月。

九码头
连云栋宇起平畴。临水投壶忆旧游。
廿载沧桑多变化，口碑眼证著江头。

团子岭
层云浩渺雾溶溶。大坝巍然帆百重。
刻削神工兼鬼斧，群峰峻岭走长龙。

东　山
车流滚滚逐欢声。别墅新开近斗城。
云髻嵯峨罗众岭，东山应不负苍生。

下牢溪
江水奔流觅转机。一寻深壑下牢溪。
清猿啼处人烟渺，百鸟衔花未足奇。

入　秋

沙堤新筑拥鸣珂。客子空为鼓枻歌。
出塞雄心随日少，思乡旅梦入秋多。
悬车只待归桑梓，解褐方闻觅薜萝。
老病纡徐怀旧作，西风浩荡奈如何。

写于 2017 年 9 月。

中 秋

蕉鹿浮生梦,莼鲈故国秋。
雁应偿素约,人正作清游。
玉镜依然在,霜蓬只自羞。
寒蛩莫相恼,啼唱古今愁。

写于 2017 年 10 月。

丁酉九日

叶落秋容淡,诗成意未穷。
望云心自远,采菊兴谁同。
节序悲歌里,关河醉眼中。
凭高犹落帽,孤剑倚西风。

写于 2017 年 10 月。

安康瀛湖游

水兼凉气弄新晴。四顾湖光一座清。
孤客渐生新旅梦,殊方倍起故乡情。
刘琨关塞凭栏啸,杜牧江湖载酒行。
野色迷茫舟似叶,翩然犹想赋登瀛。

写于 2017 年 11 月。

游瀛湖，餐饮于流水古镇

斜阳芳树岸，流水落花村。
白发颠狂梦，青毡客宦存。
萍蓬谁作主，桑梓自牵魂。
不学山公醉，微官岂足论！

写于 2017 年 11 月。

再访安康

辜负醇醪又一缸。海桑景色幻吟窗。
才经阁峻窥秦岭，又上皋平谒汉江。
竹树风来清有几，溪山雨去美无双。
漫郎虽是扁舟客，只解征衫驻异邦。

写于 2017 年 11 月。

出城有感

征辇才韦曲，吟鞭又灞桥。
波涛双雁急，城郭一雕遥。
文武皆销铄，河山共寂寥。
闲愁付棋局，且学烂柯樵。

写于 2017 年 12 月。

冬 月

落木繁霜万象真。流光倏忽若飞尘。
思乡夜夜劳吾梦,作客年年笑此身。
雁过偏惊秦苑夕,鸦喧未报汉宫春。
诗情冷淡知音少,老我颓然只一人。

写于 2017 年 12 月。

新 年

常研齐物论,懒赋畔牢愁。
短咏迎新岁,长吟感旧游。
啼螿元亮径,归鸟仲宣楼。
天道堪凭信,疏怀孰我俦!

写于 2017 年 12 月。

长安夜雪

飞花在牖自相看。客枕凄凉更漏残。
梦断秋风破茅屋,心惊夜雪满长安。
冰壶松叶箫三弄,彩笔梅梢锦一端。
独立书斋头尽白,布衣愿庇九州寒。

写于 2018 年 1 月。

岁 寒

向夕聊斟酒，冰窗独自吟。
蓬萍年老泪，松柏岁寒心。
瘦影怜明镜，幽襟散素琴。
撩空孤雁唳，侧耳候蛩音。

写于 2018 年 1 月。

访天津武清佛罗伦萨小镇

佛罗伦萨镇，古柳立杨村。
水阁新犹在，云屏旧尚存。
剧谈共卮酒，小憩具盘飧。
弥望沧溟阔，云津访一门。

写于 2018 年 2 月。

迎戊戌狗年

鸡鸣故园树，犬吠异乡楼。
寂寞将阑岁，蹉跎不系舟。
有怀思远志，无处著闲愁。
嗔我悭书信，宾鸿肯寄不？

写于 2018 年 2 月。

回故乡

几处高楼欲断肠。秦山楚水两乖张。
那堪旅馆经残腊,只把空囊带故乡。
莺谷长离愁满眼,鸰原久别泪沾裳。
金鸡放赦知何日,尚许天还各一方。

写于 2018 年 2 月。

故乡感赋

滟滟黄花酒,悠悠白发人。
官闲知有守,宦久似无春。
雨湿五湖梦,风凄四海身。
寒梅侵雪俏,时向故园新。

写于 2018 年 2 月。

初春出行有感

凭鞭愁唱陇头歌。老至其如岁月何。
马出秦关春有信,云连楚岸水无波。
空怜杜老新兴寡,却羡苏仙旧约多。
他日归来寻宿业,一枝樵斧一渔蓑。

写于 2018 年 3 月。

清 明

田园期谷雨，节物见清明。
嫩草偏无恙，残花却有情。
光阴诚鼎鼎，名利苦营营。
真隐何时达，浮杯惬晚晴。

写于 2018 年 4 月。

谷 雨

陇水秦山引兴赊。摊书弄笔读南华。
生涯每忆浑如梦，世事难期总似花。
三径松风常煮酒，一帘谷雨自煎茶。
老嗟去日光阴促，冷落篱边看晚霞。

写于 2018 年 4 月。

初 夏

客路逢初夏，归心逐去鞍。
雨过芦叶碧，日出石榴丹。
蔽芾宜闲坐，婆娑更静观。
北窗新枕罩，有味是清欢。

写于 2018 年 5 月。

有　感

秦夏今来早，空花次第开。
醉馀寻蛱蝶，吟罢拂莓苔。
敢望移山岳，终期振草莱。
端居沾宠渥，何以献涓埃？

写于 2018 年 5 月。

端　午

客里逢端午，摇风有半凉。
菖蒲舒嫩叶，角黍吐微香。
故土程尤远，行人兴自长。
独醒何以继，笑入梦中乡。

写于 2018 年 6 月。

梦寐得句，醒来敷衍成篇

长亭芳草路悠悠。乌帽青毡忆旧游。
客里深惊灵运梦，天涯空恋李膺舟。
壮怀白发悲残烛，失意黄尘裹敝裘。
欲寄此心与明月，临风搔首不胜愁。

写于 2018 年 6 月。

观俄罗斯世界杯足球赛

当樽气未平，足下事非轻。
金鼓回风盛，旌旗映月明。
气冲龙虎斗，球落鬼神惊。
莫笑廉颇老，喧呼接短兵。

写于 2018 年 7 月。

过鄠邑区祖庵镇

青蒲翠竹路初谙。归鸟依稀破夕岚。
庙柏扶疏传岭北，海棠烂漫对终南。
哀哉世事犹千万，信矣心朋只二三。
成道庄严敦妙契，骑牛引犊访名庵。

写于 2018 年 7 月。

北　望

顿雨净氛埃，离樽晓正开。
异香花欲落，孤影雁重回。
愧有乘桴志，惭非揽辔才。
帝城归路远，夕日满蒿莱。

写于 2018 年 8 月。

留别西安诸友

瑶阶谁复共鸣珂。一路悲欢故事多。
司马文章源太史，元龙意气效维摩。
秦川夜雨人初醉，陇岭秋风客自歌。
明日扁舟循北去，白头归舍意如何？

写于 2018 年 8 月。

返京留别西安诸友

渺渺归何处，非唯今所难。
风喧秦谷静，草劲楚江宽。
黄鹄双蓬鬓，青山一钓竿。
心朋从此别，独对夕阳残。

写于 2018 年 8 月。

返京感赋

寓目神都万户开。三涂六趣历轮回。
苍生社稷风云路，红日箫韶麟凤台。
岂诧文章憎达命，何惭樗栎乏雄才。
天坛策蹇知何去，不见刘郎半亩苔。

写于 2018 年 9 月。余居天坛附近。

中　秋

十年秦陇客，再作帝京游。
命似风前叶，身如水上鸥。
天开浮好月，人聚度中秋。
愁思劳清梦，松楸忆故丘。

写于 2018 年 9 月。

访北京智化寺

夕阳古巷路登登。高宇清秋爽气腾。
松殿孤萤无系累，薜墙落叶有依凭。
古音雅淡闻仙乐，画井稀微访老僧。
西望紫城苍翠里，千家楼馆暮烟凝。

写于 2018 年 10 月。

参观北京史家胡同

古巷云门号史家。琐窗梦觉忆繁华。
但无新燕来巢屋，唯有闲人去看花。
空院秋声风落木，故池寒色草侵沙。
春阑事歇常如此，立马踟蹰遽景斜。

写于 2018 年 10 月。

参观北京古观象台

老眼观天象，璇玑分外明。
已怀千古意，不尽百年情。
雨过浮青黛，烟消长蔓菁。
高台秋气迥，瞻仰泰阶平。

写于 2018 年 11 月。

谒北京妙应寺白塔

隔窗幽鸟两三声。指点苍烟是凤城。
古寺龛灯追往事，禅林梵响诉民情。
红尘阅世生兴废，白塔随时管送迎。
伫立夕阳万千感，西风竹树动秋声。

写于 2018 年 11 月。

参观北京前门三里河公园

晓发前门市，风生泽国秋。
潮痕芦荻宅，岸影稻粱谋。
静泛杯中蚁，闲看水上鸥。
沧桑何处问，斑鬓对清流。

写于 2018 年 11 月。

参观北京钓鱼台国宾馆银杏林

银杏叶黄颜若金。路边惆怅唱幽禽。
韩门顾盼庭柯色,湛辈栖迟岩壑心。
蓟北人归情寂寞,燕南日落意深沉。
低回长绕公孙树,偶作狂歌学楚吟。

写于 2018 年 11 月。

谒北京弘慈广济寺

投老行吟地,烟霞绕此间。
园林临古寺,风景近仙寰。
破衲尘三昧,枯藤手一攀。
寂寥无限意,清磬动松关。

写于 2018 年 12 月。中国佛教协会驻此寺。

游北京白云观

景物清宜画,游观意自如。
白云生殿阁,红日下城墟。
地僻蛩声切,天长雁影疏。
不孤吾道在,瞻顾独踟蹰。

写于 2018 年 12 月。中国道教协会驻此观。

游北京明城墙遗址公园

日日长龙展翠浮。轻云过雨扑城头。
眼开欲尽三千界,梦断犹惊六百秋。
树绕残垣莎径在,苔封断壁古文留。
携书此刻登层阁,作意神京汗漫游。

写于 2018 年 12 月。

北京未来科学城留别

残星犹在曙,晓日未来城。
岁晏征鸿渐,天寒孤鹤鸣。
有心伤白发,无计济沧瀛。
临别饶清话,云衢识我情。

写于 2018 年 12 月。

昌平乐多港闲游

岭上玄云渺,昌平喜乐多。
凭栏同起舞,拥袂独高歌。
天远飘红叶,山长接素波。
行吟斜日里,燕市买香罗。

写于 2019 年 1 月。

谒李卓吾先生墓

公园谒遗墓，景色比江南。
雪白梅先馥，霜黄柿已甘。
悲怀同杜甫，远道似瞿昙。
聊共老僧坐，临风怅有惭。

写于 2019 年 1 月。李贽墓位于通州区西海子公园内。

谒通州燃灯佛舍利塔

客路残阳薄，兰舟泊岸初。
天光云暧醚，塔影树扶疏。
拂袖孤鸿逝，燃灯一望舒。
浮身已千载，浩气满清虚。

写于 2019 年 2 月。

北京初雪

裘马京门地，春初雪蔽空。
严凝心绪织，冷颤鬓毛篷。
旧友青云器，新开绿蚁封。
剡川今已远，访戴兴徒浓。

写于 2019 年 2 月。

亦庄纪游

绮阁晦仍美，珠楼明亦庄。
书声通肆宇，乐韵应清商。
旅雁花间度，啼鸦柳下藏。
凭高空远目，何处是他乡。

写于 2019 年 2 月。

登通州大光楼

一枝塔影认通州。径上危楼豁远眸。
扑岸归潮围荻港，拂帘寒雨打兰舟。
题诗试墨偏偷懒，呼酒煎茶不散忧。
极目当年验粮处，眠鸥宿鸟起荒陬。

写于 2019 年 3 月。大光楼又名验粮楼，位于大运河与通惠河交汇处。

运河文化广场漫步

万里澄江野渡舟。指图慨忆旧时游。
层波笑我蒹葭渚，列岸嗤人杜若洲。
有待乘桴游大海，无惭击楫誓中流。
复怜云破留青眼，独对樽罍搔白头。

写于 2019 年 1 月。

通州纪游

风尘弥达巷，锦绣裹通州。
五水双城岸，千家万斛舟。
高楼伴造化，大厦铸春秋。
老眼沧桑变，何劳抱杞忧。

写于 2019 年 3 月。

春 至

谷雨花迷径，清明竹舞风。
老常华发乱，闲幸绿樽空。
信远萍踪北，乡遥蝶梦东。
愁来莫相忆，春至有归鸿。

写于 2019 年 4 月。今日谷雨。

过通州八里桥

旗亭晓气暾，谁识旧潮痕。
八里桥边水，三生石上魂。
幽花开草渚，归雁落云根。
澄练无头绪，苍苍岸树昏。

写于 2019 年 1 月。

延庆世园会

尧云舜日启祥晖。香阁丹宫隐翠微。
帝里园林莺欲咏，仙家芝圃燕初归。
呼朋投辖开新酝，作客披襟访旧帏。
林下笑声人共语，清游还伴梦魂飞。

写于 2019 年 5 月。

延庆张山营小驻

张山营福地，本在画图中。
野鹤衔浮绿，轻鸥唼落红。
幽怀常有数，佳趣自无穷。
欲作天涯客，行藏学塞翁。

写于 2019 年 5 月。

延庆世园会

晓日生妫汭，春风满蓟门。
闲花侵楚客，芳草送王孙。
梦里千山路，吟边四海村。
高轩延庆事，好景壮乾坤。

写于 2019 年 5 月。

夏 至

落日孤台眺，清风五柳眠。
鸣琴自知命，舞剑总忘年。
慷慨端阳后，飘零夏至前。
半壶须百咏，沉静每思玄。

写于 2019 年 6 月。今日夏至。

十三陵定陵游览

细雨定陵西，叶飞混作泥。
湿云危嶂合，茅屋暮烟低。
寂寞留鸿爪，彷徨认马蹄。
新诗无处写，漫向酒家题。

写于 2019 年 7 月。

十三陵昭陵参观明史吏治展

雕梁黄叶积，绮阁黛云残。
旧绘麒麟阁，新遵獬豸冠。
苍颜真处士，白首老儒官。
肃杀西风道，蓬心共苦酸。

写于 2019 年 7 月。

重访青岛

检点千秋木,盘桓八大关。
白波归楫去,青岛客樯还。
素志怀龙府,澄心想鹤山。
十年一弹指,又访汇泉湾。

写于 2019 年 1 月。

青岛海情大酒店留宿

渺矣丹丘月,浩然沧海情。
披襟存意气,弹剑薄功名。
酒熟通身热,诗成逐字评。
市深无雁过,落枕梦魂清。

写于 2019 年 8 月。

再登崂山

云蒸浮海国,霞蔚起崂山。
树拥三清绛,峰攒九节斑。
解衣寻窈窕,脱足弄潺湲。
骚客林间醉,岹峣试一攀。

写于 2019 年 8 月。

陶然亭湖游船

绕岸围青树，游船弄绿波。
楼台斜日满，洲渚落花多。
笛里谁同调，尊前自放歌。
冥思耽远念，鼓浪也婆娑。

写于 2019 年 9 月。

访中国计量科研院

揽辔寻科苑，驱车问废兴。
大猷无阙失，妙算有依凭。
尺寸光阴短，分毫头角矜。
回看山水路，叠翠树层层。

写于 2019 年 9 月。

游北京大观园

拈韵怡红院，分题滴翠亭。
静观雏菊白，闲坐暮烟青。
有客怜孤愤，无人问独醒。
应怀省亲处，歌管隔墙听。

写于 2019 年 10 月。

霜 降

燕山云自合，蓟阙月当空。
霜降鸿声北，风生骑影东。
温凉四时里，醒醉百年中。
惆怅余何极，蹉跎已是翁。

写于 2019 年 10 月。今日霜降。

昆明小驻

开颜绿城北，驻足彩云南。
异境宾初识，乡情客未谙。
碧鸡浮瑞霭，金马沐晴岚。
耿耿馀怀渺，奇峰未允探。

写于 2019 年 11 月。

昆明西山

游鳞浮海埂，飞翼入山门。
翠竹南侨志，青松聂耳魂。
逶迤腾细浪，迢递涌朝暾。
柿叶书名姓，苍苔记履痕。

写于 2019 年 1 月。

昆明大观楼

磊落千秋景,雄奇一水楼。
长联发群响,短棹起渔讴。
翠羽园中竹,丹霞浪里鸥。
大观真卓荦,凭槛已忘忧。

写于2019年12月。大观楼长联天下闻名。

北京大雪

大雪京华后,红尘结素缘。
琼都清似海,绮殿洁于天。
孤榻攻书史,寒斋读圣贤。
相邀观霁景,汲水取茶煎。

写于2019年12月。

昆明翠湖

一泓翠湖水,万卉竞芳春。
公馆人何在,武堂兵亦真。
披襟楼隔雾,岸帻步生尘。
回首行藏久,尤惭粯米身。

写于2019年1月。

昆明海埂民族村

飞阁留题古，疏钟韵味长。
感时倾砸酒，遣兴跳锅庄。
展转寻彝寨，殷勤访傣乡。
与时诸族进，百濮得恒昌。

写于 2020 年 1 月。

添孙志喜

吾家添喜事，玉叶衍麟孙。
松柏花盈户，诗书日满门。
江湖多契阔，岁月有寒温。
道脉薪传火，高吟酒一樽。

写于 2020 年 1 月。

庚子春节

大梼销己亥，庚子又回春。
凝睇迎新岁，含情遗故人。
雁愁清有象，鸥梦净无尘。
自得无穷乐，飘萧笑我身。

写于 2020 年 1 月。

在家抗疫

宅在镕炉里,家临铁匠营。
风云多疾略,疫病自横行。
有以经寒热,无须问死生。
天公诚且简,春到眺花明。

写于 2020 年 2 月。

昆明聂耳墓

永日墓台静,和风花木深。
断篷游侠志,孤剑少年心。
浪迹寒温问,放怀长短吟。
国歌唱今日,高奏最强音。

写于 2020 年 2 月。

燕郊行

跃马入燕郊,喧腾鸟出巢。
云青楼互隐,潮白馆相交。
碧玉千章杪,黄金一抹梢。
哦诗于此景,不欲等闲抛。

写于 2020 年 3 月。

春 来

疫去情方远，春来景未赊。
千林舒翠黛，百卉吐芳华。
幽趣犹无限，清欢自有涯。
帝城风日好，留醉向谁家？

写于 2020 年 3 月。

清 明

青阳迎上巳，绿酒送清明。
异客哦松立，游人折柳行。
舞雩抒远志，修禊寄高情。
朝市谁头白，匣中孤剑鸣！

写于 2020 年 4 月。

重读元好问《雁丘词》

寒窗词读旧，只影惹长吟。
万里层云厚，千山暮雪深。
并州哀瘗雁，楚些和鸣禽。
嗟尔痴儿女，飒然清我襟。

写于 2020 年 4 月。

入 夏

荷衣犹倚盖，柳絮自飞绵。
余馥留春艳，繁阴接夏妍。
风迟鸿去后，雨歇燕归前。
廛市催清晓，窗虚人未眠。

写于 2020 年 5 月。

乡村游

老怀非好事，燕坐静观天。
草色分松径，人踪下麦田。
招摇池鹜起，飘渺酒旗悬。
风日农村旅，萧闲惜岁年。

写于 2020 年 5 月。

什刹海漫兴

凭栏怜澹荡，对景惜芳菲。
色晚香犹在，人哀涕自挥。
晴烟还袅袅，幽鸟正飞飞。
兴废都休问，清樽送落晖。

写于 2020 年 6 月。

庚子端午

客里逢端午，京师巷市忙。
满门持角黍，绕阁泛蒲觞。
倚啸榴花暖，添愁艾叶香。
临风怀屈子，烟霭正迷茫。

写于 2020 年 6 月。

索 居

雨湿千林表，风凉五月初。
徘徊犹策杖，耘耔自挥锄。
阁畔花清冷，轩间酒阔疏。
非图闻且达，未问乐何如。

写于 2020 年 7 月。

夏夕偶成

槐蝉驱大暑，柳雾润长林。
酒到千溪暖，诗成万壑阴。
晚风吹客袂，残照敛乡心。
事往都疑梦，愁深欲废吟。

写于 2020 年 7 月。

夏 末

短衣经夏末，长袖度秋初。
地远云根净，天高木影疏。
闲忙犹散逸，恬淡自清虚。
白发千丝雪，寒斋懒读书。

写于 2020 年 8 月。

新 秋

处暑澄空净，新凉霁景长。
碧崖生草润，翠桂吐花香。
久客犹孤客，他乡已故乡。
秋风入窗里，浊酒沃愁肠。

写于 2020 年 8 月。

初秋小成

细雨消残暑，轻风送晚凉。
路遥劳断雁，林密累鸣螀。
野趣西山会，清欢北海觞。
因人多寄慨，无语付奚囊。

写于 2020 年 9 月。

密云野炊

渐落江南水，俄生蓟北云。
行藏惊世变，节序觉秋分。
鹭戏情相狎，鸿鸣句不群。
开营何所乐，闲煮野人芹。

写于 2020 年 9 月。

庚子中秋

重瞻新桂魄，又值故都秋。
禾黍西风泪，壶觞客子愁。
清辉悬别驿，孤影系浮舟。
举目非乡土，潘郎已白头。

写于 2020 年 10 月。

游平谷金海湖

盈盈水一方，平谷彩全彰。
金海浮青嶂，翠云围绿杨。
飘零鸿雁信，憔悴菊萸觞。
远目念羁旅，波前两鬓苍。

写于 2020 年 10 月。

游黄崖关长城

绿树遮群岭，黄崖亘众山。
堞开峰寂寂，壁立鸟关关。
疲马鸣还逐，行人去却还。
诗从登览得，云海更追攀！

写于 2020 年 10 月。

密云水库远眺

频起烟波兴，行看水墨图。
孤鸿翻白浪，野犊过青芜。
寄傲归三径，忘机老五湖。
渔歌互相答，仙境入诗无？

写于 2020 年 11 月。

访蓟县独乐寺

疏钟传四野，古寺阅千秋。
风雨尊前落，云烟槛外收。
坐禅甘独乐，面壁许先忧。
倚景空长叹，栖迟指一丘。

写于 2020 年 11 月。

谒袁崇焕祠墓

新楼芳树静，旧径落花愁。
孤剑燃烽火，寒笳咽戍楼。
只因图破贼，原不为封侯。
百载忠魂在，空怜与国谋。

写于 2019 年 1 月。

游八大胡同

取次园亭里，寻常巷陌中。
马嘶莎井月，犬吠菊花风。
绶带伤心绿，钗囊带血红。
胡同多少事，仙馆尽成空。

写于 2020 年 12 月。

游烟袋斜街

烟袋斜街景，他乡客路情。
珠玑依旧雨，罗绮送新晴。
落木飞鸿逝，西风倦马鸣。
凭栏听海啸，曳杖月同行。

写于 2021 年 1 月。

游潘家园文物市场

新愁谋旅食，旧迹辩家园。
书卷圭璋润，芸窗布帛温。
穷通恋三宿，得失酹孤樽。
归去菟裘计，清娱只自存。

写于 2021 年 1 月。

游钟鼓楼

淋漓喧暮鼓，滂沛响晨钟。
风月三千里，烟花一万重。
紫垣动星象，黄郭蛰云龙。
昼漏休相厌，清听自敛容。

写于 2021 年 1 月。

访普度寺

仰止遗容在，岿然古庙存。
疆场曾抚剑，湖海未招魂。
烂漫琅玕壁，峥嵘霹雳门。
嗟乎多尔衮，功罪意难论。

写于 2019 年 1 月。

访皇城根东安门遗址

怀国瞻新土,朝天访旧门。
路埋芜草迹,碑杂藓苔痕。
展卷思高屐,披图识短辕。
分明梦相忆,景陋格犹存。

写于 2021 年 2 月。

瞻慈寿寺塔

晨曦披古塔,晓雾浴幽亭。
缥缈飞新绿,微茫映旧青。
客怀春未老,寺事地常腥。
移步玲珑苑,琴歌侧耳听。

写于 2021 年 3 月。

谒汇通祠

参差春水绿,迤逦庙垣红。
舴艋争离合,鸳鸯喜汇通。
经邦曾有道,造物不言功。
无限推崇意,临风怀郭公。

写于 2019 年 1 月。

玉渊潭赏樱

柳条拖白发，湖水映红樱。
陌上腾飞絮，云间降落英。
琼华开处处，玉树任行行。
携妇将雏处，归来濯旧缨。

写于 2021 年 3 月。

访草桥遗址

衰草荒烟岸，停桡访草桥。
忽思金兀术，转虑霍骠姚。
倦鹊鸣高树，惊鸿渡晚潮。
悠然见风月，阊阖奏箫韶。

写于 2021 年 4 月。

游前门大街

才饮鲜鱼口，重瞻月亮湾。
铃听聊自适，诗就倩谁删。
倚剑愁眉展，投簪客泪潸。
花门通竹户，晦迹叩禅关。

写于 2021 年 4 月。

谒五塔寺

窈窕林花秀，崔嵬佛像真。
金刚犹瑞雾，般若自香尘。
殿耸灵何在，台高迹已陈。
长河仍涣涣，日夜说天人。

写于 2021 年 5 月。

游雍和宫

竹树瞻衡宇，云烟仰佛宫。
世尘天地骨，劫火鬼神功。
是梦超生死，如花悟色空。
此身何处在？日月自西东。

写于 2021 年 6 月。

游孔庙及国子监

辟雍洄水绿，圣庙柏梢青。
马帐排鸿序，鳣堂惬鲤庭。
竹书千万卷，石鼓十三经。
含笑徙移久，晴窗赏素馨。

写于 2021 年 6 月。

游北京奥林匹克森林公园

北苑浓荫秀，奥林匹克风。
香凝空碧里，色染翠微中。
绿道襟期远，苍生气概雄。
幽花流憩处，回眺一旌红。

写于 2021 年 7 月。

游鸟巢

归梦驮驴背，危襟入鸟巢。
登台随俯仰，落座费推敲。
劲舞起天末，高歌发木梢。
欲寻星耀处，吟赏莫轻抛。

写于 2021 年 7 月。

游琉璃厂

烂漫天宫阁，缤纷荣宝斋。
银河沉古道，玉辂满天街。
望眼孤云并，闲心万木排。
呼朋尽樽俎，吟啸自开怀！

写于 2021 年 7 月。

游天桥

孤亭见云表,群鸟拥天桥。
色相随车写,津梁入画描。
皇都还寂寞,客路任逍遥。
拾级吟兴好,凭栏仰丽谯。

写于 2021 年 8 月。

永定河寄兴

断续常青带,绵延永定河。
长流来远岫,曲渚际清波。
客棹吟边动,帆风梦里过。
何时莎岸上,端坐晒渔蓑?

写于 2021 年 9 月。

游首钢园

清游秀池沼,胜赏首钢园。
高塔青林径,长桥紫陌门。
碑遗苍藓合,炉立白云屯。
冬奥呼群侣,蹊成自不言。

写于 2021 年 9 月。

游北京城市绿心公园及大运河森林公园

紫陌开青眼，沧江蕴绿心。
潮平当散发，风好得披襟。
犹解荣枯理，自赓长短吟。
笑呼水亭月，孤鹤发清音。

写于 2021 年 10 月。

游通运桥及张家湾城墙遗址

驿道何方去，城墙几处门。
落花兼草湿，流水带泥浑。
迤逦神工技，峥嵘鬼斧痕。
运河仍涣涣，谁解赋招魂。

写于 2021 年 10 月。通运桥濒萧太后河，城墙之所乃明代大运河漕运之武备城，后大运河改道，通运桥及城即废。

亮马河夜航

亮马河中浪，兹游久未遑。
烟波南郭梦，灯火北窗凉。
携客邀黄鸟，开樽俯绿塘。
乘桴溯京国，云路几汪洋。

写于 2021 年 11 月。

游北京环球影城

环球影城里,何限仰重光。
秀野开千陌,重城起一乡。
游龙无铁笛,跃虎有金刚。
何日游嬉再,携孙看海桑。

写于 2021 年 11 月。

后 记

《九一轩诗词》是我的第二本诗集，继《羁旅吟》之后，此第二本诗词集问世，是我诗词写作生涯的总结。何为"九一轩"？原为我书斋的雅号，源于我的乳名。九者，《素问三部九侯论》中说："天地之至数，始于一，终于九焉。"九代表着结束、最高以及生命的轮回。《说文》云："一，惟初太始，道立于一，造分天地，化成万物。凡一之属皆从一。"一代表初始、底色及生命的持续。一即为大地本原，九即为层霄彼苍。九一轩者，乃天地庐也。

本集共收 1000 余首诗词。部分作品散见于《中华诗词》《星星》《陕西诗词》《甘肃诗词》和《朔方》等刊物，大部分作品已由手机微信发布。我一向把诗词写作当作人格之锤炼和精神之陶冶。我出生在湖北，长期住北京，后被派往陕西西安，居西安十年，后又回到北京。我从四十五岁开始写作诗词。《九一轩诗词》是我十几年情感历程的流水账。诗词中，秦云汉树自然多一些，当然，也少不了京风燕韵。虽有些许出佛入道的思想，但也关注现实。写作水平的高低、质量的优劣，有诗词修养的读者自可识之、辨之。

写作严格遵循律绝的格律，严格遵循《平水韵》《词林正韵》龙榆生所著《唐宋词格律》及《白香词谱》。少有出韵、出律、出格或不遵平仄的现象。请读者察之。

是为记。

黄兆碧

谨记于九一轩

2021 年 11 月 23 日